W0274056

La Troisième Main

Du même auteur

Chez le même éditeur

Journal sexuel d'un garçon d'aujourd'hui, 2021

Les autres titres de l'auteur sont répertoriés en fin de volume.

Arthur Dreyfus

La Troisième Main

Roman

P.O.L
33, rue Saint-André-des-Arts, paris 6e

© P.O.L. éditeur, 2023
ISBN : 978-2-8118-05861-9
www.pol-editeur.com

Un jour mon cadavre sera pareil aux autres cadavres.

Ses secrets seront mangés par la terre, sa poussière rejoindra la poussière.

J'appartiendrai à l'histoire d'avant l'histoire, au mouvement effacé, au grand passé.

Ce jour-là n'est pas demain.

Il faudra d'abord que les pauvres âmes qui ont croisé ma route rendent leur dernier souffle.

Il faudra qu'une apocalypse détruise toutes les images, tous les registres et tous les livres, tous les échos du monde d'avant.

J'ai bientôt trente-quatre ans : ma vie est un tricot de honte et de désastre.

Ma vie ne peut plus continuer.

Mais avant de partir, pour ma femme et pour ma fille, je dois prendre la parole.

Afin que ne s'efface pas avec mon corps – et pour ceux qui cherchent encore un pourquoi – le secret de mes fautes.

Fus-je coupable ou victime ?

Je ne saurais le dire, tant il est vrai que le mal ne prospère point sans véhicule.

Voilà pourquoi, en me confessant, je ne m'affranchis guère : j'aurais dû avoir le courage de trancher plus tôt. J'ai vainement tenu à ma propre vie et m'en repens.

Par ce journal en désordre, je veux dire ce qui fut aux hommes, mon cas étant perdu pour Dieu.

J'aurais aimé avoir une autre vie.

Enfance

Signe particulier : néant?

Elle fut heureuse il paraît. Je n'y repêche aucun traumatisme d'envergure, ni carence de soupe ou de pain, ni certificat de martyr.

Ma mère exerçait le vieux métier de couturière et travaillait à la maison, mon père était commis voyageur pour le bénéfice des vignerons du Jura.

Je ne le voyais guère.

L'assiduité de ma génitrice me rassasiait. J'aimais chaque instant avec elle, sauf lorsqu'elle reprisait mon gilet de laine sans que je l'ôtasse : aussi experte fût son aiguille, je tremblais qu'un geste maladroit lui fît percer la peau blanche de mon torse.

Mon père rapportait chaque semaine des fleurs à ma mère – qu'elle oubliait de mettre dans l'eau à cause de son bagage à défaire.

Au matin, le bouquet avait fané.

Ma mère regardait repartir mon père le front triste.

[Le bruit de neige de ses pas sur le gravier.]

À rebours des fables sur les enfants timides, l'école ne m'apparut point comme un lieu hostile.

J'y compris que réserve & modération s'avéraient d'excellentes parades contre le tambour de rancune et de mesquinerie que l'on nomme « société ».

Besançon était une bourgade comme il devait y en avoir cent : blafarde, traversée de voitures à chevaux allant d'un périmètre à l'autre, de chiens errants, de robes au vent, de bicyclettes.

Un jour que je rentrais seul de l'école, je ramassai sur le pavé une fleur bleue, d'un bleu presque surnaturel, et l'offris à ma mère.

Elle fondit en larmes : je ne compris pas ces larmes.

Chats

Il faut que je signale une sorte de don (profane) à mon hypothétique lecteur.

D'aussi loin que remontent mes souvenirs, j'ai toujours attiré les chats, tel le flûtiste de je ne sais quel conte germanique, talonné pour sa part par des rats.

En effet, où que j'allasse durant les premières années de mon existence, il se trouvait fatalement un félin pour se frotter à mes mollets, pour m'offrir son affection spontanée.

N'ayant guère de camarade attitré – et comme j'aimais les bêtes –, je consentais volontiers à cette disposition, seulement mon père souffrait d'anhélation ou, si l'on préfère, d'asthme.

J'eus très tôt pour consigne de ne jamais ramener de chat à la maison.

Nous occupions le premier étage d'une bâtisse ouvrière d'inspiration bretonne : la porte vitrée donnant sur la courette de façade devait se tenir close jour et nuit. Certains matous trouvaient cependant le moyen de se soustraire à notre vigilance en escaladant le balcon.

Mon père tempêtait : « Bon Dieu, qu'est-ce qu'ils lui veulent !? »

Ma mère tempérait : « Que veux-tu y faire, ce n'est pas sa faute. »

J'avais le sentiment d'être coupable d'une infraction que je n'avais point commise.

Seul sur les chemins, je m'adressais quelquefois aux chats comme à des personnes.

De leurs grands yeux qui semblent absorber le monde, ils me scrutaient d'un air absent : j'avais la conviction qu'ils ne comprenaient goutte à mes phrases.

Mais je leur parlais pour parler à quelque chose de vivant… à défaut de quelqu'un.

Une voisine m'apprit un soir que les chats tricolores étaient *forcément femelles* du fait des lois de la génétique. Cette information m'intéressa beaucoup.

Minuit

Un soir, ou plutôt une nuit (les douze coups venaient de sonner au salon), on entendit à l'étage un cri énorme, suivi de clameurs de ma mère, et d'une quinte de toux irrépressible de mon père. Un chat s'était introduit dans la maison jusque sous leur lit.

En chemise dans le couloir, je vis mon père écarlate, telle une baudruche près d'exploser, s'accotant à la rambarde pour ne pas s'effondrer.

Ma mère m'envoya chercher secours : par miracle, le docteur Bompart résidait de l'autre côté de la rue (celui des belles demeures, pourvues d'un véritable jardin).

Son épouse m'ouvrit la porte. Je ne trouvai qu'à dire : « Mon père s'étouffe ! »

Le moment d'après, Bompart injectait une potion à mon géniteur qui lui fit désenfler la gorge et lui permit de s'alimenter en oxygène.

On ne sut comment remercier notre voisin : ma mère se ruina en terrines et fromages – à telle enseigne que nous dûmes nous alimenter exclusivement de patates et de pain blanc pendant un mois. Contre toute attente, mon père ne me gronda pas.

La vie ?

Je sais maintenant qu'il faut être heureux pour ne pas savoir définir ce qu'est « la vie ».

Lorsque la vie se réduit à misère & souffrance, refleurissent les instants où l'on ne souffrait pas, où ce dragon de malheur ne vous mordillait pas les guiboles, et l'on regrette de n'avoir pas béni le Ciel avec davantage d'engouement.

Voilà pourquoi je puis qualifier d'heureuse mon enfance : à aucun moment, je ne me rappelle avoir désiré qu'elle fût autre. Elle était.

C'était déjà beaucoup.

J'avais ma mère-boussole, ce père éphémère, un édredon moelleux, j'apprenais mes leçons, j'allais à l'école, je mangeais à ma faim.

C'était peut-être une vie parfaite – même si, à vrai dire, j'étais comme éteint.

Car mon avenir ne m'intriguait pas.

Je marcherais dans les pas de mon père, pensais-je sans penser.

Je vendrais des choses à des gens, j'habiterais la même maison, la même ville.

Et pour me « refaire » (je veux dire : pour me perpétuer), j'aurais Mariette.

Pause. J'ai écrit que je n'avais pas d'amis – excepté l'unique et primordiale.

Ma voisine s'appelait Marie-Jeanne, tout le monde l'appelait Mariette.

Les deux maisons partageaient un mur : nos chambres étaient situées de part et d'autre de ce mur. Cette paroi était trop épaisse pour communiquer en morse, mais nous partagions déjà assez d'heures le jour pour nous passer de langage la nuit.

Mariette était coiffée de deux tresses noires qui chaloupaient derrière sa nuque pâle.

D'un caractère égal, mon amie parlait peu et arborait spontanément un air chagrin : ses lèvres étaient comme tracées à l'envers.

Mais lorsqu'elle souriait, son visage entier s'éclairait. Je l'aimais.

Cet amour ne s'acheminait point vers un destin charnel. [Une telle phrase a quelque chose de médical, je m'en aperçois. Le désir sexuel n'est certes pas une maladie, il est même naturel.]

Je veux juste dire que Mariette se destinait dans mon esprit d'enfant à devenir la femme qui vivrait avec moi, et que ce rôle échappait aux prescriptions anatomiques.

Il y avait la maison, il y avait demain, il y avait nous… et c'était suffisant.

MARIETTE : BIS

Dans le chapitre précédent, je n'ai pas noté que Mariette et moi n'étudiions ni dans le même établissement ni dans le même quartier : ses parents tenaient l'école confessionnelle comme la seule légitime, or l'école confessionnelle se trouvait à l'exact opposé du lycée communal… ainsi qu'à une distance certaine de notre quartier. Pour son onzième anniversaire, mon amie obtint donc la bicyclette que mon père m'avait perpétuellement refusée.

Merveille : deux ergots soudés au châssis permettaient à un passager de se hisser sur les épaules du conducteur. Combien de fois avons-nous descendu les méandres du Doubs dans cette posture acrobatique ! En hiver les roues glissaient sur la glace : nous tremblions de peur, de froid.

Sept collines forestières ceignent Besançon, qui se convertit quelquefois en ville féerique.

Cela tient à un rayon de soleil plus étincelant que d'habitude, à un nuage d'insectes rouges, au parfum de plantes inconnues.

Arrêt. Une idée vient : si Mariette et moi, entre toutes ces clairières, n'avons *jamais* « pensé à », c'est peut-être que l'exemple nous manquait ?

Car pour des raisons distinctes, mais analogues dans leurs effets, nos parents ne nous offrirent jamais de contempler la peinture d'un homme et d'une femme qui s'aiment en vivant.

Dieu ternissait sa maison – la grisaille attristait ma maison.

Quant aux têtes brûlées de ma classe (je veux parler de ces frondeurs qui s'enorgueillissaient, à la faveur de mots bien laids, d'exposer les secrets de la fertilité humaine), je les fuyais.

Dès lors : je ne voyais point d'image derrière le mot.

Et je me consolais en songeant qu'escortée de ses nonnes, en son paysage de guimpes & cornettes, Mariette se trouvait mieux prémunie que moi contre cette bassesse masculine.

Proprement masculine.

Le velours

28 juin 14 : les journaux annoncent qu'un type a tiré sur un autre type à Sarajevo ; ville dont j'ignore l'existence. La victime est un prince, un duc, un personnage important.

Son assassin a été roué de coups puis appréhendé par la police locale.

Stop. Si je me rappelle cette date, c'est pour deux raisons séparées.

La plus banale, c'est que cet assassinat aura des conséquences dramatiques sur la vie de millions d'individus, en particulier la mienne – on ne le verra que trop.

La seconde concerne Mariette, et ressemble à un secret.

Une après-midi que mon amie rentrait de l'école, sa bicyclette dérailla.

L'enfant ne savait la raccommoder.

Seule, sur un chemin de traverse qu'elle avait l'habitude d'emprunter pour respirer l'air du sous-bois, Mariette entreprit de marcher en poussant sa monture. Or un fermier passa, qui lui proposa de ravauder sa chaîne. L'homme arborait des moustaches de bon grand-père : la fillette le suivit en confiance.

Ils trottèrent vingt minutes.

Dans sa resserre, le fermier pressa sa main sur le genou de Mariette.

Mon amie réclama de s'en aller. Aux chevaux maigres vont les mouches : le fermier ferma la porte.

Silence. Mon amie ne me révéla rien de ce qui advint derrière cet huis : c'est son œil qui parla.

Elle me fit cependant promettre de garder un secret qui, s'il parvenait aux oreilles de ses parents, à coup sûr l'exposerait au couvent.

Arrêt. Je compris ce jour-là que j'aimais ma voisine – à cause de ce désir irrésistible de me venger.

Mais me venger de quoi ? Et contre qui ?

Mariette fut incapable de situer sur une carte la ferme du délit : le chemin s'était comme effacé de sa mémoire. Quant au paysan lui-même, elle avait aussi oublié son faciès, hormis ses épaisses moustaches ; et ce détail : un fer à cheval cloué sur la porte de son établi.

Fait troublant : ce même jour à la même heure (l'heure du déraillement), je me trouvai alpagué moi-même par un aliéné, qui me lança en pleine rue, m'attrapant les mains : « Le sang ne tache que les pauvres, mon ami ! La banquette de l'Archiduc était déjà rouge ! C'est ça le velours, mon ami ! C'est ça le velours ! »

Ma guerre

Elle ne fut pas celle des autres.

Elle fut le début et la fin de ma vie tranquille.

Elle fut le début de ma fin.

Mais commençons par des faits généraux.

En premier lieu, nous vîmes débarquer dans Besançon (puis dans toute la Franche-Comté) des milliers d'Alsaciens-Lorrains fuyant la férule germanique.

Une agitation gagna la ville, que je n'avais jamais éprouvée et qui parut la sortir de son sommeil.

Stop. Tous les garçons dignes de prétendre au sacro-saint statut d'homme s'évaporèrent du jour au lendemain. Des chapelets de « soldats » que j'avais aperçus jeunes aux champs, ou en classe de morale, rejoignirent balluchon sur l'épaule un pays que les adultes nomment Honneur ou Patrie, que moi je nomme Trépas.

On dit que le taux d'engagement volontaire fut supérieur dans notre Doubs à toutes les autres régions, du fait de la proximité de l'espace frontalier – donc d'un éventuel couloir d'invasion.

Il est vrai que j'ai vu s'en aller joyeux les garçons dont je parle.

Chantant vers la mort.

J'étais né trop près du siècle (en 1899) : je n'avais pas l'âge encore de donner ma vie.

Cela aurait mieux valu, je l'écris aujourd'hui, qu'une balle de cuivre me transperce l'abdomen comme l'Archiduc de Sarajevo, sans velours ni calèche – mais avant le désastre.

N'ayant toutefois la possibilité ni de déserter ni de fuir, je suis resté.

Mon père, lui, partit.

C'était son habitude : ce devint sa destinée.

Il avait trente-huit ans, les yeux déjà mangés, au front des rides de vieillard.

Sa vie était entamée.

Du fait de ses bonnes relations commerciales avec certains viticulteurs, il parvint à faire livrer jusque dans sa tranchée des ravitaillements réguliers de boisson.

Son régiment – qui fit la jalousie des autres – le célébra en héros.

Cela ne l'empêcha pas d'être pulvérisé par un obus allemand en janvier 1915.

Abysses

Mon maître d'école s'appelait Buissonnier, Fernand de son prénom : je me distrayais à songer qu'il était rare de faire *l'école buissonnière* en toute légalité.

Ainsi que tous les hommes valides, il dut lui aussi rejoindre le combat.

Son départ annoncé comme temporaire m'affecta davantage que celui définitif de mon père. (C'est que j'avais passé plus de temps à ses côtés.)

Buissonnier et lui avaient d'ailleurs le même âge, mais ne se ressemblaient point.

Du fait de son métier peu propice à l'absorption d'eau, mon père trimbalait depuis toujours une généreuse bedaine : mon maître d'école était taillé en fétu.

Son autorité n'en demeurait pas moins tangible, même si en dernier lieu, c'était sa bienveillance qui primait. Pour le goûter, Buissonnier avait fait adopter cette jolie coutume de diviser notre pomme en deux parts égales... et d'échanger la nôtre avec un voisin de pupitre, afin d'apprendre le partage. Cette leçon simple portait ses fruits, si j'ose dire.

Ne me mêlant guère aux autres garçons (je me répète), il n'était pas rare que je passasse la récréation auprès de mon instituteur. Nous tournions à quatre mains les pages d'albums illustrés représentant la vie animale sous toutes ses formes.

Mon opus favori s'intéressait aux poissons des vastes profondeurs – dites *abysses*.

Ces créatures étaient d'une laideur déconcertante. Ondoyant loin de toute lumière, Dieu n'avait pas jugé nécessaire de leur faire une belle tête.

Un jour que je me cachai les yeux de frayeur face au dessin d'une *hache d'argent diaphane*, Buissonnier me saisit le poignet et déclara : « Ces poissons-là ne sont pas moins dignes que les autres, ils sont simplement différents. »

Cette phrase me frappa de plein fouet.

Je me souvins des quolibets que subissait un pauvre bossu près de la cathédrale, auxquels j'avais quelquefois contribué. Le soir venu, je fis un détour par la rue de la Convention : malgré la pagaille, le bossu était encore là. Il dormait (ou plutôt il ronflait).

Je déposai dans sa sébile les dix centimes de mon goûter.

Frère Robert

Avant de quitter l'école, Buissonnier réunit ses élèves sous le préau.

Nous priant de donner la meilleure image de nous-mêmes, il s'absenta quelques instants dans le bâtiment adjacent pour revenir escorté d'un petit homme à l'œil méchant, auquel il m'apparut impossible de donner un âge précis.

Ce petit homme portait la soutane.

Buissonnier annonça qu'il avait l'honneur de nous présenter « Frère Robert », qui assurerait durant son engagement notre éducation intellectuelle, physique et morale. Il faudrait veiller à rester *attentifs*, *respectueux* et surtout *charitables* dans nos actions en ces temps difficiles.

La vie du pays et de nos familles en dépendait.

Un vibrant « Au revoir professeur » fit trémuler les lattes du préau, et Buissonnier s'éclipsa.

Je n'avais rien contre Jésus, ni contre son père ou sa mère.

Mais leur mitoyenneté ne m'était point naturelle, contrairement à la plupart de mes camarades.

Ainsi je connaissais mal mes prières – et ne pouvais m'empêcher de constater que Frère Robert outrepassait les limites de sa mission, en nous les faisant réciter chaque matin.

Il dut m'entendre constater : peinant à débrouiller un exercice d'algèbre, j'eus un soir le malheur de lever le bras et de réclamer « Monsieur Robert ». Les doigts de ma main droite se souviennent encore de sa réponse, gratifiée vingt fois de suite.

Le lendemain, l'élève Monnier eut l'outrecuidance (sinon la démence) de désigner une nouvelle fois notre nouvel instituteur par son nom : « Monsieur Robert, la classe finira-t-elle toujours à seize heures, car je dois aider ma mère au magasin… » Il reçut en guise de réplique une torgnole à faire frémir la Grosse Bertha. Ponctuée de ce couperet : « Je n'ai qu'une place ici, elle appartient à Dieu. Aussi et pour la dernière fois, je vous demande de respecter ma fonction en m'appelant Frère Robert. Reprenons. »

Monnier ne revint plus à l'école.

Le sac de sable

L’un des premiers exercices fut d’apprendre par cœur (et d’orthographier convenablement) les différents éléments de l’uniforme du soldat français.

Aujourd’hui la majorité de ce lexique a quitté ma mémoire, à l’exception – pourquoi ? – des *brodequins prolongés par des bandes molletières.*

L’élève Favre se risqua à demander pourquoi les Français, à l’instar des Allemands, ne se chaussaient point de bottes de cuir, enfilées d’un trait, libérant un précieux temps de lacement. Frère Robert répliqua d’un ton sentencieux : « Ce qui est rapide n’est pas nécessairement bon. »

Nous apprîmes à cette occasion que la besace du poilu moyen pesait 30 kg ; sans compter le poids de la gamelle et du fusil. Dans la cour de l’école, un sac de sable de charge équivalente dut ce jour-là être soulevé par chaque élève, afin que nous prissions conscience de l’effort *héroïque* auquel se pliaient nos aînés.

Quand vint mon tour, j’eus l’impression de soupeser le cadavre de mon père.

Je m’effondrai avec le sac et fondis en larmes.

C'était la première fois que je pleurai mon père.

Frère Robert, qui était mauvais mais pas nigaud, marmonna : « Dieu ait son âme. »

Puis sans l'ombre d'une émotion : « Au suivant. »

Ma guerre : bis

Tout à l'école ne devint que guerre, guerre, guerre.

Calcul : *Répondez à l'exercice intitulé « Le Noël du soldat ». Une somme de 122,90 FRANCS a été recueillie par les bonnes œuvres, qui se proposent d'acheter 5 tricots neufs au prix unitaire de 31,20 FRANCS, tout en sachant que 20 % de ce budget sera alloué à la Ligue des orphelins de France. Quelle somme globale manque-t-il encore pour l'achat des tricots ?*

Frère Robert prit l'habitude d'ânonner chaque matin – après les prières – ce télégramme d'Albert Sarraut, notre cher Ministre de l'Instruction publique : *Je désire que le jour de la rentrée, dans chaque classe, la première parole du maître aux élèves hausse le cœur vers la Patrie, et que sa première leçon honore la lutte sacrée où nos armées sont engagées.*

[Comment un homme de Dieu peut-il croire à la guerre ?]

La reconquête de l'Alsace-Lorraine occupa bientôt toutes nos leçons de géographie. Chacun dut connaître sur le bout des doigts une liste individuelle de quarante communes recouvrées.

Parmi les miennes figuraient : *Riquewihr*, *Eguisheim*, *Altkirch*, *Rouffach*, et l'imprononçable *Illkirch-Graffenstaden*.

Les élèves requis aux champs étaient dispensés de certaines répétitions.

Inutile de préciser que les fraudes furent prospères : les cancres se cancrifièrent.

Et les paysans s'anoblirent.

J'entends par là que chaque foyer qui n'avait pas la chance de faire pousser son propre blé ou ses propres patates se mit en quête de succédanés pour se nourrir, se chauffer – pour survivre en l'absence des hommes, de leurs bras, de leurs salaires.

Un petit Belge, dont les parents avaient été tués par une mine allemande au début de la guerre, entra comme réfugié dans la classe. On nous demanda de le traiter en frère. Et contre toute attente, Cornelis (c'était son bizarre nom) ne fut guère taquiné par nos brutes en chef.

Il faut dire que ce pauvre enfant paraissait muet.

Un tableau commémoratif des Morts pour la Patrie fut installé sous le préau. Des noms étaient ajoutés à la craie chaque lundi. Nous avions pour consigne de nous incliner en passant devant. Je négligeai une fois de le faire. Je reçus aussitôt un mémorable coup de pied au cul.

Frère Robert avait-il oublié que le nom de mon père figurait en tête de liste ?

Non. Il n'avait pas oublié.

Une bouteille jaune

À cause du bruit des canons qui semblaient se rapprocher chaque matin des confins de la ville, de la bise chargée de cendre (ou de braconniers affamés prêts à giboyer toute viande ?), même les chats disparurent des rues. Je me trouvai définitivement seul.

Car la guerre m'avait aussi dérobé Mariette.

Des cousins siens exploitaient une vaste métairie en Bretagne, fort loin de la ligne de front.

Ma bonne amie et ses géniteurs avaient décanillé sans préavis.

Pour unique adieu, je n'eus droit qu'à une main frôlée à la fenêtre d'une auto.

Je me souviens de la peau si douce de Mariette, de la manche mauve de son vêtement, du visage sans mot ni serment de ma promise.

Puis le silence.

Celui de Mariette… et celui surtout de ma mère qui, depuis la mort du père, avait troqué son espérance vague contre une ivresse avérée.

Ce ne sont point des choses qu'un enfant remarque d'emblée. Vacillations, pupilles hagardes, haleine lourde : un faisceau d'indices vous troublent de prime abord…

Vous repérez alors une bouteille jaune dans le cellier.

Le lendemain la bouteille est encore là, mais vidée de moitié.

Deux jours passent : la bouteille est désormais pleine et votre mère vidée.

La consomption commence.

Voir boire sa mère et n'y rien pouvoir faire est une sorte de torture parfaite.

Un enfant ne veut pas que sa mère se détruise.

Mais un enfant ignore que casser une bouteille ne déloge pas le diable qui l'habite.

Ma mère, naguère si tendre, me regarda subitement comme l'ennemi de sa liberté.

Elle retrancha son affection et se renferma pour avaler sa honte.

Je découvris que l'on pouvait en même temps aimer de tout son cœur – et haïr.

Dans sa poche

Comme on s'en doute peut-être, Cornelis devint mon nouveau compagnon de solitude.

En tant qu'orphelin bénéficiaire de l'Accueil français, il avait trouvé refuge dans une famille solidaire de l'effort de guerre, qui s'était portée volontaire pour lui fournir le gîte et le couvert.

Ce n'est que lorsqu'il me conduisit « chez lui » la première fois que je découvris qu'il logeait au-dessus de la boucherie-charcuterie du Veau d'or – où j'accompagnais religieusement mes parents une fois par an, trois jours avant la Noël.

Stop. En une poignée de mois (soit depuis le début des hostilités), la vitrine du plus glorieux commerce de bouche de Besançon s'était tarie. Les délicieuses terrines & autres gigots de lait avaient cédé la place à de moroses rémoulades, à de rares tranches de jambon.

Désossant nuit et jour, envoûté par sa viande, Monsieur Roger ne saluait pas ses clients. Le père de son père avait fondé cette boutique où il était né, dont on eût juré qu'il n'était jamais sorti.

Sa femme établissait les factures et enveloppait les rôtis dans un journal et un sourire.

Homme énorme, rouge comme ses bavettes, Roger m'avait toujours semblé menaçant.

Il se révéla pourtant un excellent père de substitution : loin d'exploiter son jeune réfugié, que d'autres auraient souhaité corvéable à merci, il eut pitié de sa peine et convainquit sa femme de déplacer le lit matrimonial dans la salle à manger, afin que le petit eût sa propre chambre.

Ce couple n'avait pas eu d'enfants : en nourrissait-il un regret ?

Les Roger m'admirent comme camarade avec la même bonté : je passai tantôt la plupart de mes après-midi dans la chambre de Cornelis. De sa fenêtre (l'immeuble du Veau d'or dominait le vieux quartier des Chaprais), on apercevait la tour de la Pelote avec ses remparts moyenâgeux et, en dessous, le petit lit de la Mouillère qui se jette dans le Doubs.

De quoi parlions-nous dans cette chambre ?

Je ne sais plus trop.

Me revient en revanche une image : Cornelis, fébrile, tirant de sa poche un paquet de cartes.

Il s'agissait, je le compris, du seul objet conservé de sa vie d'avant.

Ses parents jouaient-ils à la belote ? « Non, avait-il bredouillé, c'est mon père qui m'a appris quelques tours… » Et d'éventailler le jeu, en me proposant d'en tirer une au hasard. Ma carte fut ensuite perdue – le paquet coupé, mêlé à plusieurs reprises – pour finir par reparaître dans le soulier de mon condisciple ! C'était la première fois que je voyais de la magie.

En l'espace d'un éclair, le monde se révéla tout à coup plus imprévisible.

C'est-à-dire plus intéressant.

Le vélo de mon amie

Les parents de Mariette étaient partis si expéditivement que son vélo était resté debout contre la façade de leur maison. J'étais passé devant cent fois sans le voir.

Puis un jour je l'avais vu.

Allant aussitôt solliciter la permission d'emprunter ce véhicule auprès de ma mère, je me ruai vers le porche de notre logis adjacent – percutant avec fracas l'épigastre du docteur Bompart qui sortait de chez nous.

Il en parut perturbé, et s'esbigna en recoiffant son crâne hirsute.

Ma mère était-elle souffrante ?

Je l'interrogeai sur-le-champ.

Elle jeta ses yeux dans le blanc du mur : « Non. Maman n'est pas malade. »

J'en déduisis que son alcoolisme était la cause honteuse de cet examen inopiné.

Mais le soir même en passant le balai, repêchant une montre à gousset sous son lit, je saisis de quel genre d'*examen* il s'était agi.

Ma naïveté me consterna : moyennant son infime pension de veuvage, ma mère était bien sûr incapable de subvenir sans salaire à nos deux besoins.

Car son état moral autant que physique la prévenait absolument de pratiquer le moindre métier.

Se serait-elle proposée comme infirmière à l'hospice, on l'aurait admise comme patiente.

Je suggérai donc ce jour-là de sacrifier la moitié de mon temps d'enseignement pour exercer un travail d'appoint qui nous permettrait de subsister – sans insinuer, par pudeur, que j'avais élucidé la nature de son commerce clandestin.

Ma mère s'y refusa, il n'était pas question que je sacrifiasse mon avenir.

Ce refus m'excita au vice : je mentis pour la première fois de mon existence, manquant dès lors l'instruction de Frère Robert deux jours par semaine, afin de me louer auprès de borderies avoisinantes où j'effectuerais, grâce au vélo de mon amie, de menus travaux en contrepartie de quelques sous, sinon d'un filet d'oignons ou d'une livre de farine.

Restait désormais à faire apparaître chez nous ces victuailles sans me dénoncer.

J'eus ici une idée rocambolesque, qui fit toutefois ses preuves : chaque lundi à l'aube, Cornelis déposait sur notre perron un panier garni de ces provisions que je lui avais remises la veille, chapeauté d'un carton griffé de ces mots sobres : *En l'honneur de la France.*

Pari gagné. Au réveil, face à ces offrandes, ma mère avait déclaré d'une voix inerte : « Tu peux remercier ton père d'être mort : grâce à lui, nous ne mourrons pas de faim. »

Des quelques-unes qui m'employaient, la ferme Vuillemin m'imposait les tâches les plus rudes.

Sans me comparer à tel héros grec, on m'avait sommé d'y nettoyer une soue infâme, avec pour uniques outils une bêche et un seau. Un autre jour, ce furent trois porcelets malformés que je dus asphyxier à la force de mes mains, sans qu'on m'ait appris à le faire, recevant pour salaire leurs douze pieds sectionnés que je n'osai remettre à ma mère.

Mais les mauvais rêves que m'inspirèrent ces bêtes se vidant de leur sang ne sont rien à côté du cauchemar qui tomba sur ma tête le 4 juin 1915.

Ce jour-là, la bru Vuillemin m'expédia du côté de Noironte, d'où je devais ramener en urgence trois bidons de mazout, que l'on me remettrait en échange de dix litres de lait.

Au moment d'enfourcher ma bicyclette, le fils Vuillemin (qui était lui-même éclopé) fut saisi d'un mauvais pressentiment : « C'est-ty bien prudent d'envoyer l'gamin si près des combats ? » lança-t-il à sa bonne femme, qui rétorqua : « Tu n'as qu'à le faire toi-même ? »

Je décampai sans demander mon reste, mettant le cap vers cette bourgade qui frisait en effet l'une des plus vastes tranchées du département.

À mesure que j'approchai de la zone, mes jambes sur les pédales se mirent à chanceler contre mon gré. Un parfum que je ne connaissais guère me chatouilla bientôt les narines, avant de se convertir en franche sensation de brûlure. Mes yeux brûlaient aussi.

Je dus m'arrêter sur le bord du chemin, sacrifiant une bouteille de lait pour les rincer.

L'onguent fit florès, mais ne me permit point de remonter en selle.

La brûlure était partie, seulement je m'aperçus que je ne voyais plus, sinon rien que des formes, tergiversant dans un grand remous. Je posai un pied devant – halluciné, inconscient.

Et c'est ici qu'un bruit d'Armageddon, le plus colossal bruit de ma vie, retentit.

Bombe? Obus? Mine? Le monde s'atomisa en mille fragments de kaléidoscope.

Je m'envolai très haut et m'écrasai à distance.

Puis rien.

Un grand lac noir vidé de son eau.

Un grand lac noir, et au milieu du ventre : une incommensurable douleur.

Vers mes entrailles

« Au secours ! »

Une voix s'époumonant, criant à l'aide désespérément, puis rien derechef.

J'ai dû me croire mort avant de défaillir.

Et si quelque espoir fou me fit entrevoir autre chose que la mort, ce fut sans doute de reprendre mes esprits sur un lit d'hôpital.

Je ne me réveillai cependant point sur un lit d'hôpital.

Malgré juin il faisait frais.

Trois murs grisâtres, couleur chauve-souris, délimitaient mon champ de vision. Aucune lumière ne s'immisçait dans l'espèce de cave où je me trouvais.

Seule une chandelle plantée sur son bougeoir dessinait au plafond des ombres de lumière.

J'avais mal partout, effroyablement mal – mais j'avais donc recouvré la vue.

En profitant pour numéroter mes abattis, il apparut que l'accident dont j'ignorais encore tout ne m'avait coûté aucun bras, ni aucune jambe. Ému, sans rien savoir pourtant de ce qui m'attendait, je m'avisai qu'il me serait possible un jour de remarcher.

Stop. Je tâchai bientôt de reconstituer le récit de mes blessures, plongé dans des vapes abstraites, à mi-chemin entre lucidité et égarement.

Par saccades, des images se formaient dans une sorte de nue : les yeux de ma mère, la houlette du fils Vuillemin ; et je m'alarmai alors des bouteilles de lait qui n'étaient pas arrivées à bon port.

[Cela en dit long, je le remarque en l'écrivant, sur le poids de ma conscience professionnelle en ce temps-là… pour ne pas dire de ma servilité.]

Stop encore. La nue continuait.

Je comprimai mes paupières pour raviver le silence, puis soudain… l'EXPLOSION.

Autrement dit : la guerre. Cette guerre dans laquelle nous macérions tous depuis un an, cette lie des hommes qui avait balayé mon père, voici que j'étais tombé dans sa gueule à mon tour.

J'avais caressé de trop près ses moustaches, joué à mon corps défendant avec son feu.

Et désormais j'en payais le prix le plus lourd.

Mais où diable m'avait-on mis ?

Qu'était-il advenu de la bicyclette de Mariette ?

Où était ma mère ?

Et pourquoi ces câbles, ces tubulures, ces pipettes insolites et multicolores autour de ma couche, s'enfonçant sous un drap vers mes entrailles, me prévenant d'effectuer le moindre geste ?

Tout le long de ma panse

Brouillard toujours. Incertitude.

Quelques heures supplémentaires de solitude.

Puis le contour d'une silhouette s'esquissant dans l'ombre…

Cette silhouette… s'approchant assez près de moi pour entrevoir mes paupières ouvertes.

Mon visage détaillant le sien, semblant à la fois masculin et féminin.

L'instant d'après : une voix… d'aspect elle aussi « hermaphrodite ».

Je veux dire : au mitan du timbre des deux sexes.

Et cette phrase : « Amen Alléluia, notre Jésus est ressuscité ! »

Si c'était de l'humour, j'étais trop défaillant pour l'apprécier.

Si c'était un mot sérieux, il y avait de quoi blêmir : je m'étais imaginé bien des rôles, nullement celui de prophète. D'autant que ma destinée mythique m'occupait peu, au regard du supplice de douleur qui me rongeait le ventre et se dépliait de minute en minute.

La morphine devait s'être tarie dans mes canules. J'avais cruellement besoin d'une nouvelle dose : je parvins par miracle à l'exprimer du bout des lèvres.

Une main experte, aux ongles teintés de rouge, ouvrit une fiole et y planta une seringue, injectée dans un tuyau vraisemblablement raccordé à ma physiologie, puisque la douleur retomba sans délai. Je vis toutefois s'évanouir du même pas mes facultés cognitives : la vapeur s'épaissit, le monde redevint charbonneux. *Arrêt.* Étourdi par des images familières ou fantasques, je saisis malgré cet état de demi-conscience que la chimie qui lénifiait mes souffrances m'excitait aussi à délirer. Du moins fallait-il l'espérer.

Car ce que mes yeux discernèrent lorsque la main aux ongles rouges souleva le drap qui reposait sur mon corps ne détonnait guère avec les pires représentations de l'enfer.

Voyez : une main – ou plutôt : un bras quasi entier, velu comme celui d'un père – paraissait sourdre de mon estomac, à l'emplacement du nombril ; un ourlet de peau rosâtre, luisante et potelée enserrant cette liaison d'aspect déjà mature.

Cette main & le bras qui s'y rattachait reposaient tout le long de ma panse jusqu'au prélude des genoux, et ne m'appartenaient assurément pas.

J'eus envie de glapir, mais l'épuisement remporta cette première manche.

Tout athée que j'étais, je pris congé du réel en priant que cette vision démoniaque me fût inspirée, sans restriction, par la pharmacopée de mon mystérieux soigneur.

Cent bracelets de coquillages

Camille Gottschalk.

J'appris, lorsque je fus en mesure de tenir un semblant de conversation, que j'avais été sauvé et soigné durant quatre semaines par un thérapeute nommé Camille Gottschalk.

Mais un nom n'est pas tout : il me faut croquer son portrait.

[*Pour qui, pourquoi j'écris ces lignes ?*
Le doute d'ores et déjà me tenaille :
gardons le courage de continuer.]

Notre premier entretien avec Gottschalk me fournit nombre d'informations.

Crédule de nature, je ne les mis – d'abord – guère en doute.

Ce scientifique d'origine suisse s'était prétendument établi en France peu avant la guerre pour se rapprocher de son confrère Étienne Jaboulay, chef des travaux d'anatomie de l'hôpital de Beaune, lequel avait réalisé en 1906 la première greffe homme-animal, transplantant un rein de chèvre au pli du coude d'une jeune patiente atteinte d'insuffisance rénale chronique.

Dès les prémices de sa vocation, Gottschalk avait présagé que la médecine deviendrait *moderne* le jour où les hommes sauraient transplanter des organes d'un individu vers l'autre.

« Tant de cadavres emportent sous terre des trésors de création », se lamentait-il, rêvant à voix haute que « ces morts inutiles rachètent des vies utiles ».

Et de citer pour se justifier – mais se justifier de quoi ? – cette devise de Mme de Staël : *Comme rien n'est si difficile que de créer, il faut le plus souvent greffer une institution sur une autre.*

Que la première patiente de Jaboulay ait succombé après son opération, et la suivante, et la suivante encore, ne tourmentait pas plus que cela mon savant : il fallait échouer mille fois pour progresser d'un pouce, telle était la loi chirurgicale.

Soit. Mais était-ce cet amour de l'hybridation… qui avait poussé Gottschalk à se composer une apparence androgyne ? Car je n'ai pas brossé, en dehors de ses ongles peints, ses accoutrements peu appropriés à l'uniforme hospitalier : d'amples châles pourpres ceinturés autour des hanches (façon toge), du violet sur les lèvres et les joues, un canotier vissé sur la tête, et cent bracelets de coquillages cliquetant autour des poignets.

En somme, je n'ai pas noté le principal : que j'étais entre les mains d'un fou.

Mais un fou sagace – tant il est vrai que le toqué moyen possède davantage de ressources que l'homme de la rue. Au demeurant, Gottschalk touchait sa bille en matière de greffes, du moins s'avéra capable à peu de frais d'esbroufer le néophyte (alité) que j'étais.

Tout était affaire, selon lui, d'*antigènes* et d'*anticorps*. Il se référait pour cela aux travaux d'un Allemand nommé Ehrlich, supposément nobélisé en 1908. [Ne connaissant point ce médecin, il m'était impossible de jauger ces informations.] Paul Ehrlich avait montré, s'extasiait-il avec l'ardeur d'un idolâtre, que *tout système vivant* admettait ce qui lui appartenait – c'est-à-dire ce qu'il avait fabriqué lui-même – et refoulait ce qui ne provenait pas de lui.

Là résidait le principal obstacle de la transplantation : prier le corps de ne pas régurgiter ce qui lui était vital, mais était perçu, une fois en lui, comme ennemi. L'écueil de la *vascularisation*, qui avait tant occupé Jaboulay, appartenait déjà au passé : grâce à un sérum dont il gardait le secret, Gottschalk avait trouvé, s'enorgueillissait-il, le moyen de souder veinules & vaisseaux sans chirurgie. À l'en croire, c'était la jalousie de Jaboulay à propos de cette découverte qui avait entraîné leur fâcherie, conduisant mon séquestrateur à fonder son propre laboratoire.

Mais il y a laboratoire et laboratoire.

Ce cul-de-basse-fosse dans lequel j'étais reclus en cobaye, je doutais fort que la moindre autre personne que Gottschalk en connût même l'existence.

Je dis *cobaye*... car c'était ma fonction.

Inutile de tirer les cartes pour saisir que mon geôlier expérimentait sur ma pauvre carcasse ses « théories » sur le rejet cellulaire – m'utilisant tel un banal pommier sur le tronc duquel on eût repiqué le greffon d'une autre variété de fruit.

Avouons-le tout de go : je ne croyais pas un instant à la fable selon laquelle, en allant récolter quelque herbe médicinale, Gottschalk aurait entendu une terrible déflagration... qui aurait propulsé à ses pieds le corps d'un jeune garçon percé au ventre par un bras, déflagration interprétée par lui comme un miracle, ou plutôt un signe de la Providence – la puissance céleste offrant mon destin en oblation pour la Science, au bénéfice de l'humanité entière.

Et je ne croyais pas davantage que Gottschalk m'eût porté jusqu'à son « laboratoire » dans le souci de m'épargner l'hôpital public... où de *veules praticiens* auraient renoncé à extirper de moi ce corps étranger, trop encaissé qu'il était dans mes viscères, préférant à la place *abréger mes souffrances*.

Autrement dit : que mon helvétique guérisseur ne s'était pas contenté de tenir tête aux dogmes de son époque, mais qu'il m'avait surtout sauvé la vie.

La corde raide

Les animaux ne conçoivent pas l'avenir en deux temps : le rat entre les griffes du chat ne songe qu'à détaler, et plus il s'y efforce, plus il se fait lacérer.

Dès que l'amélioration de mon état physique me permit de penser à autre chose qu'à la douleur, je m'employai à imaginer le meilleur moyen de me soustraire à la férule de Gottschalk.

Or cela signifiait marcher sur une corde raide.

Il ne fallait point en effet que j'apparusse trop revigoré, sous peine d'être considéré comme un fugitif potentiel par mon sinistre aruspice.

Il ne fallait point, au contraire, que je simulasse trop le supplice, sous peine de me voir inoculer de nouvelles drogues, qui m'auraient empêché tout à fait de gamberger.

Le plan d'action était celui-ci : reprendre suffisamment de forces à l'insu de Gottschalk, feindre d'ingurgiter les gélules anesthésiantes qu'il m'administrait, mais les expulser en tapinois, dire oui à tout, et converser le moins possible – car on ne raisonne pas un fou.

Ensuite : rejoindre le dispensaire le plus proche, me faire ausculter par de véritables hommes de science, dissocier de moi cette abominable greffe ; y survivre si Dieu le voulait.

[J'ai affirmé que je ne croyais pas en Dieu. Les péripéties rapportées depuis quelques pages m'avaient fait douter de mon doute : si le diable était capable du pire, son rival n'était-il point capable, en proportion inverse, du meilleur ?]

Mais j'ajournai cette controverse.

Quant à ma mère, j'avais résolu dès ma reviviscence de taire son existence en cette souricière, redoutant que Gottschalk – qui semblait capable de tout – et qui l'avait prouvé – fût tenté de prolonger ses expérimentations perverses sur la parentèle de son prisonnier.

À l'heure qu'il était, la pauvre femme devait me croire trépassé.

Après trois jours d'absence, un brigadier ayant retrouvé ma bicyclette et ma carte d'identité à demi calcinées devait avoir frappé à notre porte, le faciès contrit.

Devinant la nouvelle qu'il apportait, ma mère avait dû s'écrouler sur le perron avant de se noyer dans la solitude… puis encore dans la boisson. [Si un jour je ressuscitais devant ses yeux, se mettrait-elle aussi à croire au Ciel ? Après tout, Gottschalk lui-même m'avait nommé Jésus !]

Stop. Je marchais donc sur cette corde raide, attendant nerveusement la prochaine étape.

Qui tenait en quelques mots : flairer la nuit favorable, me redresser, détacher de moi les sondes et autres seringues implantées par Gottschalk, gagner l'escalier, ne faire craquer aucune latte, aucune porte, aucune marche branlante, prier ma bonne étoile – courir dans l'ombre.

Combien de temps étais-je demeuré captif de Gottschalk et de sa cave ?

Une semaine ? Deux semaines ? Davantage ?

Du fait de cette torpeur primitive dont j'omis la durée, il était impossible de le déterminer.

Du haut de mes quinze ans, ma barbe ne poussait pas assez pour marquer le passage des jours.

Un matin toutefois, je me sentis en capacité de mettre à exécution mon projet de fuite.

Je n'étais point rétabli de fond en comble, mais je pouvais tenir debout.

Ainsi la nuit escomptée s'imposa d'elle-même. Il suffisait d'attendre.

Les jours précédents, se doutant peut-être que je dissimulais des informations à sa connaissance, Gottschalk s'était fait plus impérieux, m'assaillant d'interrogations sur ma famille, ma scolarité, ma maison – mes désirs, même. Trop piètre acteur pour simuler l'asthénie, je lui avais opposé un chapelet de : « Je ne sais pas… ne sais plus… », hasardant plutôt la carte de l'amnésie.

Après le choc que j'avais reçu, un authentique docteur eût pu agréer cette hypothèse.

Mon subterfuge tenait sa logique.

Quant à la logique, d'ailleurs, mon cerveau ragaillardi me permit de revenir point par point sur les récits farfelus de Gottschalk ; remettant en cause jusqu'au moindre détail sorti de sa bouche.

Les questions, dès lors, affluèrent.

Aussi infect fût son traquenard, étais-je le patient fortuit d'un potentiel génie, ou bien le trophée d'un charlatan – la proie d'un vulgaire criminel ? Et d'où venait ce bras qui me pendait au ventre ?

Non – je veux dire : à *qui* appartenait-il ?

[Où l'on voit comme il est facile de sortir de l'humanité le membre dépourvu de visage.

Il fallait absolument que je me répète : « Cet organe n'est pas un déchet, ce bras jumelé à toi fut le bras d'un homme qui avait peut-être une femme, des enfants, des parents. »]

Arrêt. Une pendule à coucou (énième incongruité) me faisait face dans la cave de Gottschalk.

Elle sonna faux douze fois et demie.

Peu après minuit, m'étant dégagé de mes nasses curatives, je posai le pied au sol et progressai vers l'escalier. Tout se passait comme prévu. Jusqu'à cette voix surgie de nulle part, qui me fit bondir d'effroi : « Où va-t-il donc, mon petit Jésus ? »

Quelque chose de bien plus imprévisible

Je me réveillai dans le même lit et dans la même cave.

Je ne me souvenais de rien.

Mon gardien était absent.

Les seringues coutumières étaient à nouveau enfoncées dans mes veines.

J'avais bien préparé une justification en cas de revers : la volonté de « faire un tour », de visiter la maison qui m'avait si généreusement accueilli.

Mais cet alibi n'avait pas dû convaincre Gottschalk.

Un détenu ne se défait pas de ses chaînes pour aller prospecter sa prison.

Bref : j'étais revenu à mon point de départ, ou du moins le croyais-je.

Car la situation était désormais plus pénible qu'avant ma tentative d'évasion.

Je m'en rendis compte en soulevant le drap de laine qui couvrait mon corps – je veux dire : en tentant de le soulever, car mes poignets rencontrèrent dans leur élan naturel une force contraire imposée par deux bracelets de cuir arrimés aux barreaux de mon lit.

Sauf respirer, je ne pouvais plus accomplir le moindre geste.

Si la première phase de ma convalescence m'avait paru supportable, du fait de ma nécessaire revitalisation... et de ma dérobade espérée, cette période qui s'annonçait sans issue ni limite de temps me terrorisa tout à trac.

Allais-je terminer ma vie allongé dans un sous-sol, à la merci d'un détraqué ?

Au lieu de me rassurer, mon réveil me plongea dans une profonde frustration.

Frustration qui, au fil d'une journée que je passai seul, sans visite de Gottschalk, se mua peu à peu en colère : je me persuadai que j'avais été trop aimable jusqu'ici, et faisais les frais de ma proverbiale timidité.

Il était temps de dire ses quatre vérités à mon garde-chiourme, fût-ce au risque de le braquer.

De toute façon je n'avais plus rien à perdre, excepté ma vie qui était déjà à moitié perdue.

Dès que Gottschalk reparaîtrait devant moi, je le sommerais de me libérer, de me présenter à de vrais médecins, sous peine de le dénoncer à la justice.

Stop. Je n'eus cependant pas besoin de recourir à cet aplomb.

Car si Gottschalk en effet n'apparut point de la journée, vers minuit derechef, quelque chose de bien plus imprévisible se produisit.

Un geste inexplicable

Cela débuta par un frémissement.

Une oscillation mécanique sous l'étoffe râpeuse que j'ai abusivement nommée « drap ».

Mais une oscillation trop hésitante pour être le fruit d'une machine.

Oui. Cette chose que mes fantaisies les plus noires s'étaient interdit de concevoir était en train d'advenir : comme réveillée par ma rage, la main crochée à mon ventre s'était mise à ballotter…

Je ne décidai pourtant d'aucune de ses impulsions : la main remuait de façon autonome, chaque seconde lui insufflant davantage de force, au point que je vis soudain le drap se soulever à l'imitation d'un fantôme, avant d'être propulsé sur le sol.

J'abaissai les yeux : je me trouvai nu, transpercé d'aiguilles, ligoté toujours aux poignets.

Avec cette main accrochée à moi – et donc vivante.

[Par quel miracle ne m'évanouis-je point sur-le-champ. Comment me retins-je de mugir ?

La sidération devait y être pour quelque chose.

Sans omettre le présage que ce phénomène infernal constituait peut-être… par suite d'un décret connu du seul Prince des Ténèbres… ma planche de salut ?]

Pause.

Je me vis à cet instant exécuter un acte exempt de toute logique (mais que pouvait signifier la « logique » désormais ?) : m'adresser à ce greffon mouvant.

Parler, oui, à ce qu'il était convenu d'appeler *ma troisième main* : « Il faut quitter cet endroit, lui dis-je, j'ai besoin de ton aide. »

Un silence retentit.

Le silence que dépareille le prodige ou la folie.

Alors la main, telle une mouche humant une charogne, entreprit de frôler à tâtons différents segments de mon anatomie, délimitant pouce à pouce l'étendue de mon être, jusqu'à se heurter au relief des menottes de cuir qui me séquestraient.

Ici il y eut une nouvelle pause.

Après quoi – je pâlis encore de l'écrire –, la main déboucla sans effort les crans de mes entraves et, prenant la suite des opérations, m'indiqua d'un doigt la direction de l'escalier dont je n'avais su dépasser la veille le seuil.

Je me levai abasourdi, assommé par l'incongruité définitive de la situation. Jusqu'à ce qu'une voix – la même que la veille – me fît tressauter… quatre fois plus fort que la veille.

Une idée derrière la tête

Cette fois pourtant, j'allais pouvoir conter à ce journal la suite précise des événements, pour la simple et bonne raison que Gottschalk n'aurait guère l'opportunité de m'éthériser au moyen d'une des multiples seringues qu'il faisait saillir de ses poches, tel un magicien produisant à qui mieux mieux colombes, confettis & foulards.

Mais n'allons pas trop vite en besogne et reprenons les choses dans leur ordre.

La main cousue… pointant du doigt la direction de sortie.

Mon corps… plus que ma tête, progressant ahuri vers la porte du salut.

Gottschalk… jaillissant de nouveau de nulle part, les yeux injectés de bile, plus furieux que je ne l'avais jamais connu – mais furieux et béat.

Car notre alchimiste, face à mon corps nu, scrutait d'une extase toute dévote l'excroissance qui me pendait au ventre (et lui inspirait davantage de blandices que « l'autre excroissance » dont j'avais été naturellement pourvu ; de format certes plus restreint).

Stop. Des mots abondèrent dans la bouche de Gottschalk, débordé qu'il était par un trop-plein d'émotions (mais point par un excès d'humilité) : « Mais alors... j'avais raison sur... je... c'est miraculeux... oh le génie ! Le génie de Gottschalk ! Oh maman, petite maman, vois ce que j'ai fait, ton fils n'a pas craché sa mouscaille ! Vois la merveille, la merveille, maman ! »

Que répondre à ce delirium ?

Je me figeai à quelque distance, sur mes gardes, prêt à en découdre s'il avançait.

Ma troisième main, comme si elle avait une idée derrière la tête, faisait quant à elle profil bas.

Tel un boxeur jaugeant l'approche de l'adversaire...

Or l'adversaire approcha sans crainte : ce fut son erreur fatale.

Car dès le premier pas que Gottschalk effectua vers moi [vers nous], je sentis au creux des reins un « muscle » se contracter. J'eus à peine ici le temps de baisser les yeux pour constater que le membre qui m'avait été adjoint s'était saisi d'un scalpel et l'avait propulsé d'un geste expert sur la trachée de notre cerbère, dont la glotte sembla s'ouvrir en deux – tel Moïse écartant la mer Rouge – et d'où giclèrent des saccades incoercibles de sang.

Le médicastre s'effondra sur le sol de son crasseux laboratoire.

Effaré, je l'entendis pourtant répéter ces mots avant de mourir : « Ton fils… avait… raison. »

Autre chose que moi-même

Qui avait commis le meurtre auquel je venais d'assister ?

Moi-même, ou autre chose que moi-même ?

De cette question découlait une autre question, décisive autant que glaçante : quelle volition animait la main qui m'avait libéré ?

Autrement dit, avait-elle une conscience propre, ou quelque « part obscure » dormant dans mes pensées lui dictait-elle ses ordres ?

[Autrement dit encore : le diable était-il en moi, ou m'avait-on greffé le diable ?]

Stop. Il n'était pas l'heure de philosopher.

Un cadavre gisait à mes pieds, j'étais nu, les orteils peinturlurés d'hémoglobine dans le souterrain d'un lieu inconnu.

Je regardai ma main dans les yeux : elle trépignait de ses cinq doigts comme un gamin pris sur le fait, mais que sa bêtise rend un peu fier tout de même. Il n'était pas question de sombrer dans la folie d'un Gottschalk : je m'interdis de la gronder – de lui reparler.

C'est « elle », en l'espèce, qui prit l'initiative de pointer derechef la voie de sortie, avant de tapoter d'un index expressif sur mon poignet gauche, mimant une montre instante…

Elle n'était pas seulement assassine.

Elle avait aussi de l'humour.

Inutile de parlementer : moins que d'obéir, je suivis la logique qui incitait à déguerpir.

Il convenait d'abord, toutefois, que je me vêtisse… or les défroques ensanglantées de Gottschalk m'auraient fait appréhender plus tôt que mon costume d'Adam.

Je gravis à grand ahan les escaliers, prenant acte, à mesure que ressuscitaient mes repères, du peu de force dont je pouvais me prévaloir.

J'étais littéralement épuisé.

Mais le sujet de ma santé parut soudain superficiel.

La pièce où j'entrai renvoya en effet dans les limbes tout principe de réalité : derrière une vapeur puante et un brouhaha de piaulements, mille et une cages s'amoncelaient de part et d'autre d'un salon tapissé de Jouy, contenant chacune une espèce différente : gerbille, lapin, furet, blaireau, renard, chat, rat, souris, marte…

Sans lumière, ni eau, ni nourriture : tout un bestiaire d'innocentes créatures cloîtrées derrière quatre pans de grillage, condamnées à y naître et à y mourir.

Chacune dans leur langage, ces bêtes appelaient au secours ; et je m'étonnai de ne pas les avoir entendues depuis ma prison.

Qui d'autre qu'un monstre pouvait supplicier un si misérable zoo ? Non : il convient de réserver l'appellation de *monstre* pour ce que j'allais découvrir dans la pièce suivante.

Le Triomphe de la Mort

Une représentation fidèle de la Géhenne biblique.

Non. Même les auteurs de la Bible n'auraient eu la perfidie de concevoir de telles infamies.

Écrire ce que je vis ce soir-là me soulève encore le cœur. Mais il faut que l'on sache d'où mon mal vient – je veux dire : de quoi fut capable celui qui le perpétra.

Du sol au plafond de ce qui avait dû constituer la cuisine de cette baraque, s'entassaient des myriades et des myriades de dépouilles avariées, issues des expériences ratées de Gottschalk.

Là, une truffe de renard greffée sur l'anus d'un rat en décomposition.

Là, deux chats inanimés, la patte de l'un traversant la poitrine de l'autre.

Là encore, le cadavre d'un lapin putréfié, de la mâchoire duquel sourdait une paire de testicules rongés par les mouches et les vers.

C'en était déjà trop.

Si quelque spectateur m'avait vu contempler, dénudé, vacillant, ce maelström d'abjections que ma propre difformité couronnait, il aurait sans aucun doute défailli.

Mais j'avais « la chance » de m'être acclimaté depuis quelques heures à cette abjection mienne, ce qui me permit de mettre un pied devant l'autre, encore quelques instants.

Ou devrais-je dire : un pied vers le pire.

Car dans la section secondaire de sa cuisine des enfers, derrière une paroi de carreaux blancs et gris, trônait la plus atroce partie des démarches de Gottschalk. Non content de torturer des bêtes, je m'aperçus au demeurant que je n'étais point son unique proie humaine.

Voyez : au sein d'un évier dégoulinant de sanie, une fouine agonisante et ficelée se débattait pour expirer… un index humain encaissé dans le gosier.

Oui : un doigt d'homme – ou de femme – enfoncé dans la gorge d'un animal vivant.

Sur un plateau d'argent : un pénis bleui, que même ces répugnants vautours nécrophages au cou velu n'auraient pas goûté, suturé au pis d'une vache… en lieu et place du trayon.

En amont de l'évier : un pied d'homme excavé de l'intérieur, surplombé d'une plaque de verre à travers laquelle on voyait frétiller quatre souriceaux aux abois.

Non, ce n'était pas la Géhenne. C'était *Margot la folle*, ce tableau de Brueghel exposé à Anvers, qui m'avait sidéré lors de l'unique voyage scolaire que je fis, et qui représente peu ou prou les horreurs dont je viens de rendre compte – avec davantage de style.

[D'ailleurs Brueghel peignit un autre tableau à la même période : *Le Triomphe de la Mort*.]

Je n'avais pas peur

Pas une seconde de plus je ne pouvais demeurer entre ces murs.

Je cherchai la sortie et m'y ruai, résolu, quoi qu'il arrive, dans n'importe quelle tenue – même donc aucune – à rejoindre le monde extérieur.

La fortune cependant me sourit pour la première fois depuis belle lurette : avant de passer la porte d'entrée, j'avisai une pèlerine suspendue ; dont je m'aperçus que la patère qui la retenait était constituée d'une omoplate. Rien ne m'étonnait plus.

Cette sorte de cape était probablement destinée à une femme, mais sa teinte foncée pouvait la faire passer pour une gabardine, d'autant que l'étoffe tombait assez bas – *Alléluia*, comme eût dit Gottschalk – pour couvrir mon arrière-train d'un côté… et ma tare effrayante de l'autre.

Pudeur & convention seraient sauves le temps de l'escapade.

Les forêts de Bregille et Chailluz, périphériques à Besançon, m'étaient bien connues.

Je les avais arpentées en long et en large, à pied et à bicyclette.

M'y trouvais-je maintenant ?

Impossible de le déterminer : la nuit, toutes les forêts s'apparentent, avec leurs hululements au lointain, leur brouillard mauve et leurs branches craquetantes.

Stop. Après quelques minutes de marche, je m'arrêtai tout à trac… déconcerté par cette bizarre épiphanie : je n'avais pas peur. Nu comme une larve, paré d'une demi-cape mitée, transformé en monstre par un monstre, perdu au cœur d'un bois mangé par le néant, je n'avais pas peur.

Cette cogitation me fit prendre conscience que la crainte m'avait été autant étrangère au sein de l'atroce cuisine-laboratoire de mon coupe-tête.

Pourquoi ?

Sans doute parce que l'épouvante qui aurait dû me gagner n'allait pas sans l'idée que je faisais, entre tous ces martyrs, ces cadavres, ces membres nécrosés, figure de miraculé.

Tous les autres étaient morts sauf moi.

Telle était l'ironie du sort : contrairement à ce que je me répétais, j'avais eu de la chance.

Non d'aboutir entre les serres de Gottschalk… mais d'avoir été préservé de ses plus effarants échecs. Si Dieu néanmoins m'avait fait rebéquer contre ces sinistres statistiques, quel était à présent son projet pour moi ?

Stop *bis*. Je dus interrompre sur-le-champ cette réflexion : une automobile arrivait dans la nuit.

« QUI ÊTES-VOUS ? »

Je me plaçai au milieu de la route, ébattant mes deux bras officiels.

Le véhicule pila en dernière instance, manquant de me heurter. Au volant, un majordome en livrée me toisa de pied en cap avec un flegme tout britannique… comme s'il eût débusqué la Reine mère dans un fourré. Son visage me fit presque glousser, tant il partageait de traits avec celui d'un héron très orgueilleux – ou d'un poireau parfaitement écorcé.

Il y eut un silence, à l'issue duquel le majordome me lança : « Qui êtes-vous ? »

C'était la pire question à me poser.

En temps normal, j'avais déjà grand-peine à concevoir qui j'étais.

Ce soir-là, répondre à un tel énoncé relevait de l'utopie.

Bille en tête, je répliquai par une autre question : « Où sommes-nous ? »

Le majordome resta ferme sur sa requête : « Voudriez-vous donc me répondre avant que je vous réponde ? Il me paraît que c'est la moindre des politesses. »

Son agacement avait quelque chose de comique comme sa figure : vu ma dégaine d'aliéné et le chemin où nous bavardions, vu enfin l'heure avancée de ce rendez-vous, il semblait absurde de s'en remettre à la bienséance.

Tant par nécessité que par théâtre, je décidai pourtant de jouer le jeu : « Veuillez m'excuser, monsieur, je ne me suis pas présenté. Paul Marchand, élève en classe de troisième au collège Stendhal de Besançon, fils de Manon Marchand et de Léon Marchand. Mon père est mort à la guerre. Ma mère est seule. Je viens d'être séquestré par un criminel pendant plusieurs semaines, de la cave duquel je suis juste parvenu à m'échapper. »

À ces mots, d'un élégant peigne d'or sorti de nulle part, mon interlocuteur recoiffa la longue mèche qui masquait sa calvitie, et rétorqua avec un naturel déconcertant : « Joseph Prudhomme, valet de Monsieur le Duc et Madame la Duchesse d'Égar, vous me voyez désolé, je suis très en retard, Madame et Monsieur reçoivent des cousines de Provence. »

Je restai concret : « Pouvez-vous me déposer en ville ? »

Le valet médita ma proposition quelques instants : « Soit, mais couchez-vous sur la banquette arrière, et si vous veniez à me croiser un jour en un lieu public, il ira de soi que nous ne nous sommes nullement – je dis bien nullement – rencontrés, n'est-ce pas ? »

J'opinai et montai à bord.

La voiture repartit.

Sortir de l'ambiguïté

La nuit coulait sur les vitres, engloutissant le moteur, la vitesse, les rayons lumineux projetés par les phares. Aucune bouche ne s'ouvrit durant quatre ou cinq minutes.

Après quoi le valet se mit d'un coup à parler, sans détacher les yeux de la route : « Inutile de me raconter des fadaises, jeune homme. Chacun a le droit de fuir les siens, malgré l'amour que ceux-ci estiment lui prodiguer. Il s'agit d'un acte de bravoure, ce n'est pas moi qui vous en ferai le reproche. Vous auriez pu me dire la vérité. »

Stop. J'allais répondre que *c'était* la vérité, que j'avais bien été séquestré par un psychopathe, qu'il ne s'agissait nullement d'une banale fugue. Mais je me retins de parler.

On ne sort de l'ambiguïté qu'à ses dépens.

La maxime est du Cardinal de Retz, mais je la devais à Buissonnier, qui l'avait inscrite au tableau pour nous apprendre à orthographier le mot « dépens ».

Elle me servit ce jour-là au-delà de l'orthographe, en ce sens qu'il ne m'apparut point opportun de révéler mon monstrueux secret au premier individu croisant ma route, surtout la nuit, surtout à ce stade de ma fuite. Ce serait la leçon liminaire de ma nouvelle existence.

Je me contentai ainsi de hocher la caboche dans le noir.

Ce mutisme excita mon chauffeur à se confesser : « Cela peut être douloureux, je ne le sais que trop, de ne pas être celui que vos proches voudraient que vous fussiez. Moi-même, j'aurais aimé contenter les miens. Mais la nature étant ce qu'elle est, je n'aurais pu passer ma vie dans les huîtres. Non ça, jamais ! »

Il me semblait perdre le fil : « Les... huîtres ? »

Et mon chauffeur : « Mes parents étaient ostréiculteurs dans le Finistère, j'ai passé mon enfance sur des chalands et des pinasses à empiler les chambrières. N'eût été que cela, j'aurais certes pu reprendre leur métier, mais... – ici, l'esthète se recoiffa de nouveau avec son petit peigne doré – mais... il fallait aussi les goûter. »

Moi : « Les goûter ? »

Lui : « Les laiteuses, les argileuses, les iodées, les graisseuses, que voulez-vous, une fois qu'on les a élevés, ces charmants coquillages, il faut en faire l'article aux gourmets... Or moi, comprenez-vous, je ne *pouvais pas* avaler une huître. Je ne pouvais pas. »

Moi, sans réfléchir : « Vos parents vous en ont gardé rancune... ? »

Lui, de but en blanc : « En quelque sorte : ils en sont morts. »

Sur ces entrefaites, l'auto freina : nous étions arrivés au début de la rue de Vesoul.

La quittant, je quittai le plus saugrenu trajet et la plus saugrenue conversation de ma vie.

Une séparation nette et franche nous serait favorable

Quelle heure était-il ? Je l'ignorais.

Baissant les yeux vers la chaussée, je me souvins que j'étais pieds nus.

Je n'avais pas eu le temps de remercier mon improbable pilote qu'il s'était éclipsé en fantôme.

Le calme régnait sur la ville plate.

Besançon n'avait pas changé.

L'hôpital Saint-Jacques se trouvant à l'entour de mon lieu d'escale, j'y mis aussitôt le cap : je ne me voyais point débarquer chez ma mère en l'état. La pauvre femme avait assez souffert, et n'en était plus à deux ou trois jours de chagrin près.

J'entendais pouvoir lui offrir, en réapparaissant, un retour à la normale.

Enfin mes tourments touchaient leur terme : cette perspective me fournit un surplus de courage.

[Je m'avisai à ce titre que ma troisième main ne s'était guère manifestée durant le trajet en auto, ni à présent que je cheminais vers les médecins. Elle avait peut-être « compris » (si l'on peut employer ce verbe pour une main) qu'une séparation nette et franche nous serait favorable.]

Arrêt. J'aboutis devant l'enceinte de l'hôpital Saint-Jacques, qui fut jadis un couvent, puis un refuge ouvert aux pèlerins en voyage vers Rome (sinon aux démunis, aux malades et aux enfants perdus).

J'étais tout cela à la fois.

Le désordre se fit bientôt entendre : véhicules opalins souillés de boue, infirmières & brancards dessinaient un manège difficile à saisir. Toute cette foule m'évoqua – pourquoi ? – des fourmis contrariées par un brin de paille placé par quelque gosse cruel en travers de leur route.

Tel un revenant, je gagnai le service des soins de première nécessité, qu'une ampoule rouge désignait au loin. Une porte à double vantail menait au couloir visé.

Je la poussai sans préavis, m'adressant à une blouse mouvante : « Excusez-moi, je... »

La blouse me coupa la chique : « Vous patientez, monsieur, salle du fond. »

J'essayai d'indiquer la nature singulière de mon mal, en vain.

La nurse malcommode que j'avais hélée réitéra : « La salle du fond, monsieur. Vous n'êtes pas tout seul », détalant d'un pas de volaille pressée.

N'ayant point l'âme d'un réfractaire, je rejoignis docilement la *salle du fond*, réservée j'imagine aux gentils bobos : nul n'y était atteint aussi gravement que moi.

Le diable en personne

Assis sur un gradin de bois, je scrutai la pendule accrochée au mur. Elle semblait figée.

Dix personnes encombraient cette étroite « salle du fond », exacerbées dans leur détriment par le fébrile éclairage. De vieilles femmes pleurnichaient, un bébé au front rougi suçotait un pouce tout aussi rouge et bubelé, tel vieillard avait ficelé autour de son doigt meurtri une toile de gaze raidie par le sang sec, qui s'effrangeait en croûtes.

Chacun souffrait – mais pas assez pour mériter un soin immédiat.

Après la mort de mon père et le cafard de ma mère, après « l'accident », après ma séquestration et les expériences révulsantes de Gottschalk, je rencontrai là une autre guerre : la petite guerre, la guerre des taillades, des contusions; silencieuse et pathétique.

Une heure passa : aucun médecin n'avait visité notre encoignure quand une nouvelle « malade » parut. C'était une petite dame ratatinée, sans âge, parée de joaillerie, accoutrée d'une robe aux couleurs excessives. Et contrairement aux autres patients, son mal n'inspirait guère la pitié.

Elle eut nonobstant le culot de m'adjurer : « Jeune homme, ça ne vous ennuie pas de me laisser votre place ? Ce sera vite réglé, rien qu'une banale écharde… mon Dieu, si j'avais eu la présence d'esprit de me ganter avant de cirer mon parquet ! »

Je demeurai interdit devant tant d'outrecuidance.

Étant de nature réservée, je ne trouvai toutefois pas les mots pour lui répondre. Mais à mesure que le tumulte enflait parmi le contingent de menus estropiés qui m'entouraient, et réclamaient qu'on renvoie cette malapprise à la place qui lui était due, je sentis une chose en moi se braquer.

Non point ma main secrète, tel qu'on pourrait le présager : simplement ma chair consciente.

Oui : ma chair, je veux dire *mon corps*, ici se dressa, se postant au centre de la pièce comme au centre du monde. Après quoi je sentis mes bras – mes deux authentiques bras – se déployer autour de moi et retirer la cape qui me servait de cache-sexe autant que de cache-hideur.

Il faut croire que j'avais atteint la limite de toute indulgence.

Ainsi s'affirma ma monstruosité, devant ce cénacle de souffreteux.

Alors, face aux dix faciès terrorisés qui me guignaient, et se mirent tantôt à hurler comme s'ils avaient vu le diable en personne, je ne parvins qu'à bégayer : « Au secours… »

Puis je défaillis.

Cette divine créature

Lorsque je me réveillai, on s'occupait enfin de moi – et fort bien.

C'est-à-dire que je me trouvais étendu sur un brancard, nu toujours, encerclé d'une kyrielle de praticiens subjugués par mon anatomie, paraissant effectuer un grand nombre de mesures.

Un photographe d'ailleurs immortalisait ma difformité sous tous les angles.

Mais l'image qui reste, c'est celle de la jeune femme avec qui j'échangeai mon premier regard, qui avait les mêmes yeux superbement verts que ma mère.

« Tout va bien mon garçon, chuchota-t-elle, tu es sain et sauf, nous allons nous occuper de toi, il y a de grands spécialistes ici… Tu parles français ? »

J'opinai sans desserrer la bouche, fasciné par la valse de ses lèvres.

« Très bien, repose-toi, nous allons prendre le temps de comprendre ce qui t'est arrivé… »

J'opinai derechef en tombant amoureux.

Flottant dans cette brume douce, j'entendis un chirurgien raisonner : « Ce qui m'étonne, regardez, c'est que la suture semble tout à fait cicatrisée… »

L'un de ses pairs s'inclina vers mon nombril en chaussant son binocle : « Exact, c'est tout à fait singulier... »

Quoique discrète, l'exaltation était à son comble. J'étais aux yeux de tous ces savants une perle rare, pour ne pas dire unique. Oui, pour la première fois de ma vie : un objet universel d'attention.

Et ce n'était point déplaisant. On allait finalement m'écouter, me croire – me soigner.

Et j'allais pouvoir ressaisir les brides de ma vie.

Mais il y eut soudain du silence.

Un médecin plus délicat que les autres (car plus jeune ?) déclara : « Chers confrères, ce garçon a besoin de reprendre des forces. Le voici entre d'excellentes mains auprès de notre chère Clara, retrouvons-nous ce soir à dix-neuf heures, pour la suite des examens. »

En un éclair, la salle ici se vida : je me trouvai seul avec ladite Clara.

Et avec l'impression, dois-je l'avouer, d'avoir tiré le gros lot.

Stop. Depuis mon réveil chez Gottschalk, j'avais oublié que je savais sourire : je souris pourtant du fléau qui avait briffé ma vie quelques semaines plus tôt. Car en effet, si ma monstruosité m'avait permis de rencontrer cette divine créature, je voulais bien être monstre…

Mais quelle idée naïve, puisqu'être monstre – on va le voir – mène toujours au monstrueux.

Une poigne effroyable

L'histoire d'amour que je m'apprête à conter restera la plus courte du monde.

La plus tragique aussi – quoique l'amour vive de drame, dit l'adage.

Ainsi Clara. Clara, qui avait vingt-deux ans et la lumière en partage.

Les cahots du destin mènent sans doute certaines femmes au métier forcé d'infirmière.

Elle, c'était de l'ordre de l'évidence.

Je veux dire : cette profession était la seule plausible pour Clara, tant il était naturel à son âme de prendre soin d'une autre âme.

Au point de me sentir délivré de mon malheur par le seul miracle de sa présence.

Certes trop jeune pour séduire une telle muse, je n'en nourris aucun décompte.

Clara appartenait à cette catégorie d'êtres dont on se réjouit bonnement qu'ils existent.

« Comment t'appelles-tu, mon garçon ? »

Pris au dépourvu, respirant pour la première fois le parfum citronné de Clara – qui s'était penchée sur moi –, je répondis : « Paul, madame. »

Et l'infirmière de murmurer, me bordant d'un drap frais : « Oh, pas de madame. Tu m'appelles Clara. Et moi, je t'appellerai donc Paul. Une pâtisserie te ferait plaisir, Paul ? »

Une pâtisserie ? En pleine guerre ?

Incrédule, je fronçai le sourcil.

Clara précisa en souriant : « Ma mère est une épatante cuisinière, elle a préparé quelques choux à la crème... Tu as bien mérité un chou à la crème, n'est-ce pas ? »

Mon regard dut ici s'embraser puisque sans que j'eusse parlé : Clara quitta la chambre et revint quelques instants plus tard avec un sachet dans les mains, qu'elle défit et qui révéla deux sphères luisantes de caramel, fourrées de crème à la vanille – que j'avalai d'un trait.

L'infirmière s'amusa de ma gloutonnerie, méditant à voix haute : « Eh bien vois-tu, cher Paul, à quelque chose malheur est bon... Si ce sale machin ne t'était pas entré dans le chou, je n'aurais jamais eu le plaisir de t'offrir celui-là, de *chou*, ni de te connaître... »

Stop. Aux mots *sale machin*, je sentis sous le drap s'ébrouer une chose furieuse.

Pétrifié, je vis alors ma troisième main refouler le coton qui la couvrait et s'élancer vers la gorge de Clara, qu'elle jugula d'une poigne effroyable.

Je m'efforçai séance tenante, avec mes deux véritables mains, de l'en détacher.

Mais je m'y efforçai en vain – et lâchai prise lorsque Clara, suffoquée, s'écroula bleue au sol.

Bouleversé, je sautai du lit et m'enfuis à toutes jambes.

M'ÉTAIS-JE RENDU PUNISSABLE D'UN CRIME ?

Dans le couloir où je débarquai hébété, j'attrapai une blouse, la jetai sur mes épaules et mon ventre glabre, avant de détaler.

Alertés par ma sortie explosive, des ambulanciers entrèrent dans la pièce que je venais de quitter. J'entendis aussitôt un tollé, des braiments confus : « À l'assassin ! »

Mon temps d'avance sur le drame me permit cependant de quitter l'hôpital sans être appréhendé par un agent comme je le redoutais ; et de courir sans fin droit devant.

Mais stop : pourquoi songeais-je à la police ? M'étais-je rendu punissable d'un crime ?

N'était-ce point cette main atroce, rivée à moi, qu'il convenait d'incriminer ?

Admettons-le pourtant : contre toute logique, je me sentis coupable.

Atrocement – totalement – effroyablement coupable.

Le moment de m'apitoyer sur mon sort n'était toutefois pas venu.

Quoique sans poursuivants, ma course m'avait éreinté. J'avais cavalé de longues minutes sans itinéraire, ignorant où j'avais abouti. Des sirènes de police se firent entendre dans la ville.

N'ayant aucun doute sur l'objet de leur alarme, je ralliai les petites rues, me localisant enfin au niveau du chemin des Grands-Bas.

Je virai alors vers la rue Hugues-Ier.

Une fontaine me permit de recouvrer mon souffle. Je m'effondrai derrière sa margelle, baissant les yeux vers le tueur qui me servait de bouture : « Pourquoi t'as fait ça ?! » lançai-je avec une rage que je ne me connaissais guère. À ces mots, le bras se mit à frétiller comme plus tôt sous le drap… prêt à attraper ma gorge à moi.

Par une sorte de réflexe déjà acquis, je l'en empêchai cette fois, agrippant de mes deux mains la sienne, la compressant à tous crins, au point presque de lui broyer les os, de lui tordre les muscles.

Avivée par la vengeance due à Clara, ma détermination était sans faille.

La main le comprit, qui relâcha ses forces : tel un chien craignant le fouet, elle rejoignit « sa couche » au mitan de mon estomac – sous la blouse.

J'avais marqué un premier point.

Pour enfoncer le clou, une palabre autoritaire me vint : « Si tu t'attaques à moi, c'est ta vie que tu mets en péril. Donc à partir de maintenant, c'est moi ton maître, compris ? »

Je m'étonnai moi-même de cette opiniâtreté : en l'espace d'un éclair, je n'étais plus enfant, ni blessé de guerre. J'étais devenu un dresseur de fauve.

Cette obscène consolation

« Clara, Clara, que tu me pardonnes… Où que tu sois, pardonne-moi… »

Ces supplications tournaient dans ma tête en manège.

Il m'était insupportable d'imaginer morte par ma faute cette divine personne.

[Par ma faute – ou celle de Gottschalk et de son immonde greffe ?]

Oui : pour aujourd'hui et pour demain, il était vital que je me répète : « Ce n'est pas ta faute. »

Ce n'est pas ta faute. Ce n'est pas ta faute. Ce n'est pas ta faute.

Il n'empêche, toute la maréchaussée bisontine devait être à ma poursuite, et se ficherait bien, à l'instant de me passer les menottes, de l'insensé coupable que je désignerais.

Autant que le juge qui me condamnerait sans équivoque à la guillotine.

Seule lueur dans ce désastre : je n'avais pas décliné mon identité à l'hôpital, et j'étais arrivé dépourvu de papiers. Nul pour l'heure ne pouvait remonter jusqu'à notre adresse.

Mais j'avais été photographié par les légistes. Mon portrait et mon nom seraient bientôt connus de tous les roussins du secteur – parés de la mention : *DANGER TUEUR.*

Pause. Mon lot n'était certes pas enviable, mais j'étais libre encore.

Croupir derrière des barreaux dans cet état s'annonçait au-dessus de mes forces.

Si je voulais retrouver ma mère, c'était tout de suite, après quoi il ne me serait plus possible de circuler à ma guise. En bref, je devais lui rendre visite – et disparaître.

Suivant un chemin de ronde, je mis le cap vers mon quartier d'enfance.

Des larmes ruisselèrent sur mes joues, au point de me brouiller la vue, à cause des mots d'adieu que je préparai. Je ne m'épongeai pas : j'avais besoin de laisser couler ma peine hors de moi.

Pour ne pas dire pas ma haine.

Or une chose très inattendue advint lorsque je fis halte à la lisière du chemin de l'Épitaphe, afin de reprendre haleine : la main, l'atroce main à l'origine de tous mes maux... pinça un repli de ma blouse qu'elle porta au coin de chacun de mes yeux, les étanchant avec soin comme l'aurait fait une mère ; comme l'aurait fait Clara.

Accablé de honte, je la laissai pourtant agir.

[Honte, oui, de jouir de ce geste.

Honte d'apprécier – écrivons-le – cette obscène consolation.]

Nulle autre perception du temps

Revoir ma maison fit couler quelques larmes supplémentaires.

Mais je récusai cette fois le réconfort de mon abject auxiliaire, lui empoignant l'avant-bras avec l'air d'affirmer : *Pas question.* Le message fut compris et la main, soumise, se coucha.

Retour à la ville – retour à l'image : j'avais donc vu le jour, grandi entre ces quatre murs…

Il me parut pourtant examiner pour la première fois les volets qui en ornaient la façade, dont le triste rouge saignait sur la crépissure. Voilé mais vif, le ciel écrasait la ruelle d'un éclat morose.

Ma « vie d'avant », si cela signifiait quelque chose, était certes révolue, mais face à ce décor familier, mon incapacité à raviver des souvenirs dignes de ce nom me désola.

Même la pensée de Mariette avait un aspect irréel. Le passé s'était comme vaporisé : nulle autre perception du temps ne me restait, sauf celle des trajets vers ou depuis l'école.

Stop. Un chat jaillit d'un bosquet, qui sembla me reconnaître et s'approcha.

Mais à deux pas de mon corps, il se hérissa d'un coup, me toisant avec effroi.

Le félin entreprit alors de reculer en me dévisageant, patte après patte, feulant contre moi.

Cette aversion que je lui inspirais m'affligea autant, si ce n'est davantage, que la mort de Clara, ou même que la guerre entière : si les chats qui savent et sentent tout ne m'aimaient plus, cela signifiait que j'étais devenu un monstre. Un authentique monstre.

Je m'armai cependant de courage et avançai vers le seuil de notre logis.

Si ma mère était présente, je ne devais pas la tourmenter en surgissant sans préavis : abstraction faite de ma difformité, et n'en déplaise à Sainte Marie de Nazareth, voir ressusciter son fils peut constituer un trouble de premier ordre. Je m'introduisis à tâtons.

Ma mère était bien là.

Dès mon entrée, un bruit se fit entendre du côté de la cuisine; un bruit agaçant. Je m'approchai encore, passant une tête dans le cadre de la porte.

Pour découvrir ce tableau funeste : ma mère – qui ne ressemblait plus à ma mère –, attablée face au néant, hagarde, un godet d'alcool au bout du bras. Et de l'autre côté de la table, l'autre main de ma mère paraissant, comme la « mienne » tierce, animée d'une force autonome.

C'était cela, le bruit agaçant : ses ongles éraflant la table jusqu'à s'estropier la chair, encaissés dans une lézarde d'esquilles et de sang.

Ma mère – qui n'était plus ma mère – avait quitté le monde des vivants.

Je m'approchai bouleversé, elle ne sembla même pas me voir.

Ni donc me reconnaître.

Je lui secouai l'épaule : elle ne détourna pas les yeux, se contentant de lâcher un rot tonitruant, qui fit trembler les meubles et ma pudeur de fils.

Comment admettre que ce déchet, un jour, m'avait mis au monde ?

Je voulus la redresser, la secouer, établir de quelque manière un lien avec elle.

Mais tandis que je m'efforçais de lui décrocher des doigts son godet, afin de la mener vers une chambre où elle pourrait s'étendre, trois coups tapèrent en bas.

Les gendarmes étaient-ils déjà à mes trousses ?

Aux trois coups succédèrent le crissement d'une poignée qui s'abaisse, le bruit d'une porte qui s'ouvre, puis l'écho d'un pas lourd, gravissant l'escalier.

Je me précipitai derrière le rideau à franges du garde-manger – constatant avec dépit que ce placard garni d'habitude d'expédients s'avérait incurablement vide : plus un grain de farine ni de riz, ni la moindre pomme de terre. Je me demandai comment se nourrissait ma mère ?

Stop. Un homme pénétra dans la cuisine.

Je le reconnus d'entrée : c'était le docteur Bompart, notre voisin, qui avait secouru mon père lors de l'épisode de la suffocation allergique, et que j'avais suspecté, après la mort de celui-ci, d'un mesquin commerce avec ma mère...

Stop encore. Ainsi ce commerce n'était pas terminé, il s'était même aggravé, et confinait au lamentable.

Voyez : sitôt que Bompart se trouva en face de ma mère, elle pivota, paraissant le reconnaître, lui – ce qui me brisa le cœur. De son cartable, le médecin sortit alors une bouteille de gnôle, qu'il posa avec fracas sur la table. Là-dessus, comme conditionnée par un rituel, ma mère écarquilla les yeux et se dressa d'elle-même sur ses jambes, avant de clopiner, flageolante mais résolue, vers sa chambre.

Je me faufilai dans le couloir pour ne rien manquer de ce lugubre spectacle.

Je devais savoir.

Et je sus : une fois assise sur sa couche, ma mère fit volte-face tel un pantin habitué à reproduire la même marotte, présentant au docteur sa croupe, et baissant sa jupe.

Fallait-il que j'intervinsse ?

Pouvais-je ne pas intervenir ?

La question ne se posa plus lorsque Bompart défit le rail de sa braguette.

VOUS ALLEZ ARRÊTER DE LA TOUCHER

Avant qu'il fût tout à fait défroqué, je m'imposai d'un bond dans la pièce.

Ma mère, déjà éteinte, demeura « en position ». Bompart en revanche se tourna vers moi avec une figure de terreur. (J'avais oublié que, pour la connaissance générale, j'étais censé être mort. Mon apparition n'en pouvait être que plus tétanisante.)

Le docteur recula d'un pas. J'avançai d'un pas contraire, que la colère rendit menaçant.

Bompart n'avait pas encore vu mon secret, mais suait à grosses gouttes. Il savait que ses actes étaient vils, et n'avait point besoin d'un directeur de conscience pour le lui rappeler.

Arrêt. Sans m'en apercevoir j'avais acculé l'abuseur de ma mère dans l'angle de la chambre.

Ses lèvres débordées de poils gras bredouillaient des mots insondables.

Quant à moi, je savais que je ne reviendrais pas dans cette maison de sitôt : il convenait donc de faire passer un message définitif.

Mais que dire ? Que faire ?

Comment assurer la pérennité de mon action ?

Il fut soudain superflu de cogiter.

Car un geste vint… puis des mots sur ce geste.

Le geste ne fut pas de moi : il fut de ma main – la troisième.

Face à Bompart, mon membre additionnel fusa en effet hors de la blouse, saisissant la prise la plus évidente : l'organe par où il péchait. Alors cette main qui n'était pas la mienne comprima si rudement le sexe du docteur… que celui-ci se mit à brailler.

Stop. Mes deux mains valides – pour mieux l'effrayer – eurent ici l'idée de lui fermer le clapet, l'une écrasée sur l'autre.

La panique était à son comble.

Mais les mots à présent : ceux qui vinrent sur le geste.

Lorsque ma troisième main tempéra son emprise (soit qu'elle n'eût plus d'énergie, ou qu'elle comprît que la douleur brouillerait le message), je plantai mon regard dans celui de Bompart, déclarant avec un soupçon de théâtre : « Je ne suis pas mort, mais je sais tuer. Pour vous racheter maintenant, vous allez prendre soin de ma mère. Veiller à ce qu'elle ne manque de rien, faire en sorte qu'elle cesse de boire. Vous allez vous occuper d'elle, remplir son garde-manger, mais surtout, vous allez arrêter de la toucher. »

Bompart, exsangue, opinait mécaniquement du bonnet.

J'ajoutai, avant de l'éjecter dehors : « Je vous surveillerai, docteur. Je vous surveillerai. »

J'AURAIS AIMÉ MENER UNE VIE PLUS SIMPLE ET SÛRE

Penché au carreau, je vis cet homme minable traverser la rue et rejoindre sa mégère, prenant à peine le temps de se recomposer.

Du fait de son crime, je savais qu'il n'alerterait pas la police. Je me fis la remarque que, sur ce point, j'avais habilement joué ma partie.

Bompart toutefois honorerait-il son contrat ?

J'eusse parié que oui.

« Parié », dis-je avec tristesse, puisque je n'aurais pas le loisir de le vérifier : c'était une question de jours, d'heures, avant que les autorités remontassent jusqu'à moi, jusqu'à cette maison...

Il était inévitable de disparaître.

Mais disparaître de quelle manière ?

Je pris le risque d'y réfléchir jusqu'au lendemain, et de passer quelques moments à m'occuper de ma mère – en sus de moi-même.

Stop. Grâce à un système conçu par mon père, une cuve récoltait les eaux de pluie sur le toit de notre maison, permettant en été de libérer de lénifiantes douches fraîches.

Celle que je m'offris ce jour-là, pour entamer une toilette, se grava en sommet de joie dans le registre de ma mémoire. Les gouttelettes qui frappèrent ma peau parurent chacune panser un grain de tragédie. J'eus le sentiment de renaître, pour le meilleur cette fois.

Seule cocasserie notable : une gêne surprenante à me trouver nu… devant ma troisième main.

Elle n'avait certes pas d'yeux pour m'épier, mais j'eus comme l'intuition que mon vit, tel un frère animal, l'intriguait, la troublait… À plusieurs reprises, feignant de se déplacer, elle l'avait frôlé.

Je l'avais rabrouée. Il n'était jamais trop tôt pour démarrer une éducation.

Car, à vrai dire, « quelque chose » s'esquissait dans le tréfonds de ma conscience – mais une chose que je n'osais encore formuler, ni scruter de front.

Quelle était cette chose ?

Que cette main imprédictible n'était pas seulement cousue à moi, qu'elle faisait dorénavant partie de ma vie – et qu'au vu des derniers événements elle en ferait partie longtemps.

J'aurais aimé mener une vie plus simple et sûre.

Cette vie était pourtant la mienne, et je devais commencer à l'accepter.

Elle n'était ni simple ni sûre, mais pour la première fois de mon existence, me fis-je la remarque en bordant ma mère telle une enfant, elle était devenue *réelle*.

Un trou dans ma chemise

Je m'étais assoupi aux côtés de ma mère. Je me réveillai dans le même lit – sans elle.

J'avais dormi d'un sommeil d'acier, écrasé sous le poids des émotions.

Un délicieux parfum se fit bientôt sentir : celui, reconnaissable entre tous, de l'ail revenant dans l'huile ou le beurre, mêlé à des accents de persil.

Ma chère maman était-elle déjà guérie de sa léthargie ?

Les soins que je lui avais prodigués lui permettaient-ils de se préparer un repas ?

De *nous* préparer un repas ?

Je sortis du lit pour en avoir le cœur net.

Or la scène que je découvris me fit à la fois plaisir et déplaisir.

Plaisir – car Bompart était de retour, prenant visiblement sa sanction au sérieux : devant le feu, la mine renfrognée, il faisait effectivement rôtir une omelette dans une poêle.

Déplaisir – car ma mère n'avait guère changé. Posée sur la même chaise, les doigts verrouillés au même godet de gnôle, scrutant un même point vide de la crédence.

Stop. Dès que Bompart me vit paraître, il blêmit et s'affaira outrancièrement.

En un instant, je le vis déposer son mets dans une assiette, manquer de trébucher en le servant à ma mère, se ruer vers sa sacoche et s'éclipser sans réclamer son dû.

Mon plan improvisé prenait racine : j'allais pouvoir quitter mon fief, fort de cet apaisement.

Ce n'était pas tout… mais ce n'était pas rien.

Je m'assis face à ma mère.

Scrutatrice pétrifiée d'un rivage invisible, elle rapprocha l'assiette de son bord de table, découpa des portions molles de son omelette, qu'elle porta à sa bouche et déglutit sans mâcher.

Je dis : « Ma petite mère, je dois partir. On va me traquer pour me calomnier. Je dois partir, mais je reviendrai. J'espère, petite maman, que tu iras mieux alors. »

À ces mots, ma mère eut comme un regain de lucidité.

Éclair qui me fit croire qu'elle m'avait vu.

J'en éprouvai un émoi ineffable.

D'autant que, dans la foulée, elle tendit la main vers moi, comme pour caresser ma joue.

Mais quelle fausse joie.

Et quelle épouvante : ce n'est point ma joue qu'elle cherchait sans mot à caresser.

Ce que ma mère cherchait, c'était un trou dans ma chemise, pour palper ma troisième main.

Coexister en bonne entente

Le glas avait sonné.

Si j'avais encore quelques réticences à fuir, elles furent balayées d'un trait.

Mais fuir où ?

Cloîtré dans ma chambre, derrière mon pupitre d'écolier, je dévisageai les objets de ma vie passée : un encrier fendu, un ours en peluche, une grenouille automate dont le ressort rouillé ne lui permettait même plus de coasser, des comptines illustrées…

Ces bagatelles composaient naguère le trésor de ma vie d'enfant.

Elles étaient désormais les fossiles d'un âge éteint.

Mes parents étaient enfants uniques comme moi : je n'avais ni cousins ni neveux.

Ma seule amie, Mariette, était partie. Mon seul ami, Cornelis, n'en était pas vraiment un.

J'étais seul au monde.

Arrêt. C'est cette solitude peut-être, ce profond sentiment de solitude au cœur de mon ancienne chambre, qui fit s'agiter mon acolyte…

Oui : je sentis sous ma chemise que ma troisième main réclamait ici à sortir. À bout de forces, je défis trois boutons et la libérai. Or ce qui survint à cet instant me poussa, si c'était possible, plus loin encore sur la pente de l'incompréhensible.

Car la main qui brisait ma vie – cette main d'un homme que je ne connaissais pas – s'aventura sur le bureau à la recherche de quelque objet, tel un aveugle tâtonnant. Paralysé, je la considérai jusqu'à ce que ses doigts rencontrassent un crayon… qu'elle attrapa. Stop. Dans le même élan, la main sembla alors quémander un papier, mimant le geste d'écrire.

Je déchirai la page d'un cahier de récitation.

La main et le crayon s'y précipitèrent… et elle commença à griffonner.

Je me penchai sur la feuille : des mots, d'authentiques mots, étaient en train de se former !

Ainsi, cette main sans cerveau – excepté le mien qui n'était pas le sien – était capable de penser, de *communiquer*. Stop encore. Cette épiphanie rendit l'avenir tout à trac plus nébuleux, et aussi plus rassurant : si le dialogue était possible, nous allions peut-être pouvoir, elle et moi, cohabiter en bonne entente ? C'était du moins ce que j'espérais.

Voilà – une phrase parut complète sur le papier.

Je la déchiffrai, vacillant, incrédule : *bonjour je m'appel Hans.*

Un dialogue

La suite de ce dialogue – car ç'allait en devenir un – se déplia, si j'ose dire, naturellement.

Mais raisonnons par paliers : il était clair que cette main ne captait point l'aspect visuel du monde.

Je ne tentai donc pas de lui répondre par écrit.

D'instinct, je lui parlai.

Or par une sorcellerie inexpliquée – mais je devais dorénavant m'accoutumer à la sorcellerie et à l'inexplicable –, quoiqu'elle fût dépourvue d'yeux autant que d'oreilles, il me sembla en effet que cette main autonome pouvait entendre les voix, déchiffrer mon langage. [J'en voulais pour première preuve qu'une phrase, une innocente phrase, avait condamné la pauvre Clara.]

Pause : la main entendait-elle aussi mes pensées ?

Cette seule éventualité me fit blêmir… mais on pouvait encore prier : cela restait à déterminer.

Au demeurant, je me mis en tête de le vérifier sans délai, concevant *ex nihilo* un stratagème assez machiavélique ; que j'ajournai pour la minute.

Car un dialogue, je l'ai dit, était en train de naître. Ou plus exactement : des présentations.

On en sait la ligne de départ.

Voici les suivantes, transcrites d'après le document original de cet échange, conservé jusqu'ici en relique – ou en preuve :

– *bonjour je m'appel Hans*

– Bonjour Hans… je m'appelle… Paul.

– *je sais qui tu es* [À la relecture, cette phrase prend aujourd'hui un sens glaçant.]

– Comment sais-tu qui je suis ?

– *je vis avec toi depui quelques temps*

– Ainsi tu peux m'entendre ?

– *j'entends tout*

– Es-tu allemand, Hans ?

– *Jawhol allemand de Todtnau*

… et à ces mots, par surprise, je plantai la pointe de mon compas d'écolier dans la chair de ma troisième main, qui sursauta telle une biche égorgée, puis se mit à trépider. Elle ne voulait plus que je l'approchasse d'un cheveu. Je la rassurai : « Je ne te ferai plus de mal… Je voulais juste vérifier si tu pouvais *tout entendre* en moi. Maintenant, j'ai ma réponse. »

Nous nous apprivoisions

La confiance ne fut pas aussitôt regagnée, si elle le fut jamais. J'expliquai à ma troisième main que je devais savoir si elle entendait mes pensées, que cette expérience m'était apparue comme la seule à même de me renseigner là-dessus. Elle répondit avec son crayon : *tu m'a faire mal.*

Je m'excusai derechef – tout en notant qu'elle pouvait donc éprouver la douleur.

Et n'invoquai point, pour opposer les torts, le meurtre de Clara – que ne réparerait aucune sorte d'éraflure. C'est un argument cartésien, au demeurant, qui ramena ma main cabrée au dialogue.

« Si je reste à Besançon, repris-je, la maréchaussée ne tardera pas à me retrouver, à m'écrouer, à me pendre. Or si je crève, tu crèves. Ta famille allemande pourrait *nous* abriter un temps, pour *nous* éviter cela ? Et tu aurais l'occasion de les revoir, de leur parler… »

Ce conciliabule, je m'en avise, tenait du surnaturel le plus achevé – pourtant j'en avais accepté les tenants et les aboutissants. Il me semblait aller de soi que la famille de cette main se réjouirait de « la » retrouver, qu'elle adhérerait à ce macabre conte vrai, et qu'à défaut de récupérer un homme entier, elle se contenterait de son bras droit.

Cela restait bien sûr à prouver : nous avancions à vue dans cette ordalie.

Il n'empêche, mon argumentaire persuada ma victime, qui daigna se ressaisir du crayon qu'elle avait lâché. Nous nous apprivoisions.

– *toi n'est plus faire mal*, repartit-elle.

– C'est promis, dis-je. Où est Todtnau ?

– *in Württemberg*

– Je ne connais pas. Est-ce loin ?

– *route Mulhouse*

– Combien de temps faut-il pour s'y rendre en marchant ?

– *une petit semain mon ami* [Je n'osai récuser cette dénomination, qui me répugnait.]

– Tu es prêt à me guider ?

– *biensure, ich oriente toi*

– Dans ce cas, nous partirons ce soir.

– *merci mon ami – Hans pleurer*

Mais les mains ne pleurent pas.

Tilleuls, hêtres et sapins devinrent mes amis

Nous partîmes le soir même, après que j'eus enveloppé dans un balluchon le nécessaire du petit aventurier : une brosse à dents, un savon, trois habits de rechange, une couverture, une gourde.

Et bien sûr une carte du secteur – dont l'emploi se révéla vite inutile.

Car ma troisième main, comme un chien sachant d'instinct regagner ses pénates, m'indiqua d'emblée la direction à emprunter, désignant tel trottoir, telle avenue… puis tel sentier, telle clairière. Stop. Sans nulle preuve que nous allions dans « la bonne direction », mon instinct à moi me dicta de la suivre. D'abord, il ne lui aurait été d'aucun bénéfice de me perdre ; donc de se perdre avec moi. En outre, ses pointages paraissaient si nets, si peu grevés d'hésitation, qu'il y avait une forme de bon sens à lui remettre les rênes. [Je dus cependant veiller, tant que nous n'avions pas quitté le périmètre de Besançon, à ce que ses impulsions n'excédassent pas la frontière de ma chemise.] Stop *bis*. Lorsqu'enfin le béton fit place aux feuilles, je respirai mieux. J'avais échappé, pour l'heure, au joug de la Loi – ou plutôt de l'erreur judiciaire.

Quant à mon allure, eussé-je croisé quelque individu, je ne m'alarmai point d'être pris pour un bandit de grand chemin : ma « tête d'ange », comme disait ma mère, m'en préservait. L'autre risque aurait été, certes, la suspicion de désertion – mais sur ce point, mon âge m'amnistiait.

Je m'aperçus d'ailleurs, grâce à cette parenthèse, que nous étions la veille de mon anniversaire.

J'allais avoir seize ans dans vingt-quatre heures. Mais j'étais déjà comme arrivé au bout de ma vie. Seule chance dans mon malheur : je fuguais en été, et l'herbe des bois était tiède.

Je pouvais – nous pouvions – dormir à l'air libre. La première nuit, il me parut discerner sur la voûte céleste le contour étoilé de cinq doigts… qui s'éclipsèrent en filantes dès que je les vis.

Tilleuls, hêtres et sapins devinrent mes amis.

Dans ma hâte, sauf une lettre d'introduction dont je reparlerai bientôt, je n'avais pas songé à emporter de papier pour deviser avec mon passager clandestin : je mis tout de même au point un système de « oui » et de « non » qui me permit le soir, croquant quelques baies et fruits glanés en route, de lui poser quelques questions.

Si j'avais tout compris… Hans était le fils unique d'un riche industriel, s'apprêtant avant-guerre à épouser une dénommée « Matilde » (j'avais décroché ce prénom en récitant l'alphabet).

Le conflit l'avait arraché à sa dulcinée et à sa famille, sa vie était finie – mais par un aléa que ni lui ni moi ne pouvions expliquer, il se trouvait, fait unique, en capacité de le formuler.

Enfin, de sorte qu'elle ne ballottât point à chaque pas contre mes parties intimes (ce qui devenait incommodant), j'autorisai ma troisième main à prendre appui dans ma poche.

À distance, ne dépassant de la chemise que d'un fugitif poignet, ce maintien s'avérait presque invisible.

Il y avait assez de cadavres

Mais avant de poursuivre mon chemin et mon récit, il me faut inscrire en ce carnet un événement curieux. Un de plus.

Le premier jour que je vagabondais sur quelque sente où se laissaient entrevoir, par-delà les cimes, les ruines du château de Montfaucon, bâti au XIe siècle et inhabité depuis la guerre de Dix Ans conduite par Richelieu (ainsi qu'on me l'avait enseigné, comme tout écolier bisontin), nous croisâmes la route d'un vieillard tirant un chariot, qui me demanda ce que je faisais là.

Confus, je répliquai que c'était l'été, que je me promenais pour me changer les idées.

Cette réponse toucha le paysan : il m'offrit de me restaurer. [Ma troisième main digérait-elle la nourriture que je mettais dans ma bouche ?]

Affamé, j'acceptai son invitation.

L'instant suivant, je m'attablai devant une affriolante tranche de jambon.

Et si je déclinai le vin proposé, je repris volontiers du pain que le vieux morcelait.

Contemplant hélas ses mains après la collation, je m'avisai que des abcès lui soulevaient les ongles, et qu'une sanie olivâtre sourdait de ses doigts crasseux. Trop tard : j'avais déjà avalé ma pitance.

Cette image et le tour importun que prenait notre entretien m'incitèrent toutefois à remercier mon amphitryon pour sa charité, et à reprendre la route.

Stimulé par la fermentation du jus de raisin, le paysan avait en effet entrepris de me dépeindre, pièce par pièce – comme s'il l'eût découpé lui-même –, le corps de sa défunte épouse.

Dans les mots de Lamartine, l'hommage eût pu être courtois. Mais les *nichons fort gras* d'une morte que je ne connaissais point achevèrent de me couper l'appétit.

Stop et stupeur. Hors de sa chaumine, de l'autre côté du verger, j'aperçus, en m'en allant, la porte d'un établi sur laquelle était cloué un fer à cheval, qui me troubla sans déport. *Stupeur*, car je pris conscience au même moment des broussailleuses moustaches de mon « bienfaiteur »...

Était-ce donc lui ? Était-ce le cancrelat qui avait arraché Mariette à sa première innocence ?

Le cas échéant, il eût été facile de me venger comme je me l'étais juré, sans porter moi-même le coup fatal – en me défaussant sur la férocité, pour une fois légitime, de mon adjudant.

Mais un fer à cheval et quelques poils gris ne sont pas assez pour entraîner l'irréparable.

En innocent traqué, je décrétai qu'il y avait assez de cadavres en France ces temps-ci.

Je m'enfuis sans tapage, m'engouant sur une glaire acide qui me fit cracher.

Dieu est un menteur

Les hommes sont des errants. Voilà ce que j'avais tiré de ma première lecture de la Bible.

Après avoir été chassés du jardin d'Éden à cause du mauvais conseil d'un serpent, et d'Ève qui avait eu la faiblesse de l'écouter, ce fut au tour de Caïn – son fils – d'être chassé d'une terre fertile en raison du meurtre de son frère.

Stop. Dieu emploie lui-même le mot : *Tu auras beau cultiver la terre, elle ne produira plus rien pour toi. Tu seras un errant, un vagabond sur la terre.*

Plus tard, les hommes continuèrent de mal agir, ce qui conduisit Dieu à les tuer tous en abattant sur eux le Déluge… sans que jamais lui vînt l'idée de remettre en cause sa « recette ».

Dieu, en somme, n'entendait voir que la vilenie de l'homme. Que son cœur porté vers le péché.

À l'exception de Noé qui, avec sa famille, eut le privilège d'échapper à la mort car il était juste.

Pour lui, Dieu s'appliqua à repartir de zéro, ainsi qu'un gamin renverse sa tour de cubes.

Que s'était-il passé, au fond ? Les premiers hommes avaient-ils manqué à son égard de gratitude ? Car c'est à la faveur d'un flagorneur autel et de bêtes qu'il lui offrit en holocauste… que Noé gagna son arche, et parvint à éteindre la colère divine : *Le Seigneur respira l'agréable odeur du sang et se dit en lui-même : « Jamais plus je ne maudirai le sol à cause de l'homme : le cœur de l'homme est enclin au mal dès sa jeunesse, mais jamais plus je ne frapperai tous les vivants. »*

Autrement dit : les humains étaient toujours aussi médiocres qu'au départ, mais leur créateur enfin résolu à l'accepter. Ce qui prouve selon moi deux choses : que si les voies de Dieu sont impénétrables, elles sont d'abord véreuses. Et surtout que Dieu est un menteur, qui jamais ne tint sa parole de *ne plus frapper les vivants.*

Stop encore. Qu'on ne rétorque pas que les hommes appellent sur eux leur malheur : je n'avais rien appelé, et j'étais le plus miséreux des hommes. [Après ma troisième main – qui n'était même plus homme.]

Ne croyant point en Dieu (on l'aura compris), et inférant de cette perplexité que la Bible avait été fabulée par des êtres de chair, je m'étais tôt figuré que cette soi-disant vérité supérieure du vice inscrit en chacun avait pour but, dans l'esprit des premiers hommes, de les condamner par principe à la faute – afin de les jeter dans les bras d'une passion universelle, qui deviendrait le ferment de toute religion : le scrupule. [Alors… plutôt que de sacrifier des moutons, on se flagellerait soi-même.]

Pour ma part, l'équation était plus simple. Je ne me sentais coupable ni d'être ni d'agir.

Le mal s'était accroché à moi comme une tique à la peau, je m'en séparerais un jour – que Dieu le veuille ou non – et je redeviendrais bon comme Noé.

Le p'tit Gibus

Les derniers kilomètres furent les plus difficiles.

L'espace d'une semaine, escorté par les mouches des bois, bercé par le chant des rossignols et le suave écoulement des ruisseaux, j'avais presque oublié la bataille.

L'espace d'une semaine, ma vie n'avait pas pris davantage de gîte.

Mais le principe d'une guerre, je le saisis sans tarder, est semblable à celui d'un coït forcé. La pénétration est douloureuse et pleine de réluctance.

Preuve m'en fut donnée à mesure que j'approchais de la frontière franco-allemande, ce point de contact entre deux corps vissés à leurs positions, tapis sous la ligne d'horizon, attendant de tuer ou d'être tués.

Oui : on n'a pas assez vu ou dit que les tranchées étaient des tombes d'avance. [Leurs creuseurs le savaient-ils ?]

À ce stade du périple, l'idée m'effleura de renoncer à la traversée et, bon an mal an, de persister à survivre dans mon propre pays. Après tout, je n'étais point le truand le plus recherché, et les autorités avaient sans doute d'autres chats à fouetter en ces temps de déchirement. J'aurais bien pu me terrer quelque part, trouver quelque gagne-pain, et pousser le temps à l'épaule.

Mais – puis-je l'avouer – une curiosité honteuse m'aiguillonnait vers un autre destin.

J'avais envie de savoir qui était cet *autre* avec qui la vie m'avait placé en tandem.

Car il n'était pas moi… mais déjà, faisait partie de moi.

Stop. J'attendis que les tumultes régressent, et ce fut la nuit. Il n'y avait plus qu'à passer.

L'affaire était pourtant loin d'être résolue : il faudrait pour cela franchir deux fossés appartenant à des bataillons ennemis, séparés par un champ de mort planté de barbelés, où toute silhouette était fusillée à la seconde. Profitant du halo de la pleine lune, je m'engageai à tâtons, avançant vers une ramification vide de la ligne française. Pause. L'obscurité traçait un mirage inquiétant, où les couches de bleu, de bistre, de noir, étreignaient les vapeurs fuligineuses des obus.

Je ralentis encore le pas, posant le pied sur une branche qui se brisa. Silence. Un autre bruit ici, qui ne venait pas de moi – et soudain : deux mains (au moins) m'accaparant. Puis ce cri d'un soldat à ses collègues : « Les gars ! J'ai chopé le p'tit Gibus ! On l'tient ! »

Inutile de préciser que je ne compris goutte à sa proclamation, sauf que j'étais en danger, quand un soudard à l'haleine fécale me serra les menottes dans le dos, m'écrabouilla la face dans une flaque, et beugla : « Tu sais ce qu'on fait aux lézards ? »

J'appris dans la foulée qu'un lézard était un traître, un tortillon, une balance, un collabo.

Et qu'un mioche du coin répondant au nom de Gibus était connu pour faire passer aux Alboches des informations sur les positions des soldats français.

En contrepartie de quoi ? De billes, de pépées, d'un pot de crème, que sais-je ? Je protestai à cor et à cri que ce n'était pas moi.

On ne voulut rien entendre. Si ce n'était pas moi, que faisais-je aux abords d'une tranchée après le couvre-feu, sans pouvoir expliquer qui j'étais, ni d'où je venais ?

Un lieutenant au crâne ceinturé d'un bandage, et qui louchait, affirma me reconnaître.

Il avait manqué d'attraper le p'tit Gibus une semaine plus tôt et tout coïncidait : à l'en croire, j'avais sa démarche, sa taille, et même son odeur.

Ligoté à une chaise, je claironnai derechef mon innocence : mon père était mort au front !

Cet argument joua contre moi : j'étais un petit dégueulasse d'inventer de pareilles saloperies.

Dans ce procès expéditif, je fus accusé tout à trac d'avoir aidé l'adversaire à orienter ses *marmites* et ses *gros noirs*, comme d'avoir rendu possible l'arrosage surprise de la veille par un *moulin à café* – cette mitrailleuse prussienne capable de tirer cinq cents coups à la minute.

La sentence tomba : j'étais bon pour *les séchoirs*. « Les séchoirs… ? » demandai-je hébété.

La troupe rit. Le même poilu au souffle fétide qui m'avait ramassé m'agrippa sous les aisselles, me hissa par-dessus le bord de la tranchée, et murmura : « Les séchoirs, c'est ces belles bobines de ronces que tu vois entre nous et les Fritz… C'est sur elles que tu vas crever à petit feu pour tes saletés. Pense bien à ta mère, parce qu'elle viendra pas te chercher. »

Sur ces mots, je fus projeté en avant dans cette zone fatale, qui n'avait rien d'un purgatoire.

Car la question n'était plus de savoir si je serais sauvé – mais quand j'allais mourir.

Stop. Je m'avisai ici que mes chevilles aussi étaient entravées.

Avez-vous déjà tenté de ramper face contre terre, menottes dans le dos, les pieds ligaturés ?

Pour la première fois de mon existence, je pris le parti d'espérer la mort.

Je ne pouvais plus exécuter un geste, la boue commençait de me rentrer dans les narines et, dès qu'un fusilier en face me verrait bouger, il n'aurait qu'à tirer.

Dans cet anéantissement, je regrettai pour une fois que ma troisième main ne fût point sortie de sa tanière lors de ma capture. L'effroi de mes ravisseurs m'aurait condamné à une fin plus nette.

L'épreuve fut coriace

« Ma chair m'est plus près que ma chemise », se consolait mon père lorsqu'il perdait un contrat. Cet adage franc-comtois, pour une raison inconnue, s'était inscrit en moi.

J'en obtins cette nuit-là une illustration inopinée. Car j'avais tout perdu, sauf encore la vie.

Et car surtout, sous ma chemise, une seconde chair allait sauver la première.

Oui : quelques minutes après mon largage dans le *no man's land*, je sentis mon secret s'activer.

Je veux dire : déboutonner mon vêtement… sinuer sous mon buste… et planter ses ongles dans la glèbe pour me tracter.

Stop. Je ne progressais que de quelques centimètres à chaque fois, mais la moindre goutte est un lac pour l'Arabe sans gourde. Dans mon désert de mort s'ébrouait un élan de vie.

L'épreuve fut coriace.

Pied à pied – ou plutôt main à main –, nous mîmes trois ou quatre heures à atteindre l'autre rive de ce Styx fabriqué par les hommes. Les *séchoirs* portaient bien leur nom : tandis qu'un de ces atroces cylindres barbelés me lacérait le dos… me revint à l'esprit l'arrière-boutique du Veau d'or.

Dans cette chambre froide séchaient en effet de lourdes pièces de viande, dont l'état n'était pas éloigné du mien – sauf que j'avais encore une âme.

Pause. Au fil de ce rampement de supplice, je heurtai en l'occurrence plusieurs cadavres pris dans les épines rouillées de ces pièges, et qui ne s'étaleraient en vitrine d'aucune boucherie; excepté celle-ci.

Ces pauvres gars avaient des mères, des frères, des femmes, des gosses : la mort autant qu'à moi leur avait paru inaccessible, jusqu'au jour où elle avait toqué à la porte. Je repensai à cette idée de Buissonnier selon laquelle les cimetières étaient jalonnés de « héros » : tous, à leur façon, ce petit pas vers le grand néant, ils l'avaient fait. Alors pourquoi pas nous?

Au premier rayon du jour, « nous » aboutîmes à une improbable friche piquetée de marguerites, qui n'avait rien à voir avec un champ d'honneur. Mon visage était si croûté de fange que j'eus du mal à déciller les yeux. Je me crus aveugle un instant, mais le contour d'une chaumière au lointain restitua un sentiment du monde. Je me redressai avec prudence.

Un changement d'axe me confirma que j'avais passé la frontière de la mort – et de la France.

Cet autre dicton franc-comtois me revint : *Quand chacun s'aide, personne ne se tue.*

Nos gentianes

Le matin de mon dixième anniversaire, à côté de mon bol de chocolat, j'avais trouvé sur la table de la cuisine un paquet. Mon père avait différé son départ ce jour-là, afin que je le décachetasse devant lui. Dans ce paquet, il y avait le premier et le second tome illustrés des aventures de Heidi, rassemblés par un sous-titre : *La Merveilleuse Histoire d'une fille de la montagne.*

J'ai invoqué plus tôt Mariette comme mon premier béguin.

Au vrai, j'étais d'abord tombé amoureux de Heidi, dont j'avais lu et relu les chroniques fleuries, au point de ressentir une authentique jalousie à l'endroit du chevrier Peter, ou de me lamenter de n'avoir pas connu mes grands-pères, tant paraissait affectueux celui de mon amie imaginaire.

Elle avait alors « le même âge » que moi.

Ce matin d'août 1915, à rebours des alpages de Heidi, mon cadre était celui des Vosges, mais je songeai fort à cet être de fiction. À son adorable robe de laine rouge, à ses chausses tyroliennes montées sous le genou… à son destin d'orpheline. Me plaisait qu'en son mont Blanc comme en ma Forêt-Noire, nos gentianes possèdent le même nombre de pétales. Que ses dénivelés sertis de sapins, de ciel bleu et d'air pur, ne diffèrent pas de mes dénivelés.

Ni ses edelweiss, de mes edelweiss.

Et que ce sentiment de paix qu'offrent les hauts pâturages, elle l'avait éprouvé avant moi – comme moi.

Je baissai le front : ma troisième main me toisait, désorientée. M'accroupissant, j'étais parvenu à lui faire délier mes pieds, mais mes mains étaient toujours enchaînées derrière mon dos.

Le contraste entre la beauté du décor et ma détresse me fit presque rire.

Je tâchai de me remettre à flot.

L'écho d'un torrent m'attira : je me souvins que je périssais de soif. À plat ventre sur l'herbe, le menton calé contre la rigole, je lapai cent gorgées salvatrices. Tout égratignée et crottée, mon adjointe en profita pour se rincer à l'eau fraîche, et pour me rincer la face. Nous étions prêts à repartir.

[*De temps en temps… Heidi quittait son occupation, quelle qu'elle fût, pour courir sous les arbres, car rien ne lui paraissait aussi beau que la musique sauvage des sapins, derrière le chalet, ce bruissement profond et mystérieux qui passait dans les hautes branches.*]

Nous étions prêts à repartir – mais comme mon idole, j'écoutai le vent et m'endormis.

Cette lettre dont j'avais promis de parler

Hans était-il impatient de retrouver les siens ?

C'est lui qui me réveilla en me tapotant les joues.

Les combats avaient repris, mais leurs détonations n'avaient pas eu raison de mon abattement !

Debout, je m'orientai dans la direction contraire au tumulte.

Mon acolyte prit le relais de la navigation, selon cette faculté qui lui permettait de « sentir » la route sans la voir. D'autant que nous n'étions plus très loin de son domaine d'origine.

Pause. Je parlais mal allemand, j'étais souillé, j'avais l'allure d'un fuyard : cela me parut plus sage d'attendre d'arriver à bon port pour me libérer, plutôt que de solliciter quelque assistance au hasard d'un clampin. « Si je me recommande de toi, quelqu'un dans ta famille saura défaire ces menottes ? » demandai-je en dissimulant mon entrave sous le pan arrière de ma chemise, tel un flâneur en goguette. La main fit oui.

Nous passâmes à la lisière de plusieurs hameaux, marchâmes une journée et une nuit encore, avant d'aboutir à la pancarte signalant l'entrée de Todtnau – qui était moins un village qu'une raisonnable bourgade, dont la voie centrale conduisait naturellement à l'église.

Notre destination se révélait plus cossue que je ne l'avais imaginé.

Un ultime virage nous fit contourner ladite église pour marquer l'arrêt devant une gigantesque demeure, qui la jouxtait tant qu'elle eût pu en constituer le prieuré.

Devant le portail, je criai : « *Hallo?* » Un jardinier sortit la tête d'une haie et avança sans lâcher son sécateur. Stop. Durant cette approche, ma troisième main pensa soudain à récupérer la lettre qu'elle m'avait confiée, et à la glisser sous mon bras.

Cette lettre... dont j'avais promis de parler, elle l'avait donc rédigée à Besançon avant notre fuite, et dans sa langue natale, de sorte que j'ignorais tout de son contenu; hormis son adresse : *Lieber Vater, liebe Mutter.* [Cher Père, chère Mère.] Lorsque j'avais voulu la ranger dans mon bagage, elle m'en avait empêché, l'enfonçant à la place dans mon froc, sanglée par la ceinture.

J'en avais déduit que cette missive était précieuse, qu'elle nous servirait peut-être un jour de sauf-conduit – et l'avais conservée à cet endroit.

Elle était par miracle quasi intacte.

Le jardinier se planta de l'autre côté du portail et me dévisagea.

Je désignai la lettre pincée sous mon aisselle gauche.

Tel un pinson dubitatif, il la saisit à travers les barreaux.

J'eus le loisir, pendant que le jardinier s'éclipsa, d'anticiper plusieurs dénouements.

Soit ma troisième main avait joué franc-jeu, et à la faveur de son parrainage je pourrais résider dans ce palais le temps de planifier la suite… soit elle m'avait joué un sale tour, et nous n'étions pas chez ses parents. Soit encore nous y étions bien, mais ils ne souhaitaient plus entendre parler de leur fils – ce qui, *la* connaissant, était plausible.

J'allais bientôt être fixé. Car en lieu et place de l'employé de maison, c'est sa maîtresse qui accourut vers moi : « Vous êtes Paul ? » lança-t-elle avec un fort accent fribourgeois, qui restait compréhensible. J'opinai du menton. La bourgeoise fondit alors en sanglots, dans un amalgame de joie et d'hébétude. Comme une conséquence, il se mit à pleuvoir.

L'instant d'après j'étais démenotté, et attablé face à cette femme qui me scrutait, ne cessant de sourire en s'étanchant les yeux. Une demi-heure transpira sans que le moindre mot fût échangé.

J'en profitai pour inspecter le salon, qui avait la particularité d'être aussi prospère que sévère.

Nulle décoration… sauf des broderies sur châssis à motifs religieux, ou quelquefois agrestes. Quantité de meubles en chêne massif, couverts de napperons de dentelle, de chandeliers, de récipients de cristal, de bibles brochées. Des chaises au dossier si élevé qu'il passait la nuque. Sans oublier la solennelle pendule, au centre de ce monde, dont le tic-tac découpait le silence.

Stop.

Au frottement d'une clé dans le vestibule, l'épouse se dressa.

Je me levai par mimétisme. Un homme haut et maigre entra, nous constata, remit son parapluie et sa pipe à une domestique, puis vint.

Sans désempoigner son mouchoir, la femme balbutia : « *Hans lebt…* » [Hans vit.]

Quelle est la réaction « normale » d'un père apprenant la résurrection de son fils ?

Pas celle-ci selon moi : l'échalas en complet gris posa sa serviette, expectora sans ouvrir les lèvres, contracta les masséters, se signa, et cingla sans réplique vers l'escalier.

Frau *Hofman-Dreier* (c'était le nom gravé sur la plaque du palais) se moucha de plus belle et se précipita dans son sillage, retenant son tablier.

Cet endroit était un endroit pour mourir.

Le dîner dévoila enfin le contenu de la lettre : selon son récit alambiqué, Hans avait été fait prisonnier dès son arrivée dans les tranchées… et avait dès lors pris parti pour le camp ennemi.

Il travaillait désormais comme espion au service de la France. Réintégré par la Deutsches Heer en s'étant fait passer pour un évadé, il transmettait à l'armée de Poincaré, par un moyen secret, des renseignements sur les positions et les stratégies de son régiment actuel.

Pour les raisons qu'on imaginait, Hans n'avait pu envoyer ce courrier par la poste, et avait donc fait passer le message à ses parents via son camarade Paul – lequel ne pourrait rien leur dire de plus sur ses missions à lui, ni sur sa présence en Allemagne. Nos actions étant *liées*, il faudrait avoir la convenance de ne pas m'interroger s'ils voulaient continuer à recevoir des nouvelles de leur fils, dont la graphie et la signature attestaient l'identité sans réserve.

Hans était bien l'auteur de ces lignes : je pouvais, sans mentir, le confirmer.

À ces explications que son épouse avait eu la civilité de traduire au fur et à mesure en français, Herr

Hofman-Dreier frappa du plat de la main un coup féroce sur la table. La soupière en frémit.

Je savais que cette histoire était fausse.

Pourquoi la raconter dans ce cas ?

Rien de tout cela n'avait de sens : il eût été possible de me faire admettre dans ce foyer de mille façons, sans cette faribole d'espionnage.

Stop. Il apparut d'ailleurs que ma troisième main, qui trémulait dans sa cache, n'avait point l'intention de se révéler. Où voulait-elle en venir ?

Stop encore. Respectant la consigne de ne pas me sonder, et pour atténuer la colère sourde de son mari, la maîtresse de maison entreprit de m'en exposer les faits d'armes.

Jusqu'à lui, assura-t-elle, les mineurs locaux se débarrassaient bêtement de la fluorite, ce sable gris sans valeur présumée. En sa qualité de chimiste, et surtout de patriote, Herr Hofman-Dreier avait eu l'intuition que cette substance s'avérerait indispensable aux industries du métal.

C'est lui qui en avait fondé les principes d'exploitation, lui qui avait été pionnier, lui qui allait permettre à l'Allemagne de gagner la guerre grâce au déploiement du Sturmpanzerwagen A7V, ce char d'assaut de pointe que l'opposant ne saurait enrayer, et qui serait bientôt livré… « sauf en cas de pénurie de matières premières ».

Cette conclusion maladroite acheva d'indigner le chef de famille, qui quitta la table.

Stop final. Je compris à cet instant le pourquoi du mensonge de ma troisième main : son unique dessein était d'indigner un père. D'où mon intuition qu'elle ne m'avait pas fait pénétrer dans cette maison pour me présenter son lignage.

Que quelque chose se tramait.

La chambre du fils

La mère m'installa dans la chambre du fils. L'étage n'était pas encore électrifié : elle me remit une lampe à huile et une bouteille de lait pour la nuit.

Sauf un étroit lit à colonnes, un secrétaire Empire, un crucifix et un meuble de chevet, la pièce était vide. Je m'assis sur le lit en m'esquintant les os tant sa paillasse était rigide. Mais un autre sujet aspira d'un coup toute mon attention : sur la table de chevet était posé un cadre de laiton, et dans ce cadre... un militaire en uniforme. Je l'approchai de la lampe : les yeux du modèle se dessinèrent.

Arrêt. C'était donc avec ce beau visage triste que je faisais destin commun. D'un pouce ému, Hans émergea de ma chemise, effleurant la photo comme on caresse un fantôme.

Bien sûr que c'était émouvant. L'émoi nonobstant n'excuse pas tout : après un temps de recueillement, je replaçai le cadre, et traçai une ligne rouge : j'ignorais ce qu'*elle* avait derrière la tête, mais il n'était pas question d'exécuter le moindre être humain. Je pouvais admettre que son père ne fût pas idéal, mais le mien non plus... et je ne l'avais pas zigouillé.

« Si tu tues ton père, l'avertis-je, tu le regretteras toute ta vie. »

[Il me fallut quelques instants pour mesurer l'insanité de cette dissuasion.]

La main m'exhorta à baisser d'un ton : j'étais d'ores et déjà un oiseau de mauvais augure, inutile de passer – en sus – pour un dézingué qui soliloquait.

Je chuchotai quand même : « Que comptes-tu faire ? Pourquoi m'as-tu amené ici ? »

Fiévreuse, elle désigna la bible près du lit.

« Une prière ne répondra pas à ma question », repartis-je crispé.

La main saisit l'ouvrage et le cala dans les miennes. Que signifiait cette insistance ? Je l'ouvris.

Son index gratta alors le coin supérieur gauche du contreplat marbré.

Y avait-il quelque énigme là-dessous ? Je perçus une épaisseur sous le papier.

Comme elle peinait à décoller la garde, je l'assistai avec un ouvre-lettre pioché dans le tiroir.

La page scellée bientôt se détacha, et j'aperçus sous elle un agrégat de feuillets pliés en quatre, que j'extirpai de leur cachette dans un geste chirurgical. À la flamme de ma lanterne toujours, j'étalai ces reliques sur le bureau : il y en avait une dizaine, garnies de cadres gris, renfermant chacun un croquis au fusain – d’une expressivité, d’un degré de détail, d’un style ébouriffants pour un simple morceau de charbon –, croquis paraissant ensemble composer une histoire.

Et quelle histoire.

Un soupçon d'empathie

Une histoire, ou plutôt une tragédie. Car si l'on suivait les cases, un parcours digne de Cosette chez les Thénardier s'esquissait. À la nuance près qu'aucun Jean Valjean ne venait sauver notre Cosette – et que ces Thénardier-là n'étaient pas sans le sou.

Tout démarrait, comme chez Hugo, par un récit d'adoption, sinon de « transfert d'enfant ».

Un bébé né dans l'indigence, vagissant entre un réchaud éteint et des monceaux de déchets, à qui sa mère malade ne savait plus donner le sein, était porté en ville par son père, et déposé sur le perron neigeux d'une vaste demeure, semblable à celle qui m'abritait…

Les propriétaires se querellaient sur cette trouvaille, mais l'enfant restait chez eux.

Les années passant, le petit grandissait et l'époux du ménage, un homme étique et austère, prenait en charge son éducation. Or c'est là que les choses commençaient à dégénérer.

Une première vignette me glaça l'échine : on y voyait le garçonnet étendu sur le lit même qui m'accueillait, mains et chevilles ligotées aux colonnes… par des filaments de fer.

Le visage du garçon se tordait. Le père adoptif versait un liquide brûlant sur son entrejambe.

Manière, sans doute, de lui enseigner la dépravation inhérente au péché d'onanisme.

Sur une autre vignette, telle une momie, l'enfant entourait ses membres de bandelettes d'ouate avant d'enfiler sa veste de pyjama. Je saisis bientôt qu'il se prémunissait d'avance contre les coups de son tortionnaire.

Plus bas, le gosse lapait une gamelle sous la table de la cuisine. Afin de lui inculquer, tendre pédagogie, le péché de gourmandise. Mais la pire illustration s'avérait à peine croyable : son tuteur [j'écrivis d'abord *tueur*] gravant à la pointe d'un couteau le nom LUTHER sur la paume sanguinolente du garçon, qui hurlait naturellement à la mort.

Et derrière, dans l'ombre – ce qui était peut-être pire : la « mère » observant sans rien faire.

Un monstre pareil pouvait-il ne pas engendrer un autre monstre ?

Si les hommes naissent libres et égaux, ils ne naissent pas tous dans la même famille.

Pour la première fois depuis notre « rencontre », j'éprouvai autre chose que de l'aversion pour la main qui s'était fixée à moi.

Et, puis-je le dire, un soupçon d'empathie.

Pause. De cette découverte, je tirai deux leçons flagrantes : que ma troisième main possédait un génie artistique. Et qu'elle attendait depuis longtemps l'occasion de se venger.

Maintenant qu'elle n'avait plus rien (ou presque) à perdre, occasion lui en était donnée.

Je restai ferme sur ma ligne

Je regardai ma main dans les yeux : « C'est vrai, tout cela ? »

Mieux qu'une assertion, son attitude parut sincère : sans pouvoir apaiser le tremblement qui la secouait du coude jusqu'aux ongles, elle pointa les colonnes torsadées du lit : je collai la lampe au meuble, pour repérer des entailles circulaires dans le bois. Le genre d'entailles que creusent des fils de fer quand on s'efforce de les arracher nuit après nuit.

Frémissante toujours, la main attrapa le coupe-papier. Je craignis un instant pour ma vie, mais c'est dans le matelas qu'elle le planta, déchirant un segment de drap. Lâchant l'ustensile, elle tira alors d'un coup franc le textile qui se déchira en cri muet : des traces de sang violacé constellaient la couche sur laquelle on m'avait invité à dormir.

Je déglutis pour ne pas régurgiter. En guise de preuve ultime de sa sincérité, la main pivota pour me présenter sa paume, repliant l'annulaire vers un point précis. Je la saisis tel un objet qu'on ausculte, discernant à mon effroi la cicatrice évanouie… d'un L et d'un U majuscules.

C'était donc vrai.

Si écœuré fussé-je par ces révélations, je restai ferme sur ma ligne : « Il n'est pas question pour autant de commettre un crime, affirmai-je. Surtout que c'est moi encore qu'on accusera », ajoutai-je avec une once d'insensibilité – sinon de pragmatisme.

À cet avertissement, la main réclama un crayon et inscrivit en marge d'une de ses œuvres : *pas violance.*

Stop. Je n'avais aucune raison de m'y fier, tant s'en fallait, mais je fis confiance à cette promesse. Dès lors ce fut Hans, connaissant sur le bout des doigts son territoire, qui prit les devants… [Je veillai toutefois à ce qu'aucune lame, ni aucune plume ou instrument contondant, ne lui passât « à portée de main ».]

Lorsque les bruits de la maisonnée se furent éteints, je sortis en sourdine de la chambre, suivant les instructions de ma troisième main que l'opacité n'entravait pas.

Nous descendîmes l'escalier vers le salon et nous arrêtâmes devant une broderie du Christ en croix. La main souleva le cadre : un petit coffre apparut.

Je ne doutai pas qu'elle en sût la combinaison : deux tours à gauche, trois à droite, trois derechef à gauche, cinq à droite. Clic. Le coffre se déverrouilla.

Dans son ventre s'accumulaient quatre lingots d'or, des liasses de billets aussi bien égalisés que les pages d'une bible, un chapelet de diamants ; et un pistolet d'argent. La main alla vers l'arme.

Je l’en défendis incontinent, sans besoin de rappeler notre pacte. Elle céda.

Je fourrai le reste dans mes poches et décampai.

Des bourgeois aux purotins

Il y a des heures, des soirs, des hasards qui réjouissent sans cause.

Cette nuit-là était moite comme un rêve, les fougères exhalaient un arôme de houille, la vie ne m'avait rien offert depuis si longtemps – excepté ce membre en trop –, or je sentis dans mon corps une allégresse bouillonner. Cette allégresse contredisait toute logique, mais me rappela, car je l'avais oublié, qu'il était possible d'être heureux de vivre.

Qu'on ne se figure pas que ma fraîche richesse en fût la raison : n'était la suite des événements qu'on va découvrir sans tarder, j'aurais jeté dans la première rivière ce butin.

Sans être dévot, je ne croyais ni au bénéfice du vol ni à celui de l'opulence.

Or il y eut donc une suite : dès que nous fûmes sortis de la propriété Hofman-Dreier, le pilotage recommença. Et la main me fit cheminer un bon moment, jusqu'à quitter l'enceinte de Todtnau.

Malgré l'absence d'éclairage, mon nez m'indiqua que nous abandonnions la zone favorisée.

En l'occurrence, les dernières encablures de notre chevauchée nous firent dévaler vers une sorte de décharge, entre les ordures de laquelle je m'avisai, avec stupeur, que des gens habitaient.

Sur la « place centrale », craquetait un immense brasier qui permettait aux citoyens de ce capharnaüm de s'orienter. De quoi se nourrissait ce feu ? Son haleine était si épaisse, si suffocante, que je dus reculer pour ne pas étouffer. [Là, un mioche mi-humain mi-crapaud surgit dans l'ombre, me bouscula et s'enfonça dans une baragne de ronces. Je songeai au mot *enfer*.]

Quelques foulées encore. Les ultimes fantômes de maisons se convertirent en cahutes.

En l'espace d'une promenade, nous étions passés dans une autre contrée, une autre colonie, une autre ère de l'humanité. Ou plus simplement : des bourgeois aux purotins.

La main fit un geste.

Une cabane plus vétuste que les autres se dressait devant nous, fleurant le chou et le lisier. Je murmurai : « C'est ici, ton vrai chez-toi ? »

La main peina à acquiescer, tant l'émotion la submergeait.

Alors, tandis que j'approchais de la porte, elle se rangea dans ma poche.

Je tapai trois coups sur la cloison.

Des pas traînèrent sur une terre battue.

Un homme m'ouvrit, affublé d'un cache-œil qui fichait la frousse.

Je bafouillai : « *Guten Tag… ich… peux… entrer ?* »

Il me sourit de toutes les dents qu'il n'avait pas.

Ils n'avaient pas besoin d'explications

Une table branlante. Un poêle chaud malgré l'été, sur lequel fumait quelque viande maigre.

Un homme à la peau rubescente, avec son bandeau de pirate et sa bouche huileuse.

Une femme en retrait. Un tablier rapetassé autour de ses grosses hanches. La peau moins rouge que blanche. Deux pupilles aussi accablées que l'unique visible de son époux.

[Pause. Il eût été aussi inenvisageable de m'expatrier dans ce gourbi qu'en la cathédrale de cruauté des Hofman-Dreier. À tout prendre, j'aurais été moins en peine de subsister dans la forêt, tel ce petit Victor d'Aveyron. Mais stop. Nous n'étions, de fait, plus là pour ça.]

Un écrivain digne de ce nom aurait su brosser l'absurde de la situation : moi, déboulant avec ma tête d'enfant de chœur chez ces disetteux que nul alignement de planètes, sauf celui qui avait fauché ma vie, ne m'eût pu faire rencontrer. Deux rebuts de l'humanité, me jaugeant avec des yeux de carpe, distraits de leur mouise par la contingence.

L'évanouissement définitif de toute notion de « normalité ».

Mais je n'étais pas écrivain.

Une fois n'est pas coutume : je ne sus que faire, dire ou penser.

En conséquence de quoi ma troisième main agit à ma place, bien que semblât hasardeuse l'idée de se révéler devant ce couple, fussent-ils ses véritables parents – ce que je supputais pour sûr.

Car la misère rend triste, et la tristesse fou : face à l'inattendu, ces gueux pouvaient s'affoler et dégainer leur plus funeste tisonnier. Trop tard pourtant : ma main déjà se déployait hors de ma chemise, fragile, sublime… dépouillée comme le Messie.

Silence.

C'était quitte ou double. Et ce fut double.

Incrédule, ébahi – mais pas désarçonné –, le père avança. Palpant bientôt la peau miraculée de son fils, il pivota vers sa femme, qui était restée adossée à un galandage. Alors, en un éclair, je compris qu'elle comprit : garrottée par l'émotion, la mère joignit ses mains à celles de son époux, baisotant celle qui trépidait entre les leurs.

Ils n'avaient pas besoin d'explications.

Stop encore. Dans une impulsion mêlée de vertige et de gratitude, l'indigente releva le front vers moi, me remerciant d'un regard dénué de mots, qui me transperça. [Les années suivantes, j'aurais mille envies d'éradiquer ma main, mais le regard de cette mère ne me quitterait jamais.]

Ces gens-là étaient pauvres, anéantis par la vie, mais ils avaient un cœur.

Il semblait que j'eusse omis quelque chose

Les retrouvailles firent cependant long feu.

Mes hôtes baragouinaient un patois qui m'était étranger, ils ne savaient point lire, n'entendaient rien à la langue de Molière, et ma troisième main n'était guère pourvue de bouche.

La parole n'était ici le langage de personne.

[Et tout avait été dit.]

Ainsi me retirai-je après moult rictus éperdus, et que la maman eut bécoté de toutes les manières la menotte de son bébé. Ce fut forcément trop bref, mais il fallait que je lève le camp : « mon » cambriolage ne tarderait pas à être découvert, et le notable qu'était Herr Hofman-Dreier n'aurait aucun mal à dépêcher la moitié de la police locale à mes trousses.

Je gagnai la tôle tenant lieu de porte d'entrée. De sa carcasse chargée de microbes, d'infortune et d'une éphémère jubilation, le maître de maison me raccompagna sans cesser de serrer la main de son fils. Puis il fallut se résoudre aux adieux : les doigts se délièrent, et le greffon gagna en kangourou sa tanière. Les parents continuèrent de sourire, béats, jusqu'à la dernière seconde. [Je me demandai alors quel souvenir ils conserveraient de notre venue, et si quelque curé bien informé ne s'en ferait pas un jour l'apôtre, au point que, dans un siècle ou deux, serait professé le miracle du *retour de la main du fils*. Je voyais déjà des vitraux d'église s'en faire l'écho multicolore.]

Arrêt. Repoussé vers la lie du monde, je m'apprêtai à reprendre la route, quand la main se dressa entre l'obscurité et moi : il semblait que j'eusse omis quelque chose.

Et pour cause. Frisant la torsion, mon complice de chapardage secoua ma veste afin que les lingots à l'intérieur tintent les uns contre les autres.

J'avais compris : elle voulait faire don de ce butin à ses géniteurs, de sorte qu'ils échappent à la crasse qui avait enrobé leur vie. Il n'y eut aucun débat : je déposai sur-le-champ, dans un pot de terre, l'intégralité de notre larcin – songeant que le mythe imaginé du « retour de la main » inspirerait mieux encore les archevêques (et leurs ouailles) s'il se concluait, avec un brin d'hérésie, par un renversement de richesses à l'imitation des *derniers seront les premiers*.

[Stop *bis*. Notons à cet endroit que ce fut la seule et unique fois, sauf pour sauver ma peau dont dépendait la sienne, que j'assistai à une authentique bonne action de ma troisième main.]

Sur ces entrefaites, je répétai ce que je savais le mieux faire : m'enfoncer dans la nuit.

À COMPTER DE CE JOUR JE N'EUS PLUS PEUR DU DÉFAUT DE LUMIÈRE

Petit, comme je renâclais à éteindre la lampe au moment de dormir, mon père m'avait emmené camper dans la forêt de Chailluz, qui s'étend au nord de Besançon.

Outre une gourde et de vieux draps, nous avions embarqué une peau pour faire la tente, une boîte d'allumettes, un pot de compote et des ailerons de poulet préparés par ma mère.

C'était l'automne, il ne ferait ni trop chaud ni trop frais, cette virée pédagogique était supposée me soigner de mes appréhensions.

Ce qui fonctionna – mais pas comme l'on croit.

Après que nous eûmes fixé la charpente, tendu notre toit, retiré les cailloux du sol et constitué un matelas de feuilles... après que le dîner fut absorbé en silence et que le feu eut laissé la place aux braises, s'éleva la sérénade des nuits sauvages : timbres sans langage, frictions fantômes, remous inquiétants et craquements indistincts. Mon père s'assoupit.

Or pour ma part je ne pus fermer l'œil – mais non par peur du noir ou de la forêt.

Car ce n'était pas ce damier de matières et de créatures d'ombre qui me tétanisait.

C'étaient les ronflements de mon père.

Chaque borborygme, chaque chuintement d'air dans sa glotte me plongeait dans un dégoût plus vif, au point de devoir enfoncer dans mes oreilles de la mousse arrachée sur un rocher.

L'expédient n'y suffit pas.

Toutes les trois ou quatre secondes, une inspiration retentissante me donnait l'impression de dégringoler dans ses entrailles roses et cramoisies, de me noyer dans ses excrétions, de ne faire qu'un – à mon corps défendant – avec le corps de mon père.

Stop. Tandis que je m'efforçais à ne pas vomir, je sentis sur mes joues un souffle qui n'était pas humain. C'était le vent qui me venait en aide. Et même l'orage.

D'un ciel dégagé quelques heures plus tôt, un tonnerre d'apocalypse secoua soudain les cimes des arbres, accouchant d'éclairs dorés et de trombes de grêle – qui défoncèrent notre abri de fortune.

Mon père s'éveilla en sursaut, paraissant atterrir dans un cauchemar.

Il me toisa avec défiance, comme si j'étais maître des éléments.

À compter de ce jour je n'eus plus peur du défaut de lumière.

Mais une part de mon père eut peur de moi.

Cette joie inexpliquée

Retour à Todtnau.

Ayant remonté avec force bourrasques le fleuve de ses origines, ma main n'avait, que je sache, nulle part où aller dorénavant. C'est donc moi qui repris les brides. Mais diable, en m'en remettant à quelle boussole ? Jusqu'ici, les vicissitudes m'avaient ballotté sans cohérence d'un pays, d'une désillusion à l'autre… Il m'avait fallu échapper aux griffes d'un fou, préserver ma mère de la déchéance, franchir une frontière par temps de guerre, découvrir la généalogie du morceau de cadavre qui partageait mon existence – pour rétablir, ce faisant, un semblant de justice.

Et après ?

J'ai évoqué plus haut cette joie inexpliquée qui s'était emparée de moi, en fuyant de chez les Hofman-Dreier. Elle se réexprima à l'identique à l'issue de ma visite chez les vrais parents de Hans.

Mais je la traduisis, cette fois-là, par une sorte d'orgueil… que mon sort fût si singulier.

Car l'infortune, lorsqu'elle est unique, est aussi une élection.

[Pour le dire autrement : je crois que j'avais envie de *voir la suite*.]

Une jambe fit un pas.

C'était la mienne et je désirais ce pas.

L'autre prit le relais et je me retrouvai en chemin.

Vers où ? C'était devenu la question de ma vie.

La priorité demeurait – je l'ai noté – de m'écarter de la ville et de ses alentours.

Les forêts étaient devenues mes alliées : je cherchai des arbres.

Après plusieurs heures supplémentaires de cavalcade, je m'assoupis sous la ramure d'un saule, sans la moindre idée d'où j'avais abouti, espérant que la nuit me porterait conseil.

Mais c'est l'aube qui m'offrit un éclairage inattendu : je fus réveillé par le sifflotement d'un zig qui se soulageait contre une croix de chemin. L'air sifflé m'était inconnu, mais sa casquette m'avertit qu'il était facteur. Je le contournai, m'avisant que j'avais dormi le long d'une voie forestière.

Et que, sur ladite voie, était couchée une bicyclette qui attendait qu'on l'enfourchât.

Je m'en chargeai sans demander mon reste, semant sans peine son propriétaire furibond.

Cette joie de moins en moins inexplicable rejaillit en puissance.

Un an plus tôt, je me serais morfondu d'avoir dépensé un sou qui n'était pas mien.

Je dus bien admettre que quelque chose avait changé.

Mais ce n'était pas ma faute, c'était la faute du destin.

Ce havre où les gens n'étaient pas compliqués

La vitesse aussi porte conseil.

Pédalant dans l'air chaud, je m'efforçai au pragmatisme : il n'était pas judicieux d'essayer de regagner la France. Inutile, en effet, de retenter le diable des tranchées. [Et de toute façon j'étais recherché chez moi.] Mais avec mon cambriolage, j'étais un hors-la-loi ici également – et faute de manier l'allemand, ne disposant au reste d'aucun refuge… il me faudrait dissimuler mon accent pour ne pas être soupçonné d'allégeance à l'ennemi. Ce n'était pas tenable.

Or c'est là que l'idée vint : il n'y avait pas qu'en France que l'on parlait français.

Il y avait aussi la Belgique, passée de pays neutre à pays occupé – et où l'on pouvait donc entrer depuis l'Allemagne sans traverser un champ de bataille.

Stop. Je me ressouvins que Buissonnier, ce maître estimé, avait fait circuler dans la classe des daguerréotypes de Louvain, une ville voisine de Bruxelles qu'il connaissait par la famille de sa mère. En flamand on disait *Leuven*, mais du fait de la proximité de la capitale, tout le monde y entendait le français et, à en croire notre instituteur, il y faisait bon vivre. « Les Belges ne sont point compliqués », s'était-il amusé. [Pour une raison inconnue, ce commentaire s'était inscrit dans ma mémoire.] La raison se fit soudain jour : je m'étais rappelé Louvain… afin d'y conduire ma bicyclette en ce matin d'août (de septembre ?) 1915.

Le nom germain de la Belgique n'était pas difficile à traduire : il me suffirait, ayant rallié une route nationale, de suivre le mot *BELGIEN*.

Les premiers panneaux annoncèrent 600 km de distance. Je calculai qu'il me faudrait rouler une semaine pour atteindre ce havre où les gens n'étaient pas compliqués.

Soit sept jours de plus à devoir subsister comme un va-nu-pieds – à survivre sans le sou.

Stop encore : il y avait partout des mûres sauvages, des vignes, des cultures de poires ou de prunes et, dans les potagers, des radis attendant d'être ramassés.

Il ne faut pas tant regarder ce que l'on mange qu'avec qui on le mange, affirme un proverbe.

Mais pour ma part, je commençai à me lasser des quetsches gâtées, des poires vertes et des raisins aigres – sans que mon convive imposé contrepesât ce déplaisir.

Je fis donc en sorte d'améliorer mon menu.

Car je m'étais aguerri au maraudage. Certes pour la bonne cause, et non sans un certain remords, mais cela me coûte de l'écrire : un remords vite balayé.

Acquitté par l'appétit, je me flattai même d'avoir mis au point… un sacré tour de main.

J'ÉTAIS UN PAPILLON EN TRAIN DE SURVIVRE

L'idée était simple, encore fallait-il l'avoir eue.

Dès que j'entrevoyais un bourg, je m'y dirigeais, garais mon cycle devant un commerce et palpais sans permission les rares aliments étalés en temps de guerre : du pain surtout, des conserves de harengs à l'huile, quelquefois une motte de beurre ou un fromage, par extraordinaire, quelques biscuits.

Comme on s'en doute, une boutiquière furieuse fondait sur moi en moins de deux, me grondant en des termes que je n'avais pas besoin de déchiffrer. Je jouais l'idiot.

Alors, tandis qu'on attrapait les mains du vagabond que j'étais pour leur faire lâcher le précieux mets, ma troisième secrète opérait sous le grabuge.

La technique était imparable : sûr de recouvrer son apanage, le négociant ne pouvait imaginer qu'une autre partie se jouait en sous-main, si j'ose dire.

Je m'en allais avec un coup de pied au cul – et deux ou trois délices insoupçonnables sous mon caban, englouties sans tambour ni trompette à l'abri du premier bosquet.

Arrêt. Cela me coûte derechef de l'avouer, mais je m'avisai à cette période que le péché, sinon l'illégalité, avaient leur goût propre… et que ce goût n'était pas mauvais.

C'est ce qui est affreux avec le mal : une fois qu'il s'est implanté en vous, si vous ne le rebutez point séance tenante, c'est lui qui vous dévore sans contrepartie.

Au surplus, étais-je véritablement fautif?

Je me rassurai en jugeant que les animaux ne volent pas : le papillon qui butine une rose ne paie au végétal nulle taxe. Il ne s'enrichit pas. Il survit.

J'étais un papillon en train de survivre.

Quant à la Providence, ou à Dieu, ou à la fatalité, s'ils réprouvaient ces nouvelles manœuvres, ils n'avaient qu'à m'envoyer un télégramme plus explicite.

Car depuis mon départ de Todtnau, il paraissait que le Ciel avait décidé de me bénir : une douce lumière d'or m'avait chaque jour escorté.

Sans parler de la température : le soir, je n'avais plus qu'à m'étendre sur les herbes pour me sentir enveloppé d'un idéal duvet de moiteur, juste assez frais pour ne pas regretter l'absence de laine.

L'entrée en Belgique fut un jeu d'enfant, au regard de mon intrusion en Allemagne – mais la Belgique n'était plus tout à fait belge, comme je l'ai mentionné. Stop. J'aurais cependant dû songer qu'en conséquence, quitter la « tranquillité » du bastion ennemi pour entrer en territoire occupé revenait à sauter de son plein gré… dans une douve truffée de crocodiles.

Il me fallait un autre costume

Les vrais crocodiles sont plus civilisés.

Car ce pays que l'on promet plat, découvris-je en y posant le pied, était criblé de trous.

Partout : à l'orée des villages et des hameaux, de hideux cratères dessinaient des damiers de branle-bas et de vide. Partout : échec et mat.

Mais la terre était la terre et je ne la pleurai pas.

N'eût été qu'elle, on n'aurait pas nommé cela *guerre*. On nommait cela guerre parce qu'autour des trous, dans les trous, s'imprimait l'empreinte des pas de la Fossoyeuse, de la Camarde.

Oui : peu ou prou, toutes les dix minutes ou les trois kilomètres, se révélait une dépouille.

Tels des églantiers plantés le long d'une promenade, ces corps sans vie jalonnaient ma route.

Je n'avais jamais vu autant de cadavres.

Je n'avais jamais autant vu la mort.

Un nécrophile pointilleux n'aurait pas été déçu : il y en avait pour tous les goûts : des vieillards, de jeunes garçons, des uniformes et des roulières, des tabliers, des femmes aussi.

Tout ce monde figé dans une même stagnation, à divers stades de gangrène.

Je me fis la réflexion qu'une chose inscrite en l'être dit « humain », profondément inscrite, devait revenir au besoin de tuer. Que, paradoxalement, le meurtre était à la fois la chose la plus *inhumaine* et la plus *humaine* qui fût.

[Je me dis également que certains hommes croyaient peut-être détourner la mort d'eux-mêmes en l'infligeant à autrui. Mauvais calcul : quand on parle à la mort, elle vous infecte.]

Stop. Dévalant à toute vapeur une pente bordée de tournesols grillés, l'esprit consolé par des souvenances de jours anciens avec Mariette, je remarquai que ma troisième main prenait des libertés : à travers ma chemise, elle s'échappait, goûtait l'air tel un chien sur le ponton d'une barque. Je la rabrouai.

Elle récidiva.

Si cet épisode me rappela qu'il était vain de la contraindre, il me fit surtout prendre conscience qu'au fil de mes évasions, de mes gîtes de ronces ou d'épines, mon habit menaçait haillon.

Or si je n'éprouvais aucune gêne à passer pour un vagabond, il était inconcevable que le premier gobe-mouche, à la faveur d'une guenille, décèle mon plus grand secret.

Autrement dit : il me fallait un autre costume.

Il pouvait avoir mon âge ou moi le sien.

Il flanquait un talus d'où émergeaient deux roses trémières blanches, en manière de sépulture.

Je convoquai sur-le-champ un poème appris en classe, un trou de verdure où chante une rivière, un trou rouge au côté droit, mais qui en était l'auteur ? Je l'avais oublié.

Stop. De trou rouge, au demeurant, je n'en vis aucun. Ni davantage de blessure apparente.

La mort s'était posée en libellule sur cette vie, sans signer son geste.

Je m'agenouillai pour examiner le corps et lui témoigner quelque respect.

Son visage était gris.

Malgré tous mes tourments, toutes mes incertitudes, il m'apparut pourtant que nous ne faisions plus partie de la même équipe, et que la mienne – celle des vivants – était incontestablement la plus enviable. [Stop encore. C'est le plus injuste dans la mort : même lorsqu'on a d'excellentes raisons de mourir, les plus dignes, les plus héroïques, on perd à plate couture face aux salauds qui se contentent de rester en vie.]

Retour au macchabée : son visage était gris mais sa veste intacte.

L'en ayant dépouillé – avec une chemise neuve –, je m'accoutrai du défunt.

Une part de moi était trépassée : je justifiai ainsi mon *dérobage*. Et de toute façon, je me travestissais déjà. Sous mes atours de passant, j'étais un monstre.

On me pardonnerait cette strate supplémentaire.

Pause. Ma troisième main, qui n'était pas indifférente aux enfers, se garda à carreau face au cadavre. Elle n'attrapa ni la main du mort, ni ses oreilles, ni ne lui chercha les poux.

S'était-elle lassée du vice ? C'est ce que je crus un instant… avant de comprendre que, comme moi, elle était exténuée. Et surtout affamée. Chaque mouvement lui réclamait un effort.

Car nous partagions désormais un estomac pour deux, et le mien, c'est vrai, ne s'était point rempli depuis la veille… à l'exception d'un quignon de seigle repêché par miracle dans le revers d'une poche.

Et cela, ce pauvre quignon, car la Belgique s'était vue spoliée de ses maigres ressources par son envahisseur.

À mon famélique dam, les négoces alimentaires avaient disparu derrière les grilles et les stores, aussi mon métier d'écornifleur mourait-il de ses propres cendres.

Si je voulais – si nous voulions – vivre, il fallait trouver quelque chose de plus pérenne.

Un cimetière de ville

Les mots et les choses se cherchent en vain éternellement, assure Goethe.

Pas toujours : à la minute où mon esprit émit le mot « pérenne », j'avisai un panneau signalant l'entrée dans Louvain. J'exultai : toutes les fois précédentes où j'avais lu ce nom, il s'appariait avec un nombre à deux chiffres. Je m'y précipitai. Mais la réjouissance fut de courte durée : car cette ville voisine de Bruxelles que j'avais élue comme refuge… n'était plus une ville.

C'était un cimetière de ville. Une nécropole à ciel ouvert. Oui : au regard des décombres amoncelés sur ce qui avait un jour constitué « la place du Peuple » (une plaque le certifiait), ma traversée des campagnes – si macabre fût-elle – tenait de l'amusette.

Dans le centre, la plupart des bâtiments ressemblaient à ces décors de théâtre dotés d'une seule façade. On se demandait comment de si hauts pans tenaient debout : par quelque côté qu'on y projetât ses yeux, ils s'ouvraient au vide. Partout : des fenêtres sur rien.

Entre les ruines… une statue décapitée, une frise médiévale, un lampadaire intact fleurissaient parfois dans ce chaos : ma sympathie allait vers ces résistants involontaires.

La cathédrale était écrêtée, l'Hôtel de Ville avait perdu un rein et un poumon, une autre église ne devait son appellation qu'à un clocher sans cloche.

La Vieille Place n'était plus une place.

Et sur ces ravages, pas un cri d'enfant ni un signe de vie ; sauf d'inquiétantes plantes rudérales paraissant presque carnivores, ou des chats si décharnés que leur survie ne pouvait s'expliquer que par un pacte avec le diable – ce qui est la moindre des choses pour un chat.

Le pourquoi de ce silence me serait tantôt enseigné : dès les premiers temps de la guerre, après que le gouvernement belge fut parti en exil et que son armée se fut repliée vers le front d'Ouest, les Allemands avaient tout de go colonisé Louvain, s'installant chez l'habitant, accaparant femmes et lits, ravissant les denrées, ordonnant enfin que soient déposées à la Kommandantur armes et munitions – sans quoi seraient assassinés leurs otages civils. Mais quoique les Belges ne soient *point compliqués*, une salubre fierté les articule : il n'avait pas fallu deux jours avant que la population répondît à sa façon à ces humiliations. Rue des Joyeuses-Entrées, à l'aube du 25 août 14, près de cent cadavres boches jonchaient le pavé.

Dès lors, la ville était passée aux yeux de l'ennemi pour un repaire de francs-tireurs. L'armée du Kaiser s'était muée en soldatesque. Déployant un art savant de la dévastation, elle avait mis Louvain à sac.

Le père William, un des prêtres accusés d'exciter ses fidèles à la rébellion, incarcéré pour cela à Bruxelles, écrirait dans sa dernière lettre : *Omar a détruit Alexandrie, les Huns ont détruit Louvain.*

Sur oukase d'un gamin en képi, il serait fusillé le lendemain.

Il ne fallait pas être grand clerc, en effet, pour saisir que la cité ne s'était pas couchée comme le gageait l'envahisseur. Sur chaque mur, les impacts de balles attestaient une féroce bataille – l'antithèse d'un renoncement. Stop. Cette noble résistance s'était-elle propagée jusque dans les campagnes ? Cela aurait expliqué l'avalanche de morts sur ma route. [Et les Belges, qui n'y avaient pourtant pas décru, remontèrent encore dans mon estime.]

Naïf, je poursuivis ma traversée de ce Tartare urbain qu'était devenue Louvain, déduisant que le peu de vie observée avait pour motif la fierté d'un peuple… récalcitrant à flâner dans une arène infestée par l'occupant. Sans songer qu'un banal couvre-feu défendait de circuler parmi les ruines ; qui fournissaient aux tireurs embusqués d'idéales cachettes et lignes de mire.

Or le réel se rappela à moi avec perte et fracas, comme c'était devenu son usage. Je n'avais pas rôdé dix minutes entre les débris qu'un coup de feu éclata, assaisonné de hurlements.

Je tournai la tête : un troupeau de soldats de la Deutsches Heer fonçait sur moi.

Le plus maigre de la bande, qui avait les yeux très verts et les cheveux très blonds, s'avéra francophone : « Que fais-tu dans zone noire? Tu sais pas c'est *interdite*? » Ignorant qu'il y avait une *zone noire*, je me terrai dans le mutisme. Ce qui l'irrita : « Tu entends ce que dite? Comment t'appelles? »

J'avais oublié que j'avais un nom.

Face à un silence qui commençait à passer pour une bravade, je fus secoué *manu militari*.

Une carte mauve d'ouvrier chut de ma poche, que le blond chopa : « Charles Martin, z'est toi? »

Ne pouvant me permettre de rester coi, j'acquiesçai du bout des lèvres.

Le soldat prit quelques secondes pour déchiffrer les inscriptions sur la carte, et continua : « Que toi faire ici? Dois travailler camp! Tu échappé? »

Arrêt. Un troufion arma son fusil.

Fleurant le péril, je m'entendis balbutier : « Non… je… me promenais. »

Amen. Ce fut mon jour de chance – du moins pas le dernier. Grâce à quelque étoile, sinon à ma candeur, j'échappai à l'exécution sommaire. Pensant m'y reconduire, la meute entreprit ainsi de me conduire vers « mon » camp de travail.

Stop *bis*. À part moi, je crus enfin pouvoir souffler – mais une ultime épreuve m'attendait : devant le fourgon, le chef gueula quelque chose à ses hommes.

Inutile de parler allemand pour deviner l'ordre d'une fouille.

Je déplorai mon optimisme : si mon inspecteur avait la « main heureuse », et que j'étais reconnu comme dégénéré, ce n'était plus mon dernier jour, mais ma dernière minute que je vivais.

Cela ne me plaisait pas

Quatre mains me happèrent, ongles sous les goussets, me plaquant contre la bâche du véhicule.

Je ne tremblais plus : je cherchais un remède.

Ou plutôt un miracle, tant il semblait impossible que ma troisième main ne fût pas repérée, sans parler de sa fâcheuse tendance à intervenir au moment le moins opportun.

Bien qu'elle ne pût m'ouïr, je criai dans ma tête : *Reste en place.*

Elle ne m'obéit pas… mais fut plus maligne que moi.

Car dès que la fouille eut débuté, je sentis sous ma chemise, subrepticement, avec une minutie dont je ne le savais point capable, le greffon se déplacer à rebours de la palpation – zigzaguant, glissant, épousant les plis du vêtement pour échapper à la main fureteuse.

Pétrifié, je me raidis si fort que mes vertèbres s'engourdirent.

Stop. Au moment où un soldat s'inclinait pour vérifier qu'aucun canif n'était rivé autour de mes mollets, la main en profita pour plonger dans ma culotte, se plaquant à la muette sous ce qu'il est convenu d'appeler mes attributs les plus virils (dans l'intention, sans doute, de libérer mes hanches en cas de palpation plus poussée du tronc).

Je tressaillis : l'un des bidasses plissa le sourcil. Un autre me pinça le menton de ses gros doigts, me scrutant avec l'air de vouloir me faire avouer quelque chose. Un médecin eût entendu la chamade qui tapait au creux de ma poitrine, je n'aurais pu nier davantage. Mais je tins bon et jouai la montre.

Les doigts lâchèrent mon menton, et le bidasse brama à son chef que tout paraissait en ordre.

Je m'apprêtai alors à monter dans le camion… lorsque le même soldat secoua son acolyte, me désignant avec un drôle de rictus. Diable : la main avait-elle commis une fausse note ? La chamade repartit tout à trac dans ma poitrine, et les troufions d'un rire obscène, pointant cette fois mon entrejambe.

Je baissai les yeux : une dilatation renflait effectivement ma braguette, que les hommes hilares attribuaient à la pulsion la plus irréfragable qui soit – à moins qu'ils se figurassent, ce qui aurait mieux expliqué leurs méchants rires, que cela était dû à leurs attouchements ?

Quant à moi je ne ris guère.

Je n'avais jamais conçu que pût exister ce type de promiscuité entre elle et moi – et cela ne me plaisait pas. Le mot *chasse gardée* me vint en tête, sans saisir encore qu'on ne *garde* rien lorsque l'animal et le chasseur sont un seul et même corps.

Si tous les châteaux sont des prisons, toutes les prisons ne ressemblent point à des châteaux.

Le pénitencier central de Louvain n'aurait pas déplu aux frères Grimm. Avec ses tourelles, ses échauguettes, son porche en ogive, ses meurtrières et ses créneaux, on s'attendait davantage à trouver derrière ses hauts murs des princesses endormies que des détenus de droit commun.

Au reste, les détenus ne constituaient qu'une infime part des internés : ainsi que la conjoncture me l'apprit par le fait, la prison-château avait été elle aussi réquisitionnée par les hommes de Guillaume II, et réformée en usine militaire. [Comprendre : en camp de travail et de redressement.]

On sait que les promesses n'engagent que ceux qui les écoutent : la proclamation parue dans *Le Courrier des Pays-Bas*, en octobre 14, jurait que l'armée allemande ne faisait la guerre qu'*aux armées françaises, anglaises et belges,* et non *à la population qui ne prend pas part à la guerre*, tout *citoyen paisible* pouvant *suivre son occupation régulière sans être dérangé.*

L'envahisseur se figurait alors que, contre paiement, il recruterait sans peine une main-d'œuvre servile pour ses fabriques & chantiers.

Mais c'était sans compter, une fois de plus, l'opiniâtreté et l'orgueil des peuples assaillis. Face au maigre succès des engagements volontaires, et surtout à la déroute de Verdun, les quartiers généraux prussiens avaient signé quantité d'ordonnances rendant obligatoire le travail, *tout individu masculin valide* s'avérant contraint *d'y contribuer dans la mesure de ses moyens.* [Étant précisé, avec une délicatesse toute germanique, que *les récalcitrants* seraient astreints *par la force, ou emmenés loin de leur domicile.*]

Ainsi naîtraient dès 1916 les Zivil Arbeiter Bataillonen, ces unités de prisonniers civils affublés d'un brassard coloré pour seul uniforme : rouge pour les Français, vert pour les Russes, jaune pour les Belges et donc pour moi. Deux ans durant, des dizaines de milliers d'hommes y seraient surveillés, contrôlés, rudoyés par l'armée allemande. Pause. Nous n'étions pourtant qu'en septembre 15 : j'en déduirais après-guerre que le bataillon du pénitencier de Louvain avait fait office de test.

Que derechef, l'exception plutôt que la norme m'avait empaumé.

Je m'aviserais également que la fortune eût pu m'être plus ingrate : j'avais évité les travaux de terrassement près du front, comme le creusage des tranchées *en cercueil* – ces casiers insérés sous terre afin d'excaver latéralement le déblai –, sans omettre l'épuisante construction de voies de chemin de fer, ou pire, pour les cabochards, le minage en cave avec de l'eau jusqu'aux genoux et un régime de pain sec. Oui : ainsi que je devais le constater ce matin-là avec un quasi-sourire, j'avais atterri… dans la plus grande boulonnerie de l'Armée impériale.

Ce lot n'était pas pire

On a souvent besoin d'un plus petit que soi, notait La Fontaine bien avant l'invention des avions Farman HF.20 et des canons de 75 mm. Il n'en reste pas moins que dans les guerres modernes, le boulon est à l'artillerie ce que le rat est au lion : un auxiliaire essentiel.

Je n'avais guère songé, jusqu'alors, au nombre de machines, véhicules et équipements militaires qui tomberaient en pièces sans le vigoureux effort des boulons qui arriment leurs éléments.

La seule tour Eiffel – qui sait cela ? – doit son maintien au travail de 2,5 millions rivets plantés à chaud, frappés à la masse tout le long de son squelette.

À ce stade du conflit, figurons-nous donc combien s'avérait décisoire la boulonnerie où le destin m'avait jeté, et entre les murs de laquelle j'allais passer, contre toute attente, toute la durée restante de la guerre – presque quatre ans de mon existence.

L'usine tournait à plein : chaque matin, trois camions remplis de caisses vides entraient au dépôt et repartaient une heure plus tard, remplis de caisses lourdes. Dans ces caisses : plusieurs tonnes de parcelles d'acier et d'aluminium destinées à alimenter obusiers, canons de campagne et autres mortiers allemands – à commencer par le 42-cm M-Gerät qui fit tant et tant de dégâts en Belgique, et que l'Histoire surnommerait « la Grosse Bertha » en hommage à Bertha Krupp, fille et petite-fille des industriels du même nom, qui détenaient la principale usine d'armement du pays agresseur.

Je n'oublie pas l'émouvant Großkampfwagen, titanesque char d'assaut dont les galets de roulement tiendraient en place à la faveur des boulons-crampons antidérapants que nous fondrions bientôt par tripotées dans cette fabrique; mais qui n'infléchirait pas l'inexorable et juste conclusion des hostilités en 1918. Cependant n'anticipons pas.

Accusé de désertion, je fus placé sous le même régime que les prisonniers de guerre, soit logé avec trois autres gus dans une cellule meublée de deux lits à double étage, d'un lavabo fendu et d'une étroite fenêtre. En comparaison de mes semaines d'errance et de survie, ce lot n'était pas pire. Je me résolus d'ailleurs à l'accepter : si salpêtré fût-il, j'aurais un toit sur la tête, une gamelle quotidienne, et de quoi occuper mes mains jusqu'à la fin de la guerre – car je me disais bien, sans excès d'optimisme, qu'elle finirait un jour.

Stop. Outre le travail qu'on requerrait de moi en cette industrie, ma seule mission serait comme de coutume de faire profil bas – je veux dire : de cacher le secret qui me distinguait de tous les autres, si je tenais à conserver les (relatifs) avantages de ma situation. Et cela s'annonçait déjà difficile, au vu des camarades de chambrée que je rencontrai le jour de mon installation.

Les trois Léon

Un romancier n'aurait osé le concevoir : j'atterris dans le cachot des « trois Léon », ainsi que le reste de l'usine l'avait baptisé. Et pour cause : mes trois codétenus se prénommaient chacun Léon.

Quelle était la probabilité que ces trois-là aboutissent entre ces mêmes murs ? Cela étant, le hasard avait eu quelque jugeote, ces trois Léon se ressemblant par-delà le prénom.

Leurs corps et leurs figures en effet s'accordaient : on eût dit trois avatars d'une identique brute, les joues rongées par une barbe coriace, le crâne dégarni à vingt ans, la bouche constamment bouclée vers le sol, les yeux constamment menaçants.

Quant à moi, je répondais dorénavant au nom passe-partout… de *Charles Martin.* Une heure plus tôt, franchissant la porte du bagne, un garde-chiourme m'avait sommé de décliner mon identité, et j'étais resté muet. Une baffe ne m'ayant point dénoué la langue, sa main autoritaire avait plongé dans la poche de ma veste (celle empruntée au cadavre des roses trémières), pour en tirer ladite carte d'ouvrier, et un carnet taché de sang noir, se trouvant être le passeport d'un certain Charles Martin… né à Namur… le 18 août 1899. [Le mystère avait voulu que je me glissasse dans l'étoffe de mon quasi-jumeau. Le tour était joué – et c'est ainsi que j'assimilai ma nouvelle civilité.]

Le maton qui me poussa dans la geôle des trois Léon eut un sourire qui voulait tout dire.

La clé tourna dans l'autre sens. Nous étions quatre désormais. C'était la fin d'une rude journée, chacun se prélassait en grillant sa cibiche : pénétrant ce nuage de fumée, j'eus quelques instants peine à respirer. Stop. Non que j'attendisse une intronisation princière, mais nul n'ayant tourné la tête, je me présentai : « Salut les gars… moi c'est… Charles. » Or à ces mots, les trois Léon bondirent tel un seul homme – c'était le cas de le dire –, m'attrapant à deux les bras, et le troisième, la gorge. « Ici c'est pas toi qui parles », grogna celui-là dans un cirrus de tabac.

Sous l'effet de la strangulation, la tête me tournait : je ne hasardai guère de fronde et opinai afin de ne pas défaillir. L'emprise ici se desserra, et les trois Léon regagnèrent leur couche.

Bref examen des lieux : le sommier du seul lit disponible (étage gauche) se révéla dénué de matelas. Je saisis d'un coup d'œil que Léon 1 s'en était approprié la paillasse pour accroître le moelleux de la sienne – et qu'il était inutile, sinon suicidaire de la réclamer. Je gagnai donc ma place sans rien dire, m'étendant sous la couverture de laine puante qu'on avait eu la charité de ne pas me faucher. Après quoi, trois coups précédèrent l'entrebâillement de notre cellule, où la manche d'un uniforme lâcha quatre plateaux garnis d'une miche de pain et d'un bol de rata.

Léon 1 et Léon 2 se partagèrent mon pain. Léon 3 récupéra mon bouillon. Et là encore, je conçus qu'il valait mieux ne rien dire. Je préférais avoir faim que toutes les côtes brisées.

Le triage des malfaçons

Le hasard – qui a donc de l'humour – allait me prouver qu'il a aussi parfois de la bonté.

[Certes, il me devait bien cela.]

Après qu'eut oscillé quelques minutes en cadence la ferraille de nos grabats, et que les appareils masculins des trois Léon se furent délestés, des ronflements s'imposèrent, mêlés de flatulences qui me firent regretter la nuée de cigarettes ; et la nuit malgré tout passa. J'avais tant besoin de dormir que je dormis.

La bonté du hasard survint le lendemain, lorsque les nouveaux entrants furent réunis dans la cour centrale afin de déterminer l'affectation de chacun, en fonction de ses aptitudes. Comme j'étais le plus jeune, je n'eus guère voix au chapitre, écopant de la place la moins enviable de toutes : le triage des malfaçons, dans une sordide remise privée de lumière du jour.

Tous les postes paraissaient préférables à celui-là – qui permettaient au moins de discuter en bûchant avec les collègues, afin que le temps passât plus vite. Moi, j'allais être seul du matin au soir. Or cette corvée, je l'ignorais encore, allait constituer ma chance.

Le labeur démarra sans délai : un manutentionnaire écrasa sur mes orteils un seau rempli de boulons fraîchement sortis de leur matrice. Il m'indiqua ensuite deux caissons : l'un destiné aux pièces valides, l'autre aux malfaçons. On me remit pour les détecter un écrou qu'il s'agissait de visser individuellement sur chaque boulon, afin de vérifier que son filetage ne souffrait d'aucun défaut. Ledit manutentionnaire répéta que l'on attendait de moi que je vissasse l'écrou *jusqu'au bout*; sans quoi le contrôle ne serait pas complet. Le ton de sa phrase me fit envisager au-devant de quels tracas j'allais, si je ne respectais point la consigne. Bref : je me trouvais condamné pour une durée indéterminée à visser et à dévisser des écrous dix heures par jour, dans la plus totale solitude.

(Je me suis demandé si Sisyphe n'aurait pas préféré son supplice au mien.)

Mais Sisyphe n'avait que deux bras pour pousser son rocher.

En l'occurrence… dès que je fus seul, ma troisième main jaillit de ma chemise et attrapa l'écrou test. De mon côté, je me mis à l'œuvre afin d'inculquer à mes doigts les actions qu'ils allaient devoir répéter jusqu'à la folie. Or un processus s'amorça – qui me dépassa : à l'instant où je récupérai un premier boulon, ma troisième main tournicota dessus son écrou d'un geste expert, qui nous fit constater qu'il était sans déficience.

Stop. Ma main gauche eut à peine le temps de le parachuter dans la caisse verte que ma main droite avait déjà pioché un nouveau boulon, et ainsi de suite… Deux heures plus tard, le seau était vide.

J'en réclamai un second au manutentionnaire – qui reparut désorienté, balbutiant que la quantité remise correspondait *d'habitude* à deux jours de travail. Je souris sans modestie.

Les jours suivants déroutèrent davantage le manutentionnaire en charge de ma section – au point qu'il se plaignit de devoir m'apporter *trop de boulons*. En l'espèce, mon rendement augmenta jusqu'à atteindre la quantité de dix seaux par jour, soit dix fois plus que la cadence du pauvre bougre qui m'avait précédé à ce poste. Stop. Dans le gourbi qui me servait d'atelier, un lavabo était à disposition pour se dégraisser les mains. Je m'en servis pour effectuer chaque matin une toilette sommaire, m'évitant de devoir me déshabiller devant les trois Léon.

Quant à la question de mes dîners, elle ne se résolut pas toute seule : je veux dire que là encore, l'appui de ma troisième main fut décisif. [Et j'ai conscience de l'ambiguïté d'un tel aveu. Car mon intention n'est point de faire l'éloge de ce monstre accroché à moi. Mais j'étais arrivé au stade où la frontière entre le mal et le bien que je lui devais s'avérait de plus en plus ténue. Elle m'avait entraîné dans les pires horreurs, et m'avait nonobstant sorti de terribles pas – de sorte que je ne savais plus si cette chose était exclusivement mon antagoniste, ou bien une espèce de remède inadmissible… et pourtant remède.]

Retour au cachot : le troisième soir, on me vola derechef ma ration. Je ne gardai à l'estomac que la maigre pitance de mon déjeuner de cantine.

Je mourus de faim toute la nuit, me jurant que c'était l'ultime fois que je me faisais dérober mon dû. Ainsi le soir d'après, lorsque la main du maton déposa ses quatre plateaux, je happai mon pain et me cramponnai à mon bol de soupe.

Arrêt. Contre toute attente, les cerbères ne fondirent pas sur moi. Mais la vengeance est un plat qui se mange tiède : dès l'extinction des feux, tandis que je sombrais dans ce sommeil sans nuance des ouvriers, je sentis deux bras m'agripper, me jeter au sol et me plaquer contre la porte du cachot. Là, pendant que Léon 1 et Léon 2 me tenaient chacun d'un côté, dans un noir intégral qui ajoutait à l'effroi, Léon 3 me décocha en pleine tête un uppercut de tous les dieux. Or j'eus à peine le temps de relever le menton qu'un autre coup partit vers sa figure à lui ; dont le fracas fit penser qu'il était au moins aussi vif que le sien. Léon 3 éructa : « Qui m'a tapé !? » Ses sbires ripostèrent d'une même voix : « Pas moi ! »

Je jouis de sentir leurs mains chanceler.

Là-dessus, un nouveau coup partit, qui déboîta littéralement la mâchoire du chef. Léon 3 fit un pas en arrière, allumant son briquet… après que ma troisième main eut rejoint son antre.

Lueur. De sa bouche et de son nez tuméfiés coulait un sang de terreur. Ses yeux épanchaient le regard des Indiens d'Amérique voyant débarquer les conquistadors à cheval.

Les trois Léon me lâchèrent – et plus jamais ne touchèrent ni à mon repas, ni à moi.

Lulu les boulons

Pour la première fois je puis l'écrire : ce mois-là fut presque facile à vivre.

Le lendemain du combat « fantôme », l'un des trois Léon (sinon les trois ?) m'avait restitué mon matelas sans que j'eusse à le réclamer.

Quant à l'atelier de tri, je maintins si bien ma productivité que le bruit courut qu'une médaille me serait remise par *Monsieur Sartorius en personne*, le grand patron de l'usine-pénitencier de Louvain.

Pause. Ainsi que je l'appris au début de ma détention, Sartorius était avant-guerre à la tête d'une boulonnerie de taille intermédiaire, dont sa femme était la véritable tête pensante – femme qui voyait d'un fort mauvais œil tout ce qui s'apparentait au pangermanisme. Lorsque celle-ci avait été emportée par un cancer fulgurant, au début de l'offensive, l'homme d'affaires louvaniste avait repris les rênes, foulant aux pieds les principes de son épouse, tirant un profit considérable du conflit, jusqu'à régner désormais sur la plus importante boulonnerie de Flandre.

Il y a pour chaque chose un prix à payer : malgré ses protestations qu'il n'avait pas eu le choix, que les Boches l'avaient forcé, Sartorius était devenu aux yeux des habitants de Louvain un ennemi à abattre, un félon, un renégat. Dès l'installation de ses premières machines-outils dans la prison, sa demeure avait été assaillie : vitres brisées, toiture incendiée, injures peintes en lettres rouges sur la façade.

Qu'à cela ne tienne, le patron honni avait déménagé au sein même de sa boulonnerie, prenant possession de tout le dernier étage du pénitencier... avec sa fille. Les bénéfices colossaux qu'il engrangeait lui avaient permis, disait-on, de décorer ses appartements avec tout le luxe du monde : dorures, moulures, mobilier Louis-Philippe. Et il fallait reconnaître qu'il y avait là quelque génie – pour ne pas dire quelque don de cynisme – à résider dans cette aise au-dessus de centaines de tâcherons nourris au pain sec et au brouet de patate.

Mais Sartorius ne s'embarrassait guère des paradoxes – au point d'organiser des kermesses en l'honneur des ouvriers (gratuits) s'étant le mieux éraflé les osselets sur ses lignes. Stop.

Les bruits de couloir avaient vu juste : le dernier dimanche du mois, au chapitre du meilleur trieur, c'est un certain Charles Martin qui fut invité à gravir un podium érigé pour l'occasion.

De mous applaudissements m'escortèrent jusqu'à ladite estrade, où le sémillant Sartorius, avec un sourire de boutiquier, me remit effectivement une médaille... en chocolat.

Je m'en contentai sans réserve : par les temps qui couraient, j'avais davantage besoin de sucre que d'or. Stop *bis*. Au premier rang de la petite foule, je repérai un visage suffisamment différent des autres pour m'arrêter : d'abord il était féminin, ensuite il était joli.

Je saisis sans peine qu'il s'agissait de Lucienne Sartorius, la fameuse *Lulu les Boulons* dont les gars me rebattaient les oreilles – fille unique du patron qu'il valait mieux, même avec les yeux, si l'on tenait à sortir vivant de cette fabrique, ne jamais approcher.

Mais c'était elle qui me regardait.

Quel est votre secret ?

C'est Lulu encore qui vint me chercher le jeudi suivant, au sortir de l'atelier, pour m'aviser que son père désirait me voir. Ce n'était pas une proposition qui se refusait.

Menés par un troufion, après cent escaliers discontinus, nous parvînmes à l'étage ultime de la prison, devant une épaisse porte de métal. Le troufion frappa trois coups : un volet glissa à hauteur d'yeux, les serrures se débarrèrent. Je pénétrai alors dans un univers tout à fait opposé à celui du « bas ».

Outre les peintures, les chandeliers, les tapisseries qui donnaient au salon où je mis le pied des allures de Versailles miniature, je fus frappé par une propreté, une clarté qui contrastaient tant avec la crasse des étages inférieurs. J'avais oublié que le monde pût n'être pas hostile.

Sartorius, qui soignait la théâtralité de ses entrées, surgit de derrière un rideau : « Ah, mon cher Charles, j'ai à vous dire », lança-t-il sans ambages, ajoutant dans la foulée : « Lucienne aussi, reste. » Ainsi me retrouvai-je derrière le bureau de mon geôlier et patron, à deux pas de sa fille dont les bajoues rosissantes m'avertirent qu'elle était aussi perturbée par moi, que moi par elle.

« J'ai refait vérifier votre travail, entonna-t-il, c'est tout à fait insolite, ce que vous accomplissez dans cette petite pièce. Vous avez du vif-argent dans les veines ! Quel est votre secret ? »

Diable. Cette convocation en hautes sphères était-elle la première étape d'un guet-apens ?

Je balbutiai : « Mon secret... je... » Sartorius me coupa : « Je vous taquine ! Votre secret s'appelle *intelligence* et *virtuosité*, n'est-ce pas ? Père Hector ne serait pas d'accord, mais nous ne sommes pas tous égaux au royaume de Dieu... » Il y eut un silence trop étendu.

Je repartis dans mon balbutiement : « Ou que... sans doute... »

Le patron gloussa de plus belle en se caressant les moustaches : « Allons, je cesse de vous tourmenter ! Si je vous ai fait venir, c'est pour vous poser une simple question : qu'est-ce qui vous ferait plaisir ? Le talent est rare, j'aimerais vous gratifier pour l'exemple – mieux qu'avec une médaille en chocolat. Mes *patrons* à moi ne m'autorisent pas à vous laisser sortir d'ici, mais y a-t-il un autre poste, moins rébarbatif, qui vous intéresserait ? » Stop. Je cogitai en éclair pour aboutir à la conclusion qu'aucun autre poste que le mien ne me conviendrait mieux : j'étais seul, en conséquence de quoi j'échappais à l'animosité des mâles en hardes... et mon secret me permettait d'être primé pour mon travail sans (trop) m'épuiser.

Je répondis que j'étais bien là où j'étais, merci. Sartorius cogita à son tour en se brossant les mêmes poils, et déclara : « Alors permettez-moi de vous proposer une chambre individuelle, où vous pourrez mieux vous reposer. » Là, je n'hésitai pas un instant – au point que j'entendis ma bouche articuler d'elle-même : « Merci, monsieur ! » Pause. Il y eut un second silence, au terme duquel je me figurai que le rendez-vous s'achèverait, mais une autre voix sollicita ici la faveur du chef : « Mon cher papa, s'il vous plaît, pourrait-on convier Charles à la maison… ce dimanche ? »

Or le père de surenchérir : « Et pourquoi pas… *le* dimanche ? »

Dimanches Lulu

Ainsi s'esquissa ma bizarre existence au pénitencier de Louvain, entre le tri de boulons et le luxe de ma chambre solitaire – sans oublier les « dimanches Sartorius »... rapidement convertis en « dimanches Lulu ». C'est le paternel lui-même qui, après une poignée de cafés empesés dans son salon, au cours desquels je m'étais inventé une biographie très décente et rassurante, le père donc, qui avait eu la subtilité de remarquer que la raison d'être de ces conciliabules à trois était surtout de nous réunir sa fille et moi, ce père enfin, qui avait eu la générosité de nous autoriser à bavarder *entre jeunes* dans le boudoir rouge attenant au salon, contre la promesse que je lui fis bien volontiers de me comporter en honnête homme, si ce n'était en bon chrétien.

Bien volontiers, car d'une part, même si cela peut sembler contradictoire, étant donné ce qu'était devenu mon corps, j'attachais encore de l'importance à ma « pureté ». Ensuite, car il n'était pas question – je m'étais juré cela – de révéler mon secret avant le terme de ma captivité. En dépit des faveurs du directeur, je demeurais son otage, et les récentes mues de ma vie m'avaient trop appris combien la Providence aimait à virer de bord. Si Lulu et moi devions composer un avenir commun, c'est en individu affranchi que je lui révélerais mon for intérieur.

Par surcroît, quoique j'aie honte de l'admettre, je devais envisager toutes les issues… avant de m'autoriser à tomber amoureux. Car si pour l'heure Lulu demeurait, excusez l'expression, un bon parti (on surnommait ces héritières industrielles des « cheminées d'usine »), rien ne garantissait que sa fortune survivrait à la guerre. Oui : le jour où l'Allemagne rendrait les armes, ce que malgré tout j'espérais, une horde de revanchards lyncherait probablement en place publique la famille Sartorius, avant de disperser ses lingots. Je me fis la réflexion qu'en quelque sorte Lulu et moi avions chacun notre tare, et qu'à cet égard nous nous étions trouvés.

Il n'en restait pas moins qu'elle était fort jolie (je l'ai dit), que nous avions le même âge, et que nos présences s'accordaient de bonne grâce, par-delà nos chemins si divergents.

[Manière de dire que cela ne se décide pas de tomber amoureux… puisqu'en tout état de cause, je l'étais sans doute déjà un peu – beaucoup – passionnément – à la folie. Et je crois pouvoir écrire, sans concurrence déloyale à Dom Juan, que la réciproque était vraie.]

Pause. La vie est longue et les bonheurs sont rares : j'appris durant ces trois années combien cela était doux d'aimer et de se savoir aimé dans le cristal d'un sentiment intact.

Avant que l'humaine, la trop humaine chair… vienne tout réchauffer – et tout détruire.

Mais à chaque chapitre suffit sa peine.

Taisons-nous pour l'instant.

« LISEZ, VOUS VERREZ »

Il n'y a malheureusement qu'un dimanche par semaine.

Et d'un dimanche à l'autre – pour ne pas dire d'une Lulu à l'autre – je dus trouver à m'occuper.

Là encore, la destinée jeta les dés pour moi. Un soir que je m'apprêtais à quitter son appartement pour réintégrer mes bas étages, Sartorius m'introduisit auprès de père Hector, l'aumônier de la prison qu'il recevait à dîner. Le prélat m'empoigna tout de suite les mains, avec cette verve amiteuse et inquiétante des hommes d'Église, proclamant : « J'ai *beaucoup* entendu parler de vous, passez me voir à l'aumônerie, je crois avoir quelques petites choses qui pourraient vous intéresser... » Forcé d'acquiescer j'acquiesçai, intrigué par la nature de ces « choses ».

La réponse me fut apportée le lendemain, dans un minuscule entrepôt dénué de fenêtres, sur les rayonnages duquel pontifiaient une trentaine de livres poussiéreux – dépôt que père Hector était parvenu malgré tout à faire baptiser « bibliothèque ».

Là, l'homme aux cheveux blancs me remit un exemplaire des *Pensées* de Pascal, ouvrage que j'ignorais. [Lui demandant *pourquoi* ce choix, il se contenta de rétorquer : « Lisez, vous verrez. »] Et c'est ainsi que le soir même, dans ma nouvelle cellule, pourvue comme l'autre d'une lucarne, d'un lavabo, mais aussi – miracle – d'un bureau… je m'assis sur une chaise bringuebalante pour entamer la lecture de cet essai publié un peu plus de deux siècles avant ma naissance.

Puis il y eut Aristote, Molière, Villon, La Fontaine, Louise Labé, et même Baudelaire, et même Marx; car père Hector était de ces dévots que la question habite davantage que la certitude, ne faisant point le départ entre les grandes œuvres humaines et les grandes œuvres divines.

Je ne m'étendrai guère sur ces découvertes. Ce serait un autre journal. Mais je dirai quand même que tout ce que je sais, qui n'est certes pas grand-chose et va tantôt partir en fumée, je le dois à cette période d'internement : en trois années de captivité, on a le temps de lire.

Je dirai aussi, car nos destins étaient désormais obscurément liés, que ces séances de lecture vespérales eurent un effet tout à fait imprévisible sur l'hôte qui me tenait au ventre, et ne pouvait pour sa part absorber les pages d'un recueil… Mais cela est une scène qui mérite un chapitre à part, et c'est ce que je vais faire – dans un instant.

Un instant – après avoir conté un fait encore plus imprévisible, ou plus spectaculaire, qui survint ce même jour, et que le laïque que j'étais ne put s'empêcher d'attribuer, si ce n'était au Dieu de Pascal, du moins à celui de l'Ironie.

Le corps aime la main

Car la page des *Pensées* qui surgit devant mes yeux, lorsque j'ouvris le livre au hasard, débutait par ces mots : *Si les pieds et les mains avaient une volonté particulière, jamais ils ne seraient dans leur ordre, qu'en soumettant cette volonté particulière à la volonté première qui gouverne le corps entier.* Une volonté particulière ! Je vacillai de stupeur sur ma chaise, comme la victime d'une plaisanterie dont on ignore le manigancier.

La suite accrut ma stupéfaction : *Pour régler l'amour que l'on se doit à soi-même, il faut s'imaginer un corps plein de membres pensants car nous sommes membres du tout, et voir comment chaque membre devrait s'aimer.*

Sans métaphysique, comment expliquer que le premier texte consulté depuis des mois me parlât à ce point ? Et si j'ose : que Pascal se fût ainsi directement adressé à moi ? Car les phrases que je déchiffrai dans la foulée paraissaient toutes me regarder à l'envi : *Et pour le corps, le membre séparé ne voyant plus le corps auquel il appartient, n'a plus qu'un être périssant et mourant.*

Ou ceci : *Le corps aime la main, et la main, si elle avait une volonté, devrait s'aimer de la même sorte que l'âme l'aime ; tout amour qui va au-delà est injuste.*

Lorsque je sondai père Hector sur ces si troublants paragraphes, issus du chapitre de la « Morale chrétienne », le curé partit dans une exégèse qui me dépassa quelque peu. Je notai du moins que Pascal prêtait par cette analogie allégeance à la doctrine de l'apôtre Paul, pour qui l'Église était un *corps* chapeauté par le Christ. Et que le philosophe s'inscrivait en faux contre l'abstraction de l'Eucharistie – revivifiant l'Évangile de Jean, écho lui-même des mots de Jésus : *Qui mange ma chair et boit mon sang demeure en moi, et moi en lui.* Autrement dit : que les sujets de Dieu (ses *membres pensants*) ne pouvaient s'aimer que dans la mesure où Dieu les aimait, où le tout et la partie n'étaient qu'une seule et même chose, subsumée par la grâce du Ciel.

Je ne poussai pas le vice jusqu'à prononcer à voix haute, en guise d'imprécation, l'épilogue de Pascal : *Si le membre avait ignoré qu'il y eût un corps dont il dépendît, quel regret, quelle confusion de sa vie passée d'avoir été inutile au corps qui lui a influé la vie ! Quelles prières d'y être conservé ! Et avec quelle soumission se laisserait-il gouverner à la volonté qui régit le corps, jusqu'à consentir à être retranché s'il le faut ! Ou il perdrait sa qualité de membre ; car il faut que tout membre veuille bien périr pour le corps qui est le seul pour qui tout est.*

Stop. Je conclus pour ma part qu'à mon corps défendant j'étais devenu un bon chrétien, selon

Pascal toujours : *Le christianisme est étrange. Il ordonne à l'homme de reconnaître qu'il est vil et même abominable, et lui ordonne de vouloir être semblable à Dieu. Sans un tel contrepoids, cet abaissement le rendrait horriblement abject.* Assurément, je tenais ce contrepoids.

L'autre scène qui mérite d'être racontée, à présent. L'autre fait imprévisible.

Un soir que j'étais plongé dans ce premier prêt de père Hector, assis sur ma chaise, m'escrimant à extraire quelque savoir de phrases qui, le plus souvent, rebondissaient sur la coquille de mon intellection, je sentis sous mon vêtement de nuit la chose s'affairer. En général, lorsque je lisais, elle dormait d'un sommeil hardiment mérité. Mais pas ce soir-là : elle avait un projet.

C'est lorsqu'elle les saisit… que j'avisai sur le bureau un bloc de feuilles flanquées d'un crayon.

Cela faisait six semaines que nous séjournions en cette prison [quand je dis *nous*, je pense : *ma main et moi*] et je m'aperçus, assez penaud, que je n'avais point « pris de ses nouvelles ».

Ce logis lui convenait-il? Cette routine lui semblait-elle supportable? Je supposais que oui.

En l'espèce, ma troisième main s'était bien comportée jusque-là.

Dans le travail d'abord – ce qui nous avait valu ce luxe d'habitat –, mais surtout, auprès de Lulu : « Dans l'intérêt de chacun, lui avais-je intimé, il ne faut jamais qu'elle t'aperçoive. Cela compromettrait les avantages de notre place, ou pire : nous exposerait à la persécution. »

L'argument avait fait mouche : ma main s'était rangée à mes injonctions de prudence, ravalant ses pulsions – et donnant derechef raison au grand Pascal : *Quel dérèglement de jugement, par lequel il n'y a personne qui ne se mette au-dessus de tout le reste du monde, et qui n'aime mieux son propre bien, et la durée de son bonheur, et de sa vie, que celle de tout le reste du monde !*

Pause. Outre cet instinct de survie qui faisait de ma main un animal presque normal, je compris peu à peu qu'*elle aussi*… avait donc besoin de s'occuper.

Je veux dire : ainsi que l'effort quotidien participe à l'équilibre de l'homme entier, que sa bonne conduite résultait sans doute de sa bonne dépense, le vissage d'écrou couvrant en somme un large spectre de ses capacités de mobilité. [*L'esprit sain dans une main saine*, si l'on voulait.]

Mais la scène, donc. Moi, étendant mon livre sous le faisceau malcommode de la seule ampoule de ma cellule… et la main s'agitant vers les feuilles et le crayon gris. Qu'allait-elle pouvoir me réclamer en reprenant ainsi la parole ? Me reprocher ? Je tremblai en l'épiant… et soufflai en m'avisant qu'elle n'avait rien à *dire*. Ni à écrire – ce qui revenait au même.

Non : après le labeur, elle aussi avait besoin de nourritures spirituelles. Et son mode d'expression privilégié n'était-il pas le dessin ? Diable ! Nos chevauchées successives avaient gommé le passage chez les Hofman-Dreier. D'un coup, me revinrent les fusains recelés dans la bible.

D'un coup leur horreur – et leur choc esthétique.

Inexplicable japonité

On dit que l'on crée avec sa douleur.

Que des plus terribles drames naissent les œuvres les plus vraies.

J'allais pouvoir attester ces truismes en scrutant, tel un badaud derrière le chevalet d'un copiste, ma troisième main à l'œuvre… Car le sujet – ou plutôt le décor – élu par Hans pour se délasser les doigts pendant que je lisais n'avait rien de *joli*.

Nulle mésange, nul paysage éthéré, ni fleur ni bourgeon.

À la place : cet horrible lieu que les Anglais baptisèrent « no man's land »; le pays de personne. L'arène d'un ouvrage meurtrier.

Je veux parler, bien sûr, des tranchées.

Car j'allais découvrir, éberlué, que ma troisième main – pourtant démunie de cortex – conservait une mémoire prodigieuse de ses quelques mois de bataille, du temps qu'elle n'était pas qu'un bras… mais un soldat entier : dès ses premières esquisses, au moyen d'un simple crayon, puis d'une plume, sur un coin de page déchiré, Hans parvint en effet à restituer mille fragments du séjour qu'il avait effectué sous terre pour le compte de l'armée allemande; avant d'être réduit à ce morceau de lui-même. [Il était « aveugle » maintenant – mais savait dessiner sans yeux.]

Ici : des chênes décharnés par les déflagrations d'obus. Là : une colline de jais striée de lames de sable blanc ; ultime candeur épargnée par la cendre. Là encore : l'infect nuage d'étincelles, de charbon et de moutarde moussé à l'horizon par un marmitage soudain.

Tout cela était déjà du grand art.

Mais ces fragments ne constituaient que les préludes de scènes étendues, déployées sur une page complète, que Hans coifferait chacune d'un cartouche calligraphié. *La Relève* : un lugubre défilé de soldats rampant dans un labyrinthe glaiseux. *L'Obus* : sous une rafale de grésil, le corps fourbu d'un canonnier aux doigts gourds, attendant l'heure de sa mort. *Le Cafard*, ou le spleen d'un gamin protégé par des murailles de terre… mais dévoré par les ténèbres, pleurant dans ses mains. *La Blessure* : un planton assis sur la neige, le bras en écharpe, voyant couler le sang de sa fin proche. Et face à une pluie de projectiles, *Knock-out!* – ce caporal plié sous sa gabardine, dont la paume gelée sur un revolver fumant révèle qu'il vient de griller sa dernière munition.

Mais tous ces mots ne sont que des faits – tous ces faits, des mots. Ils n'expriment pas le miracle de ces chefs-d'œuvre que j'allais voir naître, semaine après semaine, sous mes yeux.

Car au-delà des faits : leur trait. Un trait mystérieux s'il en est, par son inexplicable *japonité*.

C'est-à-dire : ses entrelacs de damiers noirs et gris dont une loupe n'aurait démêlé les filaments infinis, ses sinuosités fantomales, ses visages à la croisée du réalisme et du théâtre d'ombres.

Oui : en admirant ce minimalisme capable de convertir une toile de coton en tempête de frimas, une trace d'encre en traînée de feu, un grattage de plume en effluve tangible, on eût juré être en présence du plus remarquable, du plus éminent maître d'estampes *ukiyo-e*.

Commensalisme

Lorsqu'il tenait un crayon, Hans possédait donc un talent exceptionnel.

Tout couple repose néanmoins sur un mélange d'exception et de quotidienneté.

Ayant exposé les dons de ma troisième main, il convient pour le parfait détail de cette chronique de consacrer quelques lignes à la banalité de notre cohabitation.

Comme tout membre couvert de peau, Hans avait besoin d'être régulièrement lavé.

Ne pouvant s'en charger seul – inutile ici de faire un dessin –, je m'occupais depuis plusieurs mois déjà de sa toilette. Un rituel s'était mis en place : quand elle entendait l'eau couler, ma troisième main se dressait à la perpendiculaire de mon corps, et se laissait astiquer.

Je chaussais un gant de crin : l'idée de nous frotter l'un à l'autre me repoussait d'instinct.

Il fallait enfin lui décrasser les ongles, les limer, les couper… puisque ceux-ci poussaient.

[Question de praticité – à l'atelier, ses doigts devaient rester précis dans leurs gestes – mais aussi de sécurité : toute matière aiguë, fût-elle de kératine ou d'acier, se muait en épée de Damoclès lorsqu'elle était agie par Hans. En le bouchonnant, je me protégeais.]

Les nuits : je ne dormais bien sûr plus sur le ventre, et chacun prenait ses distances au maximum, autant qu'il est possible, si l'on réclame une image, au chien attaché de s'éloigner de sa niche.

Les repas : quoiqu'elle ne puisse ingérer la moindre nourriture, ma main excédentaire aimait à manipuler mes aliments, recouvrant en mirage son appétit de corps complet.

Par faiblesse ou par pitié, je la laissais effriter une biscotte, palper la gangue molle de quelques haricots, cajoler un quartier de pomme comme on cajole la joue d'une femme. *À chaque âge ses plaisirs*, dit un proverbe. Ajoutons-lui ce codicille : *À chaque moignon ses soupirs*.

Traînait sur les étagères de père Hector un abrégé de biologie et de zoologie.

Je l'étudiai tout un dimanche, me réjouissant grâce à son lexique d'affiner mon vocabulaire.

Stop. Si le *parasitisme* définit « l'état d'un être vivant qui vit sur un autre », le *mutualisme* est, pour sa part, « l'association de deux animaux d'espèces différentes, qui retirent des bénéfices réciproques de cette union, sans vivre aux dépens l'un de l'autre ». Et je crus un instant qu'il désignait notre appareillage… avant de rencontrer un mot plus congru encore.

Le *commensalisme* caractérisant, en l'occurrence, une « association d'organismes d'espèce différente, profitable pour l'un d'eux et sans danger pour l'autre ».

C'était exactement cela : mon existence profitait à ma troisième main et la préservait de maints dangers, mais la réciproque s'avérait – tant s'en faut – tout à fait inapplicable.

Un talent de diseuse

Lulu, qui n'était pas artiste et que les livres sérieux n'attiraient guère, avait – comme Hans – dû trouver à s'occuper, l'école lui étant proscrite. Avec un poil de naïveté, son père l'avait en effet inscrite au collège de Louvain dont elle était revenue couverte d'ecchymoses le jour de la rentrée.

Excités par des questions qui n'étaient pas leur affaire, des gamins l'avaient rossée. Les filles avaient été les plus dures. [J'avais appris cela de la bouche même de mon amie, d'habitude si gaie mais qui, ce dimanche-là, avait interrompu notre causerie par gêne que je la visse pleurer.]

Le dimanche suivant, Lulu avait recouvré son sourire, m'annonçant que, sur le conseil de père Hector, elle allait *gracieusement rédiger* la correspondance des détenus illettrés. [Je ne lui fis pas l'affront de demander avec quel argent ceux-ci l'auraient rétribuée, son service n'eût-il pas été *gracieux*.] Là-dessus, la demoiselle saisit une pile de courrier à timbrer… m'en récitant au hasard des passages : *Ma chère petite Maman, je te fais écrire ces lignes pour que tu saches que je suis en bonne santé, correctement nourri. Nous avons chaque jour une livre de pain, du rata, de la couenne de lard le vendredi. Dieu fasse que cela dure jusqu'au jour où je pourrai te tenir dans mes bras.* Lulu, qui avait la tête bien faite sans partager mon goût pour la littérature, montrait à ma surprise un talent de diseuse. Elle piocha une autre lettre : *Cher frère, liberté m'est prise, mais qu'y a-t-il à s'amuser dans un monde où pleuvent les bombes ? Puis j'ai la chance d'avoir ici de bons copains : avec Roger et Gaston, on se raconte nos souvenirs. Te rappelles-tu ce bordel d'étape où nous attendions debout, en file dans l'escalier, que les autres troufions fassent leur tintouin, après quoi la grosse catin ouvrait en braillant : « Au suivant de ces messieurs ! » Cette scène nous divertit les nuits de peine.* (Je me représentai la cocasserie d'une telle dictée entre les murs d'une aumônerie.) Lulu reprit sans se défaire : *Douce chérie, excuse mon silence. Un chleuh m'a pris en grippe sans raison particulière si ce n'est sa cruauté naturelle, jugeant que je ne soudais pas assez vite. Je sors de huit jours de cachot.* La dernière lettre me désarçonna sans que je pusse l'exprimer : *Il est arrivé une chose terrible ce matin. Un ouvrier qui ne prêtait pas garde à son métier s'est fait couper la main par un engin. Même dans les tranchées, je n'avais entendu pareil gémissement. On ne pourra pas la recoller.*

Stop. Je m'étonnai de la légèreté avec laquelle mon amie déclamait ces lignes.

La perte précoce de sa mère l'avait-elle rendue insensible au malheur d'autrui ? Certes elle était une enfant, mais son père demeurait l'artisan, du moins le complice des tourments que relataient ces détenus.

Il faut croire que Lulu – comme Hans, rebelote – aimait mieux *son propre bien et la durée de son bonheur, et de sa vie, que celle de tout le reste du monde.*

Je félicitai Pascal en pensée.

Pensée chérie, qui allait me rendre un fier service… si tenir sa langue peut être assimilé au fait de penser, du moins par antithèse, si ce n'est par volonté.

Une autre après-midi que nous causions avec Lulu dans le boudoir, j'avisai sur la table basse un quotidien allemand. [Bras droit de l'occupant, Sartorius recevait la presse prussienne.]

On n'y comptait plus les éditoriaux vantant les progrès *continus* de l'armée du Kaiser, ni les panégyriques des généraux von Bissing ou von Falkenhausen, sous le joug desquels le gouvernement belge était placé. Mais la une du *Lillerkriegszeitung* ce jour-là me glaça le sang à titre personnel : s'y affichait menotté, hagard, un couple que je reconnus sur-le-champ comme étant les deux hères chez qui ma main m'avait conduit, après avoir pillé ses Thénardier adoptifs.

Sous la pitoyable photo des écroués, un portrait, dont la dignité voulait suggérer que justice avait été rendue, montrait les Hofman-Dreier en leur opulent salon de fluorite.

Malgré le format restreint de ce cliché, sa notabilité écrasait l'autre qui le surmontait.

Un titre hurlait : HOFMANS SCHATZ BEI BANDITEN GEFUNDEN. TODEẞTRAFE ERFORDERLICH.

Le mot *banditen* ne fut pas difficile à traduire.

[L'expression « la main dans le sac » avait-elle son équivalent en allemand ?

Je relevai pour la première fois la consonance entre le prénom Hans et le mot *hand*.]

Lulu me prit la main : « Charlot, tu vas bien ? Ton visage est si pâle. » Mon esprit remuait mille questions, dont la première était lexicale.

Que signifiait cet autre terme : *Todeßtrafe* ?

Une intuition terrible me fit supposer que je l'avais compris sans le comprendre.

J'interrogeai Lulu, qui maniait la langue rivale. Mon amie me scruta, confuse, avant de repérer à son tour le journal. « Eux ? Ce sont juste des crapules qui vont passer à la guillotine ! C'est vrai qu'ils font peur, mais ne t'inquiète pas, la police s'est occupée du problème. »

Un silex de salive érailla ma gorge.

Hans ne pouvait m'entendre penser, ni « voir » la une de ce quotidien… mais il pouvait *sentir* mes bouleversements, sans en deviner la cause précise.

Or pour la première fois dans les appartements de ma dulcinée, je perçus sous mon vêtement un branle-bas affolant.

Diable. Si *elle* pigeait, quelle serait sa réaction ?

Je ne voulus point le découvrir – et prétextai une sorte de migraine pour quitter Lulu, et me repentir dans ma cellule.

En me jurant de ne plus jamais écouter ma troisième main.

Par miracle, ma main ne fit pas le lien entre mon émoi et la sentence promise à ses géniteurs.

Au matin, elle était redevenue « normale », si je puis poser sur elle cette épithète. Mais je ne cessai de me morfondre en songeant que, par ma faute, deux innocents déjà accablés par le sort allaient avoir la tête tranchée. Vu leur déshéritement, un observateur pragmatique m'aurait certes persuadé que cela valait mieux. Stop. Qui étais-je pour juger que tel ou tel devait mourir parce qu'il était pauvre ? Étourdi par ces cogitations, l'idée surgit de me confier à père Hector, dont la délicatesse m'avait fait imaginer plusieurs fois qu'il savait mon secret, et l'acceptait. Mais à cause de ma main – je veux dire : des oreilles de ma main –, impossible de parler à voix haute. Je pris donc la plume, posant mon cas de conscience sous la forme d'une controverse liturgique : *Mon père, si la mort d'un être était survenue non par ma faute directe, mais du fait d'un manque de clairvoyance de ma part, le Ciel m'en tiendrait-il pour responsable ? Et si la victime endurait une telle misère que son trépas la soulagerait, serait-ce une circonstance atténuante ?*

Je n'ignorais pas le risque encouru.

En dépit de ses écrans, si ma lettre tombait entre les mains de Sartorius, cela entacherait le parfait portrait que je m'étais composé dans ses yeux. Tant pis : ces morts étaient ceux de trop.

Je devais être consolé pour ne pas devenir fou.

Deux soirs consécutifs, je ne parvins à lire.

Dans le silence de ma détresse jaillissait le cache-œil du père de Hans, les larmes muettes de sa mère, enserrant ses doigts qu'elle avait reconnus… Puis une enveloppe arriva enfin avec mon dîner.

Je la décachetai séance tenante : *Mon enfant. Dieu vous félicite d'avoir ouvert votre cœur. Il n'y a pas d'épreuve plus difficile dans la vie d'un homme.*

J'entends votre désarroi et vais essayer de vous en délester avec le secours de la Bible.

Celui qui hait, dit l'apôtre Jean, peut sacrifier à sa haine la vie précieuse de son prochain.

Mais celui qui aime, ajoute-t-il, est capable de sacrifier sa propre vie à ses frères, ainsi que Jésus le fit pour chacun de nous. Or ce que j'ai lu, dès le premier instant, dans votre figure, Charles, c'est votre profonde part d'humanité. Votre grand cœur. Comme tout un chacun, le diable sait vous rendre visite, mais j'ai la conviction que jamais il ne corrompra votre âme.

Pour revenir à votre lettre, Dieu punit l'effusion volontaire de sang. La maladresse n'est guère un péché, sans quoi l'enfer serait promis à tous.

J'ajoute pour finir, c'est ma vision, que cette vie que vous vous lamentez d'avoir mise en péril, vous la rachèterez en une autre circonstance voulue par le Très-Haut. Allez en paix, mon enfant. Dieu vous aime. P. Hector

Je n'en avais (presque) pas eu.

Je compris ce soir-là l'importance des pères.

Le piano rouge

Avant la fin de ma détention, survint dans le salon Sartorius une autre scène épineuse.

Je veux dire que ce jour-là, je frisai une seconde fois le drame – à tout le moins la *divulgation*.

Lulu s'était absentée au cabinet, je patientai seul dans le « boudoir rouge ».

À la faveur d'une hardiesse confortée par deux ans (déjà !) d'amitié, je m'autorisai à inventorier la pièce pour la première fois. Ce faisant, je me fis la remarque que rien entre ces murs n'aurait permis de supposer qu'une guerre alentour ravageait l'Europe. Comme l'écrit le poète, tout ici n'était que *luxe, calme et volupté.* Draperies et moulures échappaient au baroud autant que Lulu échappait à la réalité. Stop. Le piano, que j'avais jusque-là intégré au décor, m'intrigua.

Je n'avais pas noté qu'il était rouge, lui aussi.

Quelle était la sonorité d'un piano rouge ?

Machinalement je soulevai son capot, qui révéla des dièses et des bémols de la même couleur.

Je n'avais jamais vu ça et ne le reverrais sans doute jamais.

Mais au moment de faire mes adieux à cette rareté, une main me défendit d'en refermer le capot.

J'étais si absorbé que je crus un instant qu'il s'agissait de celle de Lulu.

Or c'était bien sûr la mienne – la troisième – qui s'était affranchie de sa cache, fusant tout à trac vers les touches… Arrêt. En moins de rien, ses doigts libérés interprétaient un air d'une grâce, d'une douleur, d'une clarté qui me fit monter les larmes.

Quoique réduite à la moitié de sa partition (puisque donnée par la seule main droite), nulle mélodie ne m'avait jamais ému à ce point, de sorte qu'en spectateur transi, je ne rabrouai pas Hans et le regardai – ou plutôt : l'écoutai.

La voix de Lulu me ramena sur terre. « Enfin Charles ! Ce n'est pas toi qui joues ! »

Cataclysme : si près du but, mon édifice s'effondrait. Je sentis sous mes pieds le sol se fendre.

Ma main, qui avait aussi fini par revenir sur terre, avait interrompu son jeu, mais flottait comme une délinquante au-dessus du clavier.

J'étais fait. Le monstre s'était confondu.

En tout cas… le croyais-je. Car un miracle aussi inouï que la résurrection du Christ était en train de se produire : du fait de l'opacité de fin d'après-midi, de sa posture sous le chambranle, de mon propre axe de profil, Lulu avait assimilé ma troisième main… à ma seconde. Et voulait dire tout autre chose que ce que j'avais présumé : « Ce n'est pas toi qui joues, reprit-elle éperdue, c'est Maman ! C'est Maman qui jouait ce concerto de Bach ! Comment sais-tu cela ? Oh continue, je t'en prie ! » Alors, tandis que ma « fausse » main reprenait son solo... j'alignai furtivement la vraie derrière le bord aveugle de ma silhouette.

Le rêve accomplit le reste : figée sur ses deux jambes, mon amie absorbait son concert à quelque distance, les yeux mi-clos.

[M'eût-on enseigné le piano, songeai-je, le solo aurait pu se muer en abracadabrant *trio*.]

Silence.

Lorsque l'ultime note sonna, un ultime miracle advint : au lieu de courir m'embrasser comme je le craignais, Lulu sortit de la pièce en criant : « Ne bouge pas ! Il faut que Papa entende ça ! »

Là, j'eus plus de temps que nécessaire pour remettre mes mains en ordre – et chapitrer qui de droit. Lorsque Sartorius débarqua, parapheur sous le bras, j'avais repris place sur le canapé, tête baissée, genoux rentrés. Lulu me pria : « Charles, rejoue ce que tu viens de jouer ! »

J'avais préparé ma réponse : « Excuse-moi… je… cela m'est trop pénible. »

La jeune fille fronça le sourcil : « *Pénible ?* »

Moi : « Ça me rappelle trop ma vie d'avant. »

La réplique de Lulu me sidéra : « Quelle vie d'avant ? »

D'un coup, mille heures de causeries dominicales me remontèrent au cerveau. Je m'aperçus que si je savais tout ou presque de l'existence de mon amie, elle ne m'avait nullement interrogé sur la mienne.

Ni sur celle *d'avant* – ainsi que sa réplique l'attestait – ni sur celle *d'à côté* – je veux dire : les six autres jours que je passais à trimer dans le pénitencier de son père.

Sartorius parut agacé de s'être précipité pour rien, mais en habile politique, gourmanda plutôt sa fille : « Ma chérie, le quotidien de Charles est rude, tu n'en as pas conscience. Dans la mesure de nos moyens nous l'avons amélioré, mais la guerre est une chose horrible. »

Quel talent, quel culot! Sartorius trouvait le moyen de s'apitoyer sur un sort qu'il avait lui-même façonné.

J'eus l'intuition que son épouse aurait réprouvé ce jeu de dupes.

[Impression invérifiable : tant du côté du père que de sa fille, j'avais évité le sujet de la défunte que l'indiscipline de ma troisième main avait réveillée par ricochet. Stop. Avec Lulu, dont j'étais devenu une sorte de précepteur, au fil de mes enchantements littéraires, nous avions pourtant disserté sur la vie et la mort, mais jamais sur la vie et la mort de sa mère. Cette femme dont j'ignorais tout, sauf le prénom – Juliane –, avait constitué le seul tabou du boudoir.]

Sartorius reprit : « Mais la guerre est sur le point de se terminer, Dieu merci, et à ce propos nous avons eu une conversation d'importance avec ma chère fille, une conversation qui vous regarde. » De la manière dont rougit Lulu, j'en devinai la teneur possible, et m'empourprai à mon tour. « Venez demain matin dans mon bureau, Charles, continua-t-il. Nous parlerons d'homme à homme. »

Je m'arrêtai sur le mot *homme* : jusqu'à peu, seule l'étiquette de *garçon* me convenait.

Quant à Lulu, elle était encore, et sans conteste, une *fille*.

Mais j'avais désormais passé dix-huit ans, et force était d'admettre que j'étais devenu un membre de cette race qui déclenche les guerres et se frotte les moustaches. [Je devais juste attendre qu'elles poussassent.]

Nous étions le 23 octobre 1918.

Dès le lendemain, le général Armando Diaz, « duc de la Victoire », prenait à revers les Austro-Hongrois dans la troisième bataille du Piave, avant de récupérer Trente, puis Trieste. Les Alliés reconquerraient dès lors des villes dans toute l'Europe, au point que mutineries & protestations pour la paix en Allemagne forceraient Guillaume II à abdiquer.

On connaît la suite.

Sartorius, qui était malin mais pas devin, avait fait reporter notre rendez-vous pour organiser sa sortie de guerre – autrement dit : sa survie.

Et comme d'habitude, il louvoya en maestro.

Précédant d'une poignée de jours la débâcle des Boches, il fit sectionner l'alimentation de ses machines, motivant ce *geste radical* par *la nécessité de déclarer à l'envahisseur* qu'il n'était *plus chez nous le bienvenu.* [La formule m'égaya par la candeur de son aveu.] Le peuple belge qui, comme tout peuple, trépignait de couper des têtes, et se serait satisfait pour cela du moindre prétexte, se laissa pourtant convaincre par cet héroïsme à la traîne, lorsque Sartorius compléta sa proclamation d'une promesse : dès la restauration de l'autonomie nationale, il créerait un *fonds souverain d'aide aux blessés* auquel serait versée *la totalité* (je doutai juste de ce point de détail) de son trésor de guerre. Trésor amassé, protégé… dans cette seule perspective philanthrope.

Oui, l'inflexible veuf avait enduré sans broncher la bronca : l'heure était venue de racheter son honneur, de montrer à ses concitoyens qui il était. À ce titre, en certificat de bonne foi, le patron *offrait* sa candidature aux prochaines élections municipales de Louvain.

Il est des funambules qui traversent toutes les tempêtes. Sartorius était de ces hommes qui forçaient le respect jusqu'à l'abjection. Et je dois dire que le bougre avait fini par me séduire. [Un principe de réalité m'y ayant certes incité – si la conversation d'homme à homme qui se profilait était bien celle que je croyais.]

J'allais enfin pouvoir clarifier la chose : le 1er novembre 1918, Sartorius me manda.

Le bruit courait que les ultimes occupants allaient d'un moment à l'autre déserter l'usine, redevenue une banale prison depuis le courageux sabotage de son directeur. Moi, j'avais passé la semaine dans ma cellule, à dévorer un livre prodigieux : *L'Ingénieux Hidalgo Don Quichotte de la Manche*.

Je remarquai d'ailleurs que Sancho Pança avait, dans mon esprit, le physique du père de Lulu, lequel me fit asseoir, sortit un épais cigare d'un coffret laqué, le lécha, en découpa le nez, le huma, l'alluma, me fixa dans un effet de fumée : « Mon cher Charles, la vie, n'est-ce pas, déborde d'inattendu. Cette guerre… son début, sa fin bientôt… vous et moi… Lulu.

Bon – j'en viens au fait. Qui ne vous étonnera guère, puisque vous êtes un garçon vif, et c'est bien pourquoi je vous pose cette question : voudriez-vous prendre la main de ma fille ? »

Un autre chapitre commençait

Qu'est-ce qu'une vie ?

C'est parfois attendre dans un coin.

J'avais passé trois ans entre les murs de cette usine-pénitencier, un lieu où ma difformité me protégeait plutôt que le contraire, et je m'y étais calfeutré. J'avais changé d'identité, j'aimais une fille, le père était d'accord : un autre chapitre commençait.

Ma dernière nuit en cellule, je me demandai quel objet pouvait incarner cette période.

Le premier qui me vint fut une bulle.

Mais pas de savon. Une bulle de ciment.

Car excepté Lulu, son paternel, mon cher aumônier, le manutentionnaire de mon atelier, et bien sûr ma troisième main, je n'avais communiqué pour ainsi dire avec personne. [Le bahutage des trois Léon m'ayant tôt prémuni contre toute tentative d'amitié au sein de la fabrique.]

D'autant qu'avec ma cellule individuelle, et l'autorisation octroyée par Sartorius de chômer deux samedis par mois, eu égard à ma productivité, je n'aurais attiré sur moi que jalousie ou affection feinte. Mon tempérament solitaire s'était accommodé de ce confinement : je m'étais renfermé en moi-même, en mes livres, et sortais – puis-je l'écrire – plus tranquille de détention.

Comme Hans, semblait-il.

Hormis les rares déraillements narrés en ce carnet, notre tandem avait fait florès. Lui aussi – puis-je encore l'écrire – sortait plus tranquille de détention. La pratique de l'art l'avait apaisé : ses dessins minutieusement gravés à la plume (que Lulu m'avait fournie), pendant mes longues heures de lecture, formaient maintenant une collection.

Au point de vue plastique, ce que ses cinq doigts avaient fait naître dans cette cellule était extraordinaire.

J'en vins même à songer, si mon projet secret n'eût point été de nous désunir à la fin de la guerre, et tant il est vrai que le talent excuse (presque) tout, qu'en d'autres circonstances nous aurions pu mettre le passé de côté ; devenir amis avec Hans.

Mais stop : la messe vint.

Par miracle, l'église Saint-Jean-Baptiste-du-Béguinage, une des plus antiques de Louvain, n'avait pas été éraflée par les bombardements.

Dès l'ouverture de la prison, Sartorius m'avait fait emménager en sa demeure – dans la chambre d'amis. Mon futur beau-père avait aussi convoqué son tailleur pour prendre mes mesures (passons sur les coulisses de cette effrayante séance – même si ma main et moi nous étions aguerris à la fouille).

Il avait fait acheter des anneaux d'or… et sollicité le sacrement de père Hector.

Bref : tout cela avait galopé à fond de train, avec ce soupçon de précipitation dont un homme public a besoin pour se recomposer une famille – et une réputation.

Amen. Lorsque celui qui m'avait fait aimer la poésie nous promit avec Lulu que nos âmes *grandiraient ensemble et renaîtraient à la fin de notre vie*, j'eus envie de le croire.

Mais avant de *grandir ensemble*… j'allais d'abord devoir parler à ma femme.

Improvisons

Inutile de disserter sur ce souvenir douloureux : il est rapide à peindre.

Nous voici donc, Lulu et moi, comme deux mariés de l'heure. C'est-à-dire comme deux enfants, ou deux empotés. Nous voici donc, côte à côte, main dans la main sur le nouveau lit de notre nouvelle chambre conjugale, adjacente à celle du père déjà engourdi – et déjà ronflant – pour consacrer l'embarras du moment.

La voici donc, elle, attendant que l'homme que j'étais devenu fît le premier pas.

Selon quelle loi antédiluvienne ce pas incombait-il à mon sexe ? Laissons cela de côté : mon *pas* n'était, de toute façon, point celui des autres.

Mais quand même : j'avais éprouvé jusqu'ici le sentiment d'une telle union avec celle qui était désormais mon *épouse*, que je ne compris pas cette sensation sans précédent, abstraite mais irréfutable, de gouffre entre son corps et le mien.

[Même gouffre, en quelque sorte, qu'entre mon corps… et ma main.]

Il faut bien s'engager.

Le poitrail plus turbulent que les tambours de la Libération, je desserrai délicatement les doigts de

Lulu, me dressai face à elle, piqué comme un sergent de ville, lui intimant de *ne pas bouger, quoi qu'il arrive.* Son sourire égayé m'inquiéta plutôt.

Je repris la parole : « Lulu, il faut que tu saches quelque chose. J'attendais d'être libéré pour te parler, m'assurer que cela reste entre nous… Car c'est une chose que j'entends ajuster dès que possible mais… que je ne peux te cacher. »

Pause. La Providence me fit un instant augurer que j'avais épousé l'être le plus bienveillant du monde : « Chéri, murmura en effet ma dulcinée, avec un aplomb dont la bonté n'égalait que la douceur, j'aime tout ce que tu es. Ces petits ennuis ne me font pas peur. Faisons comme tous les amoureux du monde : *improvisons.* »

Et à ces mots, pour me donner du cœur à l'ouvrage, Lulu défit son peignoir, qui se déballa sur deux seins ronds comme des œufs, blancs comme l'écume. Silence. J'eus du mal à respirer tant cette vision me transperçait. J'allais enfin sentir, toucher, tenir le corps nu d'une femme.

Stop. La Providence me fit un instant augurer que j'avais épousé l'être le plus bienveillant du monde… mais cet instant ne dura pas. Voyez la suite : la minute d'après, à la lueur des bougies, au parfum des roses dont Sartorius avait fait garnir la chambre, je décachetai bouton par bouton les rangs de ma redingote, de mon gilet, puis de ma chemise, débutant par le haut. Au niveau du nombril, je marquai alors un temps, et sans théâtre, avec la netteté d'une confession mijotée depuis des siècles, révélai la chose qui faisait de moi un mari distinct de tous les autres. *Arrêt.* Hormis un coucou à ma femme qui n'était pas indispensable, ma main (que j'avais prévenue) fit bonne figure.

Lulu, en revanche, hurla tant à la mort que d'une part son père se réveilla, et d'autre part déboula dans la pièce avec un fusil chargé.

Comment je le sais ? Parce qu'il tira sur moi.

MONSTROT !

La balle qui me frisa les oreilles me rendit sourd quelques instants, mais le mot *dégénéré* fut prononcé suffisamment de fois, ou suffisamment fort, pour que je le déchiffrasse.

Lorsque je recouvrai quelques facultés, Sartorius se trouvait toujours face à moi et me tenait en joue avec le même chassepot.

Lulu, derrière lui, chouinait mieux qu'un bébé, et n'était plus ni ma femme, ni bienveillante. Pour la première fois, je vis sa haine.

Dans ce chaos, ma troisième main révéla elle aussi un visage inédit : offerte au néant, furieuse, elle cherchait en vain à attraper quelque encolure, quelque lame, ou quelque mouchoir pour sécher son humiliation. Eussé-je été son père, songeai-je dans un éclair de démence, je l'aurais consolée.

Car cette répugnance qu'elle inspirait était injuste – du moins avant de la connaître.

« Focard ! Louftingue ! Monstrot ! Sors de cette maison, Dieu de Dieu ! Jésus Marie Joseph, portez-nous secours... Plus jamais t'approches ma fille. Dégage ! Dégage ! » bramait le père terrifié, l'index prêt à répondre pour son maître.

Un coup était parti : je ne sollicitai point le second et reculai devant la menace.

J'eus dix secondes pour rassembler mes affaires : je ne possédais rien sauf une paire de souliers et un paletot. J'enfilai le paletot et chaussai les souliers.

Stop. Je m'apprêtais à sortir de la pièce... lorsque ma troisième main me saisit l'une des vraies miennes.

Plus exalté que jamais, je crus que Sartorius allait tirer. Je me figeai alors, pour prendre acte de mon inexcusable oubli. Le bureau : j'avais négligé les dessins de Hans sur le bureau.

Stop *bis*. Sans me défaire, au ralenti, je réavançai vers ma table et harponnai le fascicule.

Un instant plus tard j'étais dehors, dans la nuit froide de novembre.

Fichtre. Comme au jeu de l'oie, il me sembla être revenu d'un seul jet sur la case « départ » : du temps de la guerre, de ma prime escapade, de mes errances fébriles. Que s'était-il passé ?

Je pris plusieurs décisions d'un coup : d'abord, de ne plus fréquenter l'autre sexe tant que cette chose m'exposerait – outre le rejet aléatoire de toute séduction – au rejet catégorique.

Ensuite, de ne dévoiler cette difformité à personne, sauf à mes futurs médecins.

Et pour finir, avec ou sans troisième main, d'y réfléchir à deux fois avant de me marier.

Stop *ter.* À les relire, ces résolutions ont une sorte de comique. Mais je n'avais pas ce soir-là le cœur à rire. Pour dire la vérité : j'étais anéanti. Anéanti par ce revers où se renfouissait ma vie, mais surtout parce que je m'étais figuré, naïf, avoir trouvé une famille.

Imparfaite assurément, discutable à maints égards, mais une famille.

Et mieux qu'une famille : un père.

Un enfant perdu

Qui connaît encore la chanson de Mandrin ? Elle date de deux siècles ou trois, et conte le sort de ce brigand qui, de volerie en volerie, d'écus pillés en robes dérobées, finit par être condamné au gibet. Ses derniers couplets me serrent la gorge. Car depuis sa potence, Mandrin aperçoit ses amis cachés dans un buisson, et s'adresse à eux, une ultime fois :

Compagnons de misère
Allez dire à ma mère
Qu'elle ne me reverra plus
J'suis un enfant, vous m'entendez
Qu'elle ne me reverra plus
J'suis un enfant perdu

Moi c'était le contraire : j'étais libéré… mais je n'avais aucun compagnon.

Alors pourquoi cette chanson dans ma tête ?

C'est en la fredonnant que la réponse était venue : à cause de ma maman.

Oui : pour une raison inconnue, je m'étais toujours identifié à la parole de ce proche-de-la-mort ayant une pensée pour sa mère… tandis qu'on lui passe la corde. Comme si le « jeu » primaire de la vie était de survivre à celle qui nous mit au monde – d'attendre au moins qu'elle meure pour mourir.

À ce compte-là, Mandrin avait perdu la partie, et prenait acte, tel le mulot dans la gueule du renard, qu'il n'était plus possible de revenir en arrière.

J'ai écrit plus haut que me fut retirée une famille.

Il me restait pourtant, peut-être, quelque part, au milieu de la Franche-Comté, une mère.

Je dis *peut-être*, car la guerre était passée par là, que sa dernière figure avait déjà une joue dans l'autre monde, et que l'empirisme défendait d'espérer ce miracle. Mais il serait tricheur de prétendre que je n'avais jamais songé à recouvrer la chaleur sans frontière des baisers d'une mère, des baisers de ma mère.

[Et par pitié : qu'on ne m'accuse pas de l'avoir abandonnée. Même si c'est ce que proclament tous les coupables, je n'avais guère le choix. Du moins ne pouvais-je confier ma vie au hasard d'une jurisprudence inédite… quant à la responsabilité pénale du porteur d'une troisième main tueuse. J'avais détalé pour survivre, et tant bien que mal, j'y étais parvenu.]

Stop. Cette divagation intérieure, au seuil de ma nouvelle fuite, en fixa le cap.

Malgré le froid, malgré la nuit, malgré ma main, je devais retrouver ma mère.

Ayant traversé la ville de part et d'autre, je m'assis sur une marche pour cogiter.

Cette cogitation me fit voir que je n'avais plus besoin d'avoir peur : en dépit de l'hiver précoce, la liesse régnait sur Louvain libérée. Avant même les défilés officiels et les parades d'armistice, ruines et rues s'étaient parées, dans un geste désordonné d'enfance, de guirlandes et de lampions.

On ne pouvait fouler un trottoir sans être invité à danser par quelque bergère ivre ou par son noctambule de berger, sans entendre un violon massacrer l'hymne national… ou les braiments d'une chorale fortuite, adaptant à la belge les paroles du *Père la Victoire*. Tout avait beau être détruit, la guerre était finie, et c'était cela qui importait.

Cela – et de sabler les dernières bouteilles dissimulées sous le parquet avec la joie de savoir qu'elles ne seraient pas sifflées par les Boches.

Mais reprenons. Ma cogitation me disait donc que je devais, dans l'ordre :

1. dénicher quelque refuge pour ne point passer la nuit dehors.

2. me diriger dès le lendemain vers Besançon – vers ma mère.

Quant au point n° 2, l'armistice signé, il serait d'évidence plus aisé de traverser les frontières.

En cas de contrôle, mes papiers belges et ma juvénilité m'assureraient a minima l'indulgence des autorités.

[Stop. La foule applaudit minuit qui sonnait.]

J'allais me lever pour mettre en branle le point n° 1 de ma liste, lorsque ma troisième main s'écrasa sur mon genou gauche. Que voulait-elle me dire ?

Je baissai les yeux : du genou, elle se déplaça vers l'annulaire de ma main gauche… où l'alliance de mon mariage reflétait la pleine lune.

Diable : je l'avais déjà effacé.

Le mariage – comme le bijou.

Les années m'avaient appris à cerner le caractère de ma main. Si elle n'accordait aucune valeur à la vie d'autrui – puisqu'estropier ou tuer ne l'empêchait guère de dormir – et si elle consentait à se claquemurer pour le bénéfice de notre (de sa) survie, je découvris ce soir-là qu'inspirer du dégoût lui était insupportable. Elle tenait, en effet, à sa dignité : car les doigts qu'elle enveloppa autour des miens entendaient, je le compris, laver une humiliation : « dans sa tête », ma troisième main ne pouvait admettre qu'elle révulsât quelqu'un ; a fortiori « sa » femme. [Ce qui indiquait, au-delà de ce légitime amour-propre…

que Hans s'imaginait *autant que moi* avoir épousé Lulu ?]

Stop encore : tel un écrou sur un filetage, il dévissa méthodiquement l'anneau remis la veille par Sartorius, glissé le matin même par sa fille.

Je crachai pour lubrifier : la bague se libéra.

Il y eut un silence. Rageuse, la main s'apprêta à bazarder l'or dans les fourrés.

J'écornai sa pureté : « Attends. Ça pourrait nous servir. »

ZOMBIS

Marie-Antoinette avait fait dorer à la feuille les cornes de ses boucs & béliers.

En dépit de la poésie certaine de ces ardillons fluctuant entre les brumes du Trianon, l'on pénètre mieux, sachant cela, le pourquoi de la Révolution. À plusieurs reprises, Lulu m'avait rapporté ce détail d'histoire avec des étoiles dans les yeux. Je m'en étais diverti avec elle, sans saisir – cela s'appelle l'amour – que ce « détail » parlait de nous.

Je veux dire : de l'écart entre nous.

À présent j'étais redevenu mouton, elle était encore reine, et me restait au doigt cette once d'or en héritage de notre liaison, que j'avais prié Hans de ne pas liquider pour rien.

Contre mes prévisions cependant… je n'eus pas besoin de la vendre sur-le-champ.

Comme je l'ai souligné, le climat était à une telle fête dans la ville que je trouvai sans aucune peine un ménage content de m'offrir le couvert et le gîte. Il était maréchal-ferrant, elle était panetière. Je passai une gentille nuit sous leur bicoque. Me fut même donnée une peau de bête pour protéger des intempéries les esquisses de ma troisième main. J'étais bien tombé.

La suite du trajet fut facile, en comparaison de mes précédentes pérégrinations.

Elle me coûta quand même pour finir ma bague, cédée à un camelot tapi dans sa roulotte, qui marchanda tant et si bien que je perdis les deux tiers de sa valeur. Mais ce serait assez pour gagner Besançon sans crever de froid. Ou peut-être davantage ?

Le soir dans mes auberges d'étape, je repenserais à ce négociant ambulant, non pour son escroquerie, mais à cause de son mode de vie.

Tel un escargot, cet homme voyageait dans sa maison, tractée par un brave baudet. La coquille était spacieuse, et son lit, entraperçu par la fenêtre, semblait moelleux.

[Voilà sans doute, me dis-je en m'assoupissant, le type idéal d'existence ?]

Retour à ma route : j'atteignis bientôt, sans courir et en passant par Namur, Bouillon, Mouzay, Verdun, Bourbonne-les-Bains, Noidans-le-Ferroux, Fretigney-et-Velloreille, jusqu'à l'orée des Auxons, mon fief irréel et pourtant bien réel de Besançon.

Stop. Naturellement la guerre avait déformé le paysage, la moitié des édifices menaçaient ruine, les chaussées n'étaient plus carrossables, mais ce qui me frappa d'abord ne fut pas le corps de la ville.

Ce fut celui de ses habitants.

Ou, devrais-je dire… de ses *survivants* – cette remarque valant d'ailleurs pour l'ensemble de mon périple depuis Louvain. Je fais allusion à ces hommes connus sous l'appellation de « mutilés de guerre ». À leurs trous dans les joues d'où sortait la fumée de pipe. À leurs bras élagués par des amputations de fortune. À leurs doigts manquants. À leurs jambes de bois. À leurs mains arrachées par une grenade mal déclavetée. Bref : à cette nouvelle tribu de Zombis qui peuplait la Belgique et la France. Tribu qui, contrairement à moi, avait une chose en moins.

Mais comme moi : un malheur en plus.

5 SEPT. 1915

Je déboulai en fin de matinée dans la ville qui m'avait vu naître, pour y éprouver le jour le plus déconcertant de ma vie – du moins depuis l'explosion du 4 juin 1915.

[Le dictionnaire affirme que l'adjectif *déconcertant* désigne *ce qui dérange un accord.* C'est le mot qui m'est venu d'instinct, et je le conserve. Puisqu'en l'espèce, c'est bien l'accord de mes souvenirs et de la réalité qui s'apprêtait à être dérangé. Ou plutôt : brisé.]

Lorsque j'arrivai devant la maison où j'avais laissé ma mère, en effet, je la cherchai.

Or elle n'était plus là (la *maison* n'était plus là) : il y avait la rue, il y avait le trottoir où j'avais tracé des marelles, sauté, marché, couru, mais tout un pan du quartier s'était comme évaporé.

Je reconnus plus loin la maison des Legrand, pour qui ma mère effectuait de menus travaux de couture. Je reconnus celle des Journaux, dont les caniches aboyaient du matin au soir.

Cependant la nôtre – et ses deux voisines immédiates – était absente.

Un obus s'était-il abattu? La mairie avait-elle ordonné le rasage de certains édifices?

Un voleur de maisons sévissait-il dans la région ? Je restai bouche bée.

Stop. Après quelques va-et-vient devant le mirage de mon passé enfui, une question subsidiaire et pourtant très logique émergea : si ma maison s'était envolée, où était ma mère ?

La mère Legrand, justement, parut derrière sa clôture chargée d'un baquet, un poussin à la main. Je me fis la réflexion qu'en quatre ans elle semblait avoir pris un siècle. Moi aussi, sans doute... puisqu'elle ne me reconnut point lorsque je demandai si elle savait *où trouver Madame Marchand*. Elle m'avait pourtant vu grandir ! Mais cela importait peu, au regard du geste machinal qu'elle produisit en réponse à ma requête, et qui désignait le sentier menant, tout près de là... au cimetière des Oies.

Enfant, j'avais cent fois frotté mes semelles aux graviers de ses allées, papoté avec ses corbeaux, astiqué d'un crachat ses roses de céramique ; ou arrosé les vraies. Mais aujourd'hui, le cimetière que j'avais connu n'avait plus rien d'une aire d'amusement – ni d'un cimetière : ses tombes avaient été éventrées par des vauriens espérant dérober à de pauvres squelettes leur dernier bijou. Ses haies s'étaient muées en jungle.

Un vaste cratère se dévoilait en lieu et place du parterre de myosotis.

Je m'approchai : sa masse de terre paraissait avoir été fraîchement remuée.

L'angle saillant d'un cercueil de bois clair en perçait la surface. Un écriteau indiquait : *En cette fosse commune sont inhumées les dépouilles de nos concitoyens démunis de famille, que la République pleure et honore.* Dessous, une liste suivait, constituée de noms et de dates. Tristes noms. Tristes dates.

Je courus des yeux jusqu'aux « M », priai l'impossible… et me pétrifiai en déchiffrant les caractères suivants :

MANON MARCHAND
13 AVR. 1871 – 5 SEPT. 1915

Un bruissement me fit tressaillir. Je baissai le front : c'était une feuille morte sous ma chaussure.

Je m'avisai que le sol entier était couvert de feuilles mortes.

Je vis ces feuilles pour la première fois comme des milliers de cadavres.

Je devenais un errant

Le propos de ce carnet n'est point de disserter sur les méandres du temps.

Il n'empêche, le destin m'intimait de résoudre une sérieuse équation.

Outre ma situation particulière, le monde avait muté de fond en comble avec la guerre.

Ce n'était pas tout : en moins de quatre ans, j'avais perdu mon père et ma mère.

Sans compter mon corps – je veux dire : son usage régulier.

Mon monde enfin s'était dissous – je veux dire : la sensation des premiers souvenirs.

Et maintenant le décor même de ce théâtre s'était envolé. Plus rien ne me rattachait à la réalité.

Avais-je eu des parents ? Avais-je eu une enfance ?

Ma mémoire me disait que oui, mais qu'était la mémoire…

En fait, seule une certitude me tenait : que l'amour de ma mère, si chimérique fût-elle, était inscrit en moi. L'inconsistance de mon passé n'avait d'égale que la matérialité de cette trace.

Je n'avais peut-être rien vécu de tout cela, mais cet amour avait existé. Mais je *découlais* de tout cela.

Quant à l'absence de mes parents, je fus en vérité incapable de l'élaborer au-delà de la syntaxe.

Nous pensons avec du langage… mais le vide de la mort ne se remplit pas de mots.

Je devenais un errant ; soit peut-être la définition la plus juste d'un humain. [À moins qu'un humain digne de ce nom ne puisse exister qu'après la Déluge, après avoir bâti son arche ?]

Pause. De ce mirage surgit une réminiscence : pour mes sept ans, mon père m'avait rapporté de Lyon un train en bois qui avait fait ma joie.

À l'heure du coucher, on m'avait dicté d'éteindre la lumière, car nous étions dimanche et qu'il y avait école le lendemain.

Une fois n'est pas coutume : j'avais dérogé à ma réputation d'enfant sage, rallumant mon chevet dès la porte refermée, pour faire glisser ma locomotive sur ses rails et imaginer sa fumée.

Or mon père, qui me faisait passer une épreuve, avait rouvert la porte d'un coup. Pris en flagrant délit d'indiscipline, j'avais été grondé – puis puni : mon jouet m'avait été confisqué.

Cogner, blesser, abîmer, haïr, insulter : aucun de ces termes n'est plaisant à tâter.

Mais se faire retirer un cadeau juste offert est plus ignoble que tous ces verbes additionnés.

À cet égard, je m'avise aujourd'hui combien l'acte de donner la vie est cruel : car la vie, la nôtre et celle de ceux que nous aimons, est aussi un cadeau qui sera repris.

Stop. Bien que quatre années de conflit eussent sans doute effacé des esprits et des annales le « crime » qui m'avait fait fuir, la Providence me soufflait que je n'avais plus rien à faire à Besançon.

Or en France, quand on n'a plus rien à faire chez soi, on monte à Paris.

VENDS D'ABORD, REGRETTE APRÈS

De ma virée vers la capitale je n'ai rien à relater, sauf la halte que je fis à Troyes.

Je vivotais sur la pécune finissante de l'anneau de Lulu qui – par un heureux hasard, si mes calculs étaient bons – me suffirait à gagner Paris avec, la nuit, un toit sur la tête et, le jour, des vêtements chauds et un repas au ventre.

Mais le hasard est-il longtemps heureux ?

À Troyes donc, au sortir de l'auberge où l'on m'avait loué comme « lit » un amas de rouille coiffé d'une charpie, mon regard fut captivé par le nom d'une boutique : *VENDS D'ABORD, REGRETTE APRÈS*.

Il s'agissait, ce n'était pas le diable à saisir, d'un commerce d'antiquités. Un sous-titre poétique me le confirma, qui précisait en lettres fines peintes sur la vitre : *Objets de rencontre & de hasard.*

Qui pouvait fréquenter cette boutique, en novembre 1918 ? Qui pouvait songer à acquérir des objets du passé, quand le présent était détruit, et le futur, boiteux ? J'entrai d'un pas curieux.

Et ne fus pas déçu de ce pas, prenant aussitôt conscience de la carence de beauté dont souffraient mes yeux. Sauf le visage de ma promise déchue, et les esquisses tracées par Hans, je n'avais en effet vu depuis trois ans que des blessures, des cratères, du rata et des boulons.

Or soudain (je transcris les pancartes) : un *splendide service à thé en céramique de Sèvres jaune et or,* une *superbe armoire à mariage normande (couple de colombes sous la corniche),* un *rare ensemble de faïence 1880 d'inspiration orientale – vols de canards sauvages dans les brumes et cigognes dans un paysage de bambous,* sans oublier ce *vase en pâte de verre style Gallé – décor de quetsches mauves sur un fond laiteux bleuté (état neuf).*

« Vous aimez les vieilleries, jeune homme ? »

Je sursautai : envoûté, j'avais omis de saluer la tenancière du magasin, minuscule femme recroquevillée sur elle-même tel un bernard-l'hermite à peine sorti de sa coque. Sa figure était si creusée qu'un gosse lui aurait donné mille ans.

Stop. M'entendait-on penser ? Car la vieille reprit : « Je sais, j'ai mille ans. Que veux-tu, chaque soir j'ai l'impression que ça vient, et ça ne vient pas. Alors j'attends. Et en attendant, je bricole mes bigoudis… » [Qu'étaient ses *bigoudis* ? Ses antiquités ?] Elle poursuivit : « Tiens, j'parie que t'as jamais vu un aussi beau changeur ! Régence. 1720. Marqueterie de bois de violette, de sycomore et prunier. Mais le plus inouï, ce sont ces tiroirs secrets, sous les tiroirs. Et ces doubles fonds pour planquer les gros sous… Épatant, non ? » Pause. J'allais demander ce qu'était un *changeur* : j'avais ma réponse. Un boulier de jade fixé au pupitre eût dû d'emblée me mettre sur la voie.

C'était le bureau mobile de l'agent qui troquait, à l'occasion des foires internationales, des devises venues des quatre coins d'Europe. Diable : comment cette marchande avait-elle deviné qu'un meuble truffé de cachettes et de mécanismes clandestins était fait pour me séduire ?

Car je me laissai séduire. Je me laissai rêver. Autrement dit, je baissai la garde…

Un fragment du nom de sa boutique aurait pourtant dû me tenir en alerte : *regretter*.

Une caravelle d'or

Face au changeur, tandis que j'imaginais Mandrin à côté de nous – qui vécut à l'époque de sa confection, et n'aurait eu aucun mal à le crocheter –, l'antique antiquaire interrompit ma rêvasserie en me tapotant l'épaule : « Comme c'est assez rare, un jeunot qui s'intéresse aux vieilleries, et que tu m'as l'air bien sympathique, j'vais te montrer mon trésor… »

Là-dessus, cette drôle de dame qui me donnait désormais du *tu* fit coulisser une languette dérobée sous le changeur, qui révéla une seconde languette, puis un casier capitonné de cuir, à l'intérieur duquel apparut un damier d'onyx et d'ivoire que, d'une main experte, elle actionna.

Car ce damier était mobile et libérait, selon un schéma prédéfini, une clé d'argent.

L'instant d'après, cette clé fut glissée dans un petit secrétaire plaqué d'amarante et de merisier, pourvu d'un abattant que seule une serrure décachetée permettait de faire coulisser.

Face au joyau révélé… je compris alors le pourquoi de ces infinies précautions : « Que pour tes beaux yeux, poussin… mon *globe automate* signé Robert Houdin en personne. Y'en a pas deux dans le monde. J'avais promis que les Chleuhs l'auraient pas, ils l'ont pas eu. »

Arrêt total. Merveille. Je restai subjugué devant cet objet d'art renfermant, sous une cloche de verre, tout un monde miniature : peint avec une prodigieuse finesse sur la surface interne de la cloche, l'arrière-plan représentait un horizon côtier digne de Joseph Mallord William Turner. Au creux de cette vapeur, un trois-mâts se laissait cahoter par des vagues d'écume. On aurait juré sentir la houle et ses embruns. Respirer l'iode. À droite et à gauche, le trompe-l'œil se muait en romantique clairière : pinasses et hêtres prolongeaient le décor du premier plan, offrant un apaisant contrepoint. Car au centre de la cloche, posée sur cet océan déchaîné, entre des bosquets de chrysoprase, des falaises de papier, et une église miniature (dont l'horloge du clocher faisait office de pendule), tanguait d'avant en arrière, suivant l'enfantin rythme d'une boîte à musique, une caravelle d'or. Le tout… juché sur un socle de laque rehaussé d'un liseré d'étain. Pause. Comme je demeurais béat face à ce trésor qui portait bien son nom, l'antiquaire continua : « Tiens, puisqu'on partage nos secrets, je m'en vais te montrer comment on remonte l'automate… Laisse-moi aller cherche la manivelle. »

À ces mots, la vieille disparut dans sa réserve, où je l'entendis fouiller dans quelque tiroir rempli de choses métalliques. Quant à moi, j'étais encore si étourdi par la féerie assemblée sous cette cloche qu'échappa à ma vigilance ma troisième main – qui était sortie de son antre… et tentait de soulever le globe du socle, afin de saisir la caravelle d'or.

Je m'interposai sur-le-champ, sans prendre garde que mon geste pût percuter l'antiquité la plus précieuse de cette boutique.

Précipitée *subito* sur le sol, en mille morceaux.

Passons le désespoir de la commerçante, lorsqu'elle s'avisa que je venais de briser son trésor.

Il me coûte de l'écrire, mais son chagrin n'était point ma préoccupation – pas davantage que la manière de punir ma main. Je pensai d'abord à moi : à comment rembourser.

Après « Mon Dieu… ! Mon globe ! », ce fut d'ailleurs la première phrase que la vieille, repassée au voussoiement, avait émise : « Comment comptez-vous payer ? »

Je n'osai m'enquérir de la valeur de ce chef-d'œuvre. Les piécettes qui me restaient en poche pour m'implanter à Paris ne furent pas envisagées.

Il fallut trouver sans déport une issue.

Et une issue légale. J'avais fui ma ville à cause d'un crime dont je n'étais pas l'auteur, il n'était pas question d'endurer une nouvelle cavale indue. Il m'incombait déjà de survivre : je ne passerais pas mon temps, par-dessus le marché, à semer la police.

« Comment comptez-vous payer ? » répéta la tenancière d'un ton plus comminatoire.

Je retournai mille idées, hésitant à lui signer une reconnaissance de dette, ou à lui proposer de travailler pour réparer ma faute, lorsqu'une voix intérieure me corrigea : « Ce n'est pas *ta* faute. C'est la *sienne*. »

Diantre. Évidemment que c'était *sa faute*. Au demeurant, elle avait beau avoir filé sous mon paletot, ma troisième main était consciente de sa culpabilité.

Je ne craignis donc guère de lui déplaire en rouvrant la bouche : « Madame, je suis désolé, je n'ai pas les moyens de vous indemniser… mais je pourrais vous proposer une autre œuvre à la place. »

L'antiquaire fit la moue : « Une autre œuvre ? »

Je sortis de ma gibecière le carnet d'esquisses constitué par Hans, l'étalant sur un bureau.

Ayant chaussé un monocle circonspect, la vieille s'inclina, scrutant chaque encre en silence, ne relevant le front qu'après la dernière : « C'est vous qui avez fait ça ? » « Je… oui… c'est moi », répliquai-je, tremblant que ma troisième main jaillît pour me garrotter.

Mais contre toute attente, soit que Hans estimât qu'il était normal de payer pour sa bévue, ou qu'il considérât que j'étais, par nos corps mêlés, le coauteur de ses dessins, il resta à sa place.

La marchande reprit : « Je vous les prends tous – mais je les veux signés. »

C'est ainsi que je consacrai une heure à graver à la plume, au bas de chaque œuvre de mon mauvais génie… le nom de *Charles Martin* qui n'était pas le mien. Après quoi leur acquéreuse m'opposa une ultime requête : « Quel nom donnez-vous à cet ensemble ? » Face à ces terribles souvenirs de guerre, une idée s'imposa : « *Sous les pots de fleurs* », lançai-je en m'apercevant, confus, que ma langue avait fourché, qui voulait prononcer : « *Sous les flots de peur* » !

Il y eut un nouveau silence et la vieille s'exclama : « Eh oui ! Enterrés vivants, ces pauvres poilus… ! »

Puis avant de partir : « Vous m'ajouterez une page de titre ? »

Sur la mort

Qu'eus-je au creux de la tête, entre Troyes et Paris ?

La sensation d'un monde nouveau qui s'offrait à ma vie.

Mais non pas, comme dans les romans de Balzac, à cause de la capitale et de ses promesses de revanche. Simplement parce que j'absorbais un fait triste et indéniable : que je serais dorénavant, pour toujours, un orphelin.

Enfant, on se compose des frayeurs, et on en jouit peut-être.

J'avais cent fois conçu la mort de mes parents, par fantasme d'anticiper l'irrécusable à ma guise.

[Si on me promet une torture… je préfère qu'elle ait lieu sur-le-champ.]

Qu'en était-il de mon fantasme, à présent qu'il advenait ?

Il en était que j'avais omis une donnée nodale de l'équation : qu'il n'est plus question de torture ni de tristesse lorsqu'on erre dans le vide.

Lorsqu'on erre dans le vide, on est surtout nulle part, et ce nulle part est partout.

Sur la mort, en l'occurrence, plusieurs considérations me vinrent.

D'abord, que cette *chose* n'est énorme que pour ceux qu'elle frappe.

Le trépassé voit (ou plutôt ne voit pas) l'intégralité du monde disparaître. Sa mémoire, son être, son encaissement de la réalité se dissolvent d'un seul jet quand tout, chez les autres, persiste dans le fil de l'indécente quotidienneté du temps terrestre. La mort n'est un événement que pour celui qui meurt.

De ce hiatus dériva une deuxième remarque, déjà amorcée dans ce journal : l'idée que la vie est un jeu qui ne se gagne qu'au présent – qu'en vivant.

Par son ignorance de l'actualité du monde depuis la minute de son extinction, si infini soit l'amour que nous lui portions, le défunt est toujours un peu minable, avec sa gentille tombe dans son gentil cimetière. Ma pauvre mère ne saurait jamais que la guerre était terminée. Fallait-il être bête pour ne pas savoir ça !

La mort nous ramène à l'état de fourmis, faillant en mourant à leur mission élémentaire.

[Voltaire abrège : *Un lion mort ne vaut pas un moucheron qui respire.*]

Je me dis pour finir que cela ne pouvait se penser, ni donc s'écrire, l'acte d'un monde sans mère.

Sans mère… on n'est plus seul sur Terre.

Sans mère on est seul dans l'univers.

Stop. Resurgit en dernière instance un tableau exposé en vitrine de la brocante du drame.

On y voyait – réalisme & couleurs – un soldat de 14 revenant du front, enlaçant sa femme et se faisant comprimer d'amour, avec l'intensité d'un espoir exaucé, par son blondinet de fils béat de retrouver le corps (entier) de son papa.

Il y avait tant d'émotion dans cette toile.

Il y avait tout ce que je n'avais pas vécu, et tout ce que je ne vivrais plus jamais.

Paris

C'était bientôt l'hiver, c'était la fin de la guerre, mais le tohu-bohu qui me percuta les gencives en entrant dans Paris était à mille lieues de ce que j'avais pu concevoir.

À chaque coin de rue, derrière chaque palissade, à l'entour de chaque Wallace, s'épanouissait un bouton de vie frétillant.

Je n'oublie pas non plus d'écrire : amusant.

J'opposai par contraste ce panorama d'une ville et d'une population si vivaces à l'atroce cliché des mutilés de guerre qui peuplaient la France des provinces.

À telle enseigne qu'un pays à deux visages se déplia devant mes yeux : celui de la capitale, qui apprenait à ressusciter, et celui de l'autre monde, qui apprenait à mourir.

N'oblitérons pas le passé : Paris arborait les stigmates du conflit. Fugitivement, j'eus à ce titre la vision d'une cité du futur dressée sur pilotis… tant se hissaient en nombre les échafaudages contre les façades. Les dégâts en souffrance abondaient aussi. Rue de Rivoli, une toiture béante laissait sortir des pigeons et des tourterelles. La station de métro Saint-Paul, affalée sur elle-même, ne devait plus accueillir beaucoup d'usagers. Rue Bleue, des immeubles troués éparpillaient leurs briques en puzzle.

Sur la cathédrale Notre-Dame, la trombine de saint Pierre avait été soufflée par un éclat d'obus.

Quoique figés dans le calcaire millénaire, les apôtres voisins semblaient brandir pour la peine leur figure la mieux éplorée. Quant au Père-Lachaise, on ne comptait plus les morts renvoyés à une mort plus profonde encore. Curieuse idée que de canarder un cimetière. [Je songeai à Hugo : *Rien ne sait plus vos noms, pas même une humble pierre.*]

J'appris par la rue que la majorité des bombes tombées sur Paris furent lâchées par des aérostats ou des dirigeables. Le modèle Zeppelin, créé par le savant boche du même nom, fut en l'espèce prisé pour tapisser de ses fientes explosives le territoire du baron Haussmann.

Masqué par les brumes, flottant au-dessus des avions, l'engin réputé inaccessible fit cependant, et heureusement, ses principaux ravages en bordure de capitale : Neuilly-sur-Seine, Levallois, Asnières-sur-Seine, La Garenne-Colombes, Enghien, Argenteuil, Saint-Germain-en-Laye...

Stop. L'autre image que je conserve de ce premier pied posé à Paris, c'est le ballet de voitures à cheval ou à moteur qui, à toute heure du jour et de la nuit, louvoyant entre les nids-de-poule, menaçaient de punir le piéton pour tout instant d'inattention.

Preuve m'en fut donnée en déboulant sur les Champs-Élysées, lorsqu'une demoiselle alla pour traverser devant moi, manquant d'être aplatie par une Berliet rouge qui jaillit à toute allure.

Une main par chance la retint par le vêtement. Ce n'était pas la mienne.

Ôte-lui une main !

Tout ébouriffée par la Faucheuse qui venait de lui friser le bout du nez, la miraculée se retourna vers moi – sans voir Hans, qui avait fissa rallié sa cache : « Oh merci monsieur ! Merci ! » Le temps de saisir ce qui venait d'advenir, je bégayai un « Je vous en prie... » à l'issue duquel elle imprima le carmin de ses lèvres sur chacune de mes joues, et reprit le rythme de son galop urbain, se dissipant en comète à l'horizon.

Pause. Si cet aléa eut l'heur de sauver une vie, il eut surtout le malheur de me leurrer quant aux intentions de ma troisième main – ainsi qu'on va le constater. Car cette même après-midi, le beau soleil d'hiver, et sa bonne action narrée ci-dessus, endormirent en moi l'alerte du péril que représentait la chose pendue à mon nombril.

Mes pas m'avaient conduit jusqu'à la petite ville de Vincennes, où l'existence semblait douce. Je n'étais passagèrement plus à l'affût... et m'en repentis assez tôt, lorsque dans la file d'attente d'une boucherie où je comptais acheter, puisant dans le rabiot de mes économies, une tranche de pâté, ma main surgit sans mon consentement de sous mon paletot... pour tâter comme on palpe un gigot le croupion d'une dame qui fumait.

Un malheur n'arrivant jamais seul, cette dame se révéla être l'épouse du boucher – et savait par ailleurs donner de la voix. Dare-dare, je fus agriffé par deux pékins qui me plaquèrent contre la vitrine du commerce. Après quoi le mari de la fumeuse débarqua, plus nerveux que ses plats de côtes, un hachoir (dont le parfait aiguisage ne faisait aucun doute) à la main : « C'est toi qu'as tripoté ma gonzesse ? » beugla-t-il d'un ton qui fit trembler sa devanture. « Je... vous prie de... m'excuser... », répliquai-je en songeant qu'à défaut d'allemand, je parlais depuis quelque temps le bredouillage couramment. Sur ces entrefaites il y eut un silence, suivi d'un horrible éclat de rire : « Et tu crois qu'ça suffit, tes excuses de trou du cul !? Viens par là... La prochaine fois que t'auras envie de tâter le cul de ma femme, il te manquera une main pour le faire... »

Stop. À cet endroit du conflit, une épouse digne de ce nom aurait modéré son gorille, l'incitant à se cantonner au B.A.-BA de la sanction virile : une bonne rouste. La femme du boucher eut exactement la réaction inverse : « Ôte-lui une main, ça lui apprendra ! » aboya-t-elle d'une voix qui aurait fait passer mes gardiens de prison pour des clergeons.

Stop *bis*. Pendant quelques instants, l'image d'une vie à deux mains comme jadis – mais sans l'une des « bonnes » – se déploya dans mon esprit.

Elle fut assez hideuse pour qu'un spasme de possédé me secouât, faisant perdre l'équilibre aux deux matuches qui m'agrippaient, et qui passèrent à travers la vitre, brisée en mille miettes.

Je profitai de ce mouvement de panique pour prendre la poudre d'escampette, courant à en perdre le souffle durant deux bonnes heures.

Lorsque je m'arrêtai rue de la Villette, je n'étais plus suivi.

Que l'on ne se figure pas que je négligeai ma résolution

Arrivé à ce point de mon histoire, je fis un calcul qui incorporait plusieurs variables : d'abord, cela était connu, ma main avait besoin de s'occuper pour ne pas retomber dans ses manies.

[Je m'avise en l'écrivant que *main* et *manie* ne sont pas un même mot par hasard.]

Ensuite, cela était algébrique, me restait en poche de quoi subsister trois semaines en mangeant une fois par jour, en dormant dans quelque cambuse du faubourg où j'avais abouti, et où je me voyais m'établir. Car de tous les quartiers de la capitale, celui de Belleville me parut à la fois le plus canaille, le plus insolite, le plus biscornu – donc le plus à ma mesure.

Stop. Pour l'occuper, j'aurais pu fournir derechef du papier et une plume à ma troisième main, mais qu'aurais-je fait durant son tracé ? J'étais à trois semaines de la disette, il ne m'était plus loisible de lire pour la beauté du geste. Au surplus, Hans avait mis trois ans à parachever son fascicule de guerre, et rien ne m'assurait de rencontrer des acquéreurs pour ses futures œuvres.

Je devais sans délai trouver un travail rémunérateur, et un travail qui fût compatible avec *elle*, ce qui compliquait singulièrement les choses.

Pause. Que l'on ne se figure point que je négligeai ma résolution de me séparer du greffon qui avait ruiné mon existence – mais de deux choses l'une : d'abord, les hôpitaux débordaient de moribonds et d'estropiés qui réclamaient des soins urgents. D'autre part, l'hiver débutait dans un mois, et encore une fois, la Providence m'avait trop accoutumé au tête-à-queue pour risquer de prendre la place de *La Petite Fille aux allumettes*, ce conte d'Andersen qui m'avait terrifié lorsque ma mère me l'avait récité.

Sans neige ni verglas, j'avais déjà les doigts gourds, et tenais à conserver un toit sur la tête. J'étais suffisamment puni par cet intrus sous la chemise.

[Et puis-je l'écrire ? Le recul des ans me fait aujourd'hui penser qu'au-delà des raisons valables de proroger cette opération médicale, une part de moi s'était… non pas *attachée* à ma troisième main, mais du moins *acclimatée* à son lot de surprises, d'aventures, d'événements.

La phrase d'un vétéran, perçue au fond d'une venelle, inscrite aussitôt sur un carnet, illustrait peut-être mon état d'esprit : « Faudrait point dire une chose pareille, avait soupiré le briscard, mais depuis que la guerre est finie, est-ce qu'on ne s'ennuie pas un petit peu ? »]

Retour au passé : je rejoignis ce soir-là ma soupente, laissai la nuit apurer le compte de mes émotions du jour, et me levai dès potron-minet pour badauder entre les rues agitées de Belleville, avec cette idée qu'un hasard ou un autre – puisque ma vie allait dorénavant de la sorte – ferait advenir le verdict attendu sur mon prochain métier. Et le verdict en effet s'imposa de lui-même, au terme d'une pérégrination dont la poésie eût rendu jaloux et Verlaine, et Baudelaire.

Je choisis de les observer chacun

Car bourgeonnaient dès l'aube, dans les rues de Belleville, sinon de la capitale, pléthore de métiers inconnus au provincial que j'étais. Je choisis de les observer chacun, m'interrogeant sur leur accordance possible avec mon « problème ».

Cela commença par les encaustiqueurs, décrotteurs et cireurs de chaussures qui, telle une armée de géotrupes, troquaient trois sous contre un éclat de brillance. Ma troisième main aurait certes fait des merveilles en la matière, passant la chamoisine tandis que je préparerais la crème à cirer… Mais ce travail était on ne peut plus exposé à l'œil public : je n'aurais su cacher, si près du corps d'autrui, mon exécrable secret. Je continuai l'investigation.

Sur leurs carrioles, les marchands de quatre-saisons abondaient également, qui cédant une livre de pommes de terre, qui un bouquet de radis ou de carottes. Mais un tel métier requérait un réseau de fournisseurs. Je débarquais dans cette ville, et n'aurais su à la porte de quelles fermes frapper.

Ma troisième main, en outre, ne me serait pas d'une vive utilité, s'agissant du principal embarras de cette besogne : tracter la charrette chaque matin, qu'il vente ou qu'il grêle.

Les vitriers et aiguiseurs étaient à bannir – il n'était pas question de placer dans la main de Hans des outils de mort. L'expérience m'avait au moins enseigné cela.

Pause. Rue des Rigoles, j'aperçus une Italienne portant un nourrisson très remuant, ainsi qu'une gigantesque marmite fumante, préservant sa progéniture du contact brûlant de la ferraille grâce à un lainage.

Des impécunieux vinrent qui, contre une pièce, se virent remplir leur bol d'un consommé où flottaient des résidus de lard. J'appris en causant avec cette courageuse mère qu'elle revendait chaque jour les restes des maisons bourgeoises... et qu'on la nommait *marchande d'arlequins*, d'après les costumes vénitiens de son pays, cousus pour leur part de restes de tissu.

Stop. Tandis que je m'éloignais, éclata un bataclan suivi d'aboiements, puis d'insultes.

Une dame bien mise vociférait, ruisselante, le chapeau maculé de bouillon. À ses pieds, un lévrier s'étranglait sur son collier bouclé d'or. Je compris que la bourgeoise avait voulu acheter pour son chien une ration de soupe. Et que la colporteuse, d'un geste que je ne désavouai guère, face à ce crime de lèse-pauvreté, lui avait fait don à sa façon de cette ration.

Mais aucun de ces métiers, pas davantage que celui d'étameur ou de marchand d'herbes, ne seyait à ma situation. Soit qu'ils menaçassent trop de dénoncer ma tare, soit qu'ils ne réglassent point le problème de *son* occupation. Stop encore.

J'entendis ici un air délicieux.

Passe-passe, trucs, illusions

Las de t'attendre dans la rue… j'ai jeté deux… petits pavés… sur tes carreaux que j'ai crevés… mais tu ne m'es pas apparue…, contait l'air, dont l'écho provenait de la rue des Cascades.

Je m'y engouffrai, tentant de décrypter les paroles de cette chanson qui narrait l'amertume d'un amant éconduit, amertume qui croissait en cruauté : *Si tu ne changes pas d'allure… j'écraserai tes yeux, ton front… entre deux pavés qui feront… à ton crâne… quelques fêlures…* Diable ! C'était un hymne à l'assassinat !

N'importe – la morale n'était pas l'objet de l'art.

Cet art-là, en l'espèce, enchantait par son timbre et son harmonie.

L'interprète de l'hymne s'incarna bientôt : c'était un homme assez rond, vêtu d'une marinière à manches courtes, la nuque enveloppée d'une fine écharpe rouge. En dépit de ce foulard, comment ne mourait-il pas de froid ? J'ajournai cette question pour le suivre à la dérobée, et scruter son *modus operandi*. Lequel était : avancer dans une rue, s'arrêter sous un bouquet de fenêtres, et entonner un air populaire. Celui du jour, je le saisis après deux ou trois couplets, devait s'intituler *Les Petits Pavés*. Stop : lorsque sa chanson était finie, s'il l'avait bien chantée, l'artiste recevait, jetées par les fenêtres, quelques pièces emballées dans du papier journal, afin qu'elles ne se dispersassent pas – précisément – entre les petits pavés.

Que ce métier était charmant ! Il n'y avait rien à acheter ni à vendre, il n'impliquait point de contact avec d'autres gens (j'avais pris l'habitude, surtout derrière une jolie femme, de respecter une distance de sécurité avec les piétons alentour), et par ailleurs, ce qui n'était pas négligeable, il ne pouvait s'exercer les jours de pluie, entraînant des congés obligatoires.

L'espace d'un éclair, je me vis réciter la complainte de Mandrin sous les balcons de Paris, avant de me heurter, c'était trop beau, à la porte close de la fatalité. Car dans mon épiphanie, j'avais omis deux prémisses patentes : pendant que je débiterais mon bel canto, ma troisième main se désœuvrerait sous ma chemise. Et surtout, je ne savais pas chanter.

Mon troubadour envolé, j'en revins donc au même point, c'est-à-dire nulle part.

Ou pas tout à fait : car mes pas m'avaient mené, l'air de rien, jusqu'au quartier de Ménilmontant que chapeautait une humble église accolée à la gare ferroviaire locale. Et dans ce quartier… au mitan d'une voie portant le bizarre nom d'Eupatoria, j'avais fait halte devant une échoppe aussi attrayante que mystérieuse, dont la vitrine déployait mille cartes à jouer de tous styles et de toutes époques : les huit de pique y côtoyaient les as de bâton, les valets les bateleurs, les jeux de tarot ceux de poker.

C'est en m'inclinant sur un minuscule bristol collé derrière la vitre que je déchiffrai alors cette inscription manuscrite : *Passe-passe – trucs – illusions. Magasin de prestidigitation.*

Abracadabra

La *prestidigitation*, comme son nom l'indique, est une affaire de *doigts rapides*.

Du moins fut-ce la première idée du profane que j'étais, pour donner du sens à ce « hasard ». Pour me persuader qu'une fois encore, tel qu'espéré, la Fortune m'indiquait la marche à suivre.

Pardon : *nous* indiquait la marche à suivre.

Car sans contredit, la magie dénouait une bonne part de mon équation. Il s'agissait en premier lieu d'un art que nous pouvions apprendre de conserve, elle et moi. Je veux dire : chacun de son côté, sans que l'autre s'ennuie. Par surcroît, nos manœuvres additionnées feraient davantage florès que dans tout autre domaine. Enfin, la notion d'étrange était consubstantielle de la démonstration magique. Une main de trop serait assimilée à un trucage maladroit plutôt qu'à une ignominie. Stop. J'entrai dans la boutique, en me ressouvenant tout à coup d'une scène évanouie, avec Cornelis dans notre chambre d'enfant…

Un homme sans âge, à l'élégance excessive, m'accueillit sans mot. Je me plantai face à lui.

Il me toisa de pied en cap avec un sourire de poupée chinoise, malaxant son nœud papillon.

Puis me dévisagea avec le même sourire, et la même attention, sans déclouer les lèvres toujours. Je fixai quant à moi son crâne si luisant qu'il renvoyait la lumière de la seule ampoule de l'établissement.

Une minute s'écoula dans ce mutisme qui durait tant que je me décidai tout de go : « Vendez-vous... des livres pour apprendre à manipuler les cartes ? » Ma question eut pour unique effet d'affermir le sourire – et la stase – de mon amphitryon. Après quoi il s'ébroua soudain, prouvant qu'il n'était pas qu'une statue de cire, et fit demi-tour pour s'éclipser derrière un voilage.

Là je n'attendis guère : le nœud papillon reparut aussitôt, muni d'un livre à la couverture verte, m'intimant d'avancer de quelques pas pour le placer entre mes mains. Je baissai le front, lisant en lettres capitales : L'EXPERT AUX CARTES.

Suivi d'un sous-titre : *Artifices, finesses et subterfuges de l'expert aux cartes, contenant le répertoire complet des manipulations utilisées par le joueur et le prestidigitateur, et décrivant par le menu tous les stratagèmes et manœuvres mis en œuvre par l'expert aux cartes, illustrés par plus de cent figures exécutées d'après nature.*

C'était exactement ce qu'il me – ce qu'il nous – fallait. Je sollicitai le prix. Le marchand ouvrit le livre, pointant une inscription en haut de sa première page : *15 francs.* Diantre. Si je l'acquérais, je sacrifiais le tiers de mon magot, et n'aurais plus devant moi que quinze jours de subsistance.

Mais n'ayant guère le luxe d'éluder le risque, je payai comptant, achetant avec le manuel deux paquets de cinquante-deux cartes. Le vendeur encaissa la monnaie sans décrocher son sourire et, tandis que je gagnais la sortie, prononça l'unique phrase entendue à ce jour de lui : « N'oubliez jamais, jeune homme, que la magie n'est pas dans la main, mais dans l'œil. »

Sur ce, il me rendit la clé de la mansarde que je louais – qui avait effectivement disparu de ma poche. Et d'ajouter, avec le flegme d'un lion de mer sur sa banquise : « *Abracadabra.* »

Après quelques déboires… cependant

Comment avait-il fait pour subtiliser cette clé sans que je m'en aperçusse ?

Un instant plus tôt, elle dormait dans le fond de ma poche, il m'avait remis l'ouvrage en frôlant mon corps… et cette fraction de seconde lui avait suffi à opérer.

Stop. La *prestesse*, comme je me le figurai au départ, était-elle l'unique clé – c'était le cas de le dire – de son escamotage ? Ma lecture de L'Expert aux cartes allait m'enseigner que non.

Après quelques déboires… cependant.

Car ayant passé une semaine claustré dans ma chambre, accroupi sur mon lit, à répéter et faire répéter à Hans les maniements décrits par mon précieux précis – *faux mélanges*, *mélanges classificateurs*, *fausses coupes*, *levées doubles*, *empalmages*, *donne en second*, *sauts de coupe*, *filages*, *glissages* –, je me précipitai dans le réfectoire de l'auberge, pour expérimenter sur les sociétaires de mon caravansérail bellevillois ces techniques.

[Ayant conjuré, je le précise, mon acolyte clandestin de ne pas intervenir : avant d'envisager la magie à trois mains, je devais maîtriser celle à deux.]

Osons maintenant écrire la douleur de ce premier spectacle : six gars, en joviale disposition, se tenaient autour d'un fût de cidre bien entamé, disputant une partie de rami. Je proposai au groupe la démonstration d'un *tour de passe-passe*.

Ils accueillirent mon offre avec plaisir, interrompant leur jeu pour me passer le paquet. Éventaillant les cartes, je les présentai au moins bituré de la bande, afin qu'il n'oubliât pas celle qu'il tirerait au hasard. *Abracadastop*. Il la tira, et la plaça au centre du paquet, après quoi je la ramenai sur le dessus au moyen d'un saut de coupe, l'empalmant dans la foulée puis remettant les cartes à son collègue pour qu'il les mélange.

[Je dois expliquer ce qu'est un *empalmage* : il s'agit de l'action faisant monter une ou plusieurs cartes dans la main du prestidigitateur, laquelle sera positionnée paume en bas ou contre lui, afin que les regards adverses ne les repérassent pas.]

Retour au tour : je m'apprêtais à saisir le paquet mêlé, et à placer sur lui la carte élue, quand un des gars me chopa le bras droit (celui qui recelait la carte), crachotant son cidre dans un postillon de rire : « Et celle-là, tu crois qu'on l'a pas vue, gamin ? »

Mon condé avait beau n'être point méchant, et les autres glousser avec lui sans hargne, je rougis au-delà des cœurs et des carreaux, comprenant à mes dépens qu'un tour manqué n'était pas qu'un tour manqué.

C'était l'humiliation suprême.

C'était le monde qui s'effondrait.

Je m'excusai et regagnai quatre à quatre ma piaule pour relire mon précis.

C'ÉTAIT À N'Y RIEN COMPRENDRE

Toute la nuit, je m'exerçai à la maîtrise du geste réputé le plus difficile de l'ouvrage : la donne en second – qui consiste à forger l'illusion que l'on distribue les cartes depuis le haut du paquet, quand la première demeure en place.

Autrement dit, toutes les cartes du paquet sont dispersées, sauf la supérieure. Mon guide de triche de stipuler : *Pour peu qu'il sache les reconnaître grâce à un système de marquage, il est évident que le donneur possédera un avantage considérable sur ses adversaires, s'il peut réserver les cartes convoitées au fur et à mesure qu'elles apparaissent sur le dessus du jeu, et alimenter ainsi les mains de ses associés.*

Dépeinte de la sorte, la manœuvre ne semble pas si pénible. Dans les faits, en dépit des schémas détaillés que je scrutai, rien n'est plus ardu que de reproduire un mouvement su depuis toujours, en altérant un seul de ses mécanismes, et sans en modifier le rythme ni la couleur.

Après quatre ou cinq heures de travail, je parvins à peine à induire du pouce gauche ce décalage de plusieurs cartes sur le dessus du jeu qui permet à la main droite de ne pas attraper la première.

Ma troisième main, qui m'imitait – et pour laquelle je récitais à voix haute les instructions –, inculquait bien plus vite les « trucs ». Mais elle ne pouvait inculquer, par la force des choses, que la moitié de chaque geste, quand la magie complète nécessite une gestion ambidextre.

[N'importe, c'était assez pour l'occuper, je veux dire : lui changer les idées, la faire patienter, avant son emploi imminent de complice. Elle faisait, en quelque sorte, ses gammes.]

Stop. Au matin, mes poignets tremblaient.

La tension accumulée les avait convertis en ramilles d'automne. Ce n'était toutefois pas la même ankylose qu'après une journée d'usine.

C'était un mélange de muscle et d'esprit.

Et aussi… de fierté.

M'étant ainsi fait la main [je m'amuse d'employer à brûle-pourpoint cette expression], je piquai un somme, et retrouvai les gars à l'heure du casse-croûte, me faisant fort de les épater avec cette nouvelle aptitude. J'adjurai le même gus de nommer *n'importe quelle carte.*

Il choisit le valet de trèfle, que je localisai, contrôlai sur le dessus, après quoi je lui proposai de *donner un chiffre entre 1 et 52.* Il choisit le 14 – j'effectuai donc treize donnes en second, avant de distribuer, en dernier lieu, la véritable première carte du paquet : *son* valet que je retournai avec triomphe.

Mais pause : à la place du triomphe escompté, les barbus bramèrent en chœur : « Évidemment qu'c'est la bonne, tu touchais point la première ! » Diable.

J'avais tout bien fait – ils avaient encore tout compris. C'était à n'y rien comprendre.

J'ÉTAIS PRÊT À INVENTER D'AUTRES TOURS

C'était à n'y rien comprendre... et pourtant très compréhensible.

Il suffisait pour cela de lire autrement L'EXPERT AUX CARTES. De fait, ce n'est qu'après ces fiascos que je perçai la sibylline sentence de mon marchand papillonné : « La magie n'est pas dans la main, mais dans l'œil. » Car par hâte, concentré sur le seul bombé de ma paume, la seule poussée de l'index permettant d'initier un *empalmage*, je n'avais abordé que l'aspect pratique de l'art magique, balayant les alinéas théoriques. Or ce second décodage me rappela que l'auteur – un certain S.W. Erdnase – prenait le soin de souligner, après chaque exposé technique, qu'un réel magicien devait accorder moins d'attention à la vitesse de ses gestes qu'à leur naturel et, partant, à l'œil du spectateur : *La moindre action irrégulière*, prévenait-il, *le moindre effort visant à distraire l'attention, tout trajet artificiel viendront grever de suspicion l'effet magique.* Et plus loin : *Le vrai professionnel échouant à parfaire telle manipulation modifiera son* <u>moment</u> *plutôt que son* <u>mouvement</u>. *Il n'est pas d'escamotage qu'un adroit boniment ne suffise à couvrir.*

Boniment : d'entre tous les mots cruciaux, c'est celui que j'avais le plus idiotement négligé, or aucune magie ne s'exerce sans lui, tant il est vrai que la *prestidigitation* – voilà donc son premier leurre – est tout sauf une affaire de *doigts rapides*. Je n'eus pour m'en convaincre qu'à absorber cet autre passage d'Erdnase : *La manipulation la plus grossière, lorsqu'elle est étayée par une mise en scène idoine, peut servir de base à un tour étonnant ; alors que si l'on se contente d'une simple démonstration de cette manipulation, l'effet produit ne justifiera nullement le temps passé ou les efforts fournis pour l'apprendre. Abstenez-vous de faire étalage de votre dextérité, laissez les spectateurs se demander comment ça marche.* Une telle lecture fut fâcheuse : c'était précisément le crime dont je venais de me rendre coupable… réduisant mon « tour » à une démonstration de (vague) dextérité. Au lieu d'utiliser le trucage pour servir l'effet, j'avais réduit le trucage à l'effet, braquant les yeux de mon public sur cette donne en second qu'il convenait au contraire de voiler.

Stop. Je ravalai ma salive avec un goût d'eurêka.

Et redescendis le lendemain dans la même cantine, avec un effet plus aisé en tête, du moins qui ne nécessitait aucun empalmage. Il mettait en scène une prédiction : sur un papier, j'inscrivis au préalable *As de pique*, sommant ensuite l'auditoire d'éliminer une à une des cartes sur la table, jusqu'à ce qu'il n'en reste plus qu'une – qui se révéla… être l'as de pique.

Ce miracle n'était pas sorcier : dépourvu d'agilité, il reposait sur la méthode enfantine du *choix forcé*. Mais, l'ayant enveloppé d'un boniment adéquat, il fit sauter au plafond mon public.

Après mes premiers échecs cuisants, je savourai enfin la jouissance singulière d'être vu comme le détenteur d'un secret impénétrable : j'étais prêt à inventer d'autres tours.

À TROIS MAINS ET DEUX CERVEAUX

Restait maintenant à concevoir un spectacle transportable, et à l'éprouver dans la rue – puisque c'est là que j'entendais me produire pour commencer. Fort de cette « philosophie de l'illusion » que j'avais inculquée, le spectacle se baserait sur des tours faciles à exécuter, jaugés d'après l'impression transmise plutôt que sur leur enjeu technique.

Ces tours en outre seraient brefs : le contexte ne me permettrait de capter qu'un court instant l'attention de mon éventuel public.

Il suffisait pour me lancer d'assembler trois caissons, de les couvrir d'un tissu brillant, et de choisir le meilleur endroit où l'on eût désiré rencontrer un magicien.

Non. Stop. Il eût suffi pour me lancer de régler ces vétilles… si ma vie fût normale.

Or ma vie n'était pas normale. Je portais au ventre une âme despotique, que l'expérience m'avait appris à ne pas écarter de mes décisions d'importance. Si ce n'était par équité, du moins par stratégie.

[Au demeurant, je me doutais bien que cette bouture secrète, dans ce métier plus que tout autre, me serait d'une vive utilité : quel magicien n'a pas rêvé de détenir une troisième main ?

Mais mon dessein pour l'heure n'était pas de devenir le plus grand illusionniste de la planète.

Il était de rebâtir ma vie – c'est-à-dire de m'assurer un revenu qui m'éviterait de passer l'hiver dehors et de mourir de faim. Cela semblera risible et redondant au lecteur friand de philosophie et d'idéaux, mais à ce moment de mon existence, j'en étais quitte pour la souffrance. Je ne sollicitais qu'un peu de repos et d'habitude.]

Ma main elle-même savait que de ma survie dépendait la sienne : je l'avais avisée de ce projet magique, qu'elle agréait. À cette nuance près – exigée par écrit, puisque c'est ainsi que, pour les choses qui la visaient, nous parlementions – qu'elle entendait *participer chaque spektacle.*

Stop *bis*. Comme annoncé, j'envisageais de la faire coopérer, mais dans le cadre plus restreint et sécurisant d'un théâtre, si nos premières démonstrations prospéraient.

Bref. Il fallut donc négocier, et composer un canevas où chacun jouerait sa part... sans que ce partage mît en péril notre intégrité commune. Après débat, nous aboutîmes à ce consensus : le spectacle se découperait en trois temps, Hans n'intervenant que pour le bouquet final.

L'effet d'ouverture, dont le boniment inspiré de Jules Verne donnerait l'illusion qu'une carte permute, à la faveur d'une banale levée double, entre la main du spectateur et la mienne, serait suivi de ce fameux *choix forcé* entre quatre as, qui avait exalté mon public d'épreuve.

Pour finir, nous conçûmes à trois mains et deux cerveaux un tour peu élaboré mais qui, s'il était réussi, passerait pour parfaitement inexplicable.

Il fallait juste que je me trouvasse un chapeau.

Mais avant le chapeau, un emplacement.

Mon tourisme m'avait mené aux quatre coins de Paris. Un lieu entre tous s'imposa pour mon spectacle : la ménagerie du Jardin des Plantes.

J'avais songé aux abords de la tour Eiffel, mais l'effusion y était telle que j'aurais craint sans cesse que l'on découvrît mon secret (non de magicien, mais de monstre).

Au surplus, j'avais perçu dans les allées de ce *Jardin* une atmosphère plus douce que sur les boulevards. Les familles s'y massaient pour rire des grimaces des macaques et oublier les obus de la veille. Quelques semaines après l'armistice, renaissait là un petit paradis de candeur...

Le passé, pourtant, n'avait pas été tendre avec le zoo. Et ce, bien avant les pénuries de 1914.

Je veux parler du siège de 1870, qui avait décimé déjà une large part de cette pauvre arche de Noé.

Les forces françaises, s'imaginant que Paris était une forteresse, s'étaient laissé surprendre par les troupes de l'habile comte von Moltke qui, à la faveur de fortifications discutables et de la proverbiale arrogance française, avait réussi, sans coup férir, à assiéger le cœur du pays, forçant à la retraite les hommes de Napoléon n° 3, piégés à leurs dépens entre Clamart et Châtillon d'un côté (pilonnées aussi sec de grêlons explosifs), Le Raincy et Bondy de l'autre.

Alors le siège s'était instauré.

Mû par la même arrogance, ou honteux de son impéritie, le gouverneur de Paris, un général nommé Trochu, exacerbé par les plaidoiries emphatiques de Jules Favre, avait dès lors décidé de résister *jusqu'à la mort* à l'envahisseur... quitte à affamer son peuple. Le rationnement tardant, les commerces de bouche avaient été vidés en vingt-quatre heures. Or il avait fallu patienter près de cinq mois, transis par un hiver exagérément rude, avant que Bismarck se résolût à rompre, avec ses canons, cette mascarade. Cinq moins durant lesquels tous les moyens furent bons pour se nourrir.

Les bourgeois commencèrent par saigner leurs pur-sang. Lorsqu'il n'y eut plus de canassons, à défaut de rôtir chats, chiens et rats (espèces d'abord destinées à la plèbe), on se tourna vers les bêtes exotiques dudit zoo : antilopes et yaks en premier lieu, cousins des biches et des bœufs.

Puis quand ce beau monde fut digéré, les chefs servirent pour le réveillon... du cuissot de loup sauce chevrette, du pâté de girafe aux airelles, sans oublier le civet de kangourou ni l'incomparable chameau à l'anglaise. Hugo nota dans son journal du 30 décembre 1870 : *Je commence à avoir des maux d'estomac. Nous mangeons de l'inconnu.*

Mais le grand Hugo savait-il que la boucherie Deboos avait réalisé une excellente affaire, en achetant pour 27 000 francs les cadavres de Castor et Pollux, les éléphants sur le dos desquels tous les gosses de Paris avaient fait le tour du Jardin des Plantes, et dont la livre de trompe fut revendue jusqu'à 50 francs ?

Des nombreux hôtes du parc, seuls les primates, jugés trop proches de l'homme, et les fauves, trop périlleux à abattre, ou trop nobles ?, furent épargnés de la voracité des Parigots.

Quant à l'inquiétant pain sombre pétri par les mitrons de l'époque, nul ne sut sa composition. Sa trace subsiste aussi dans le journal d'Hugo : *J'émiette aux poules notre pain noir. Elles n'en veulent pas.*

Trente mille jours

Cette chronique carnivore, je la tins d'un vieillard assis sur le banc près duquel j'avais établi mon barda d'illusionniste. Né en 30, il était déjà plus vieux que moi lors du siège de 70.

J'ignorais par quel prodige, à son âge, il trouvait la force de sortir de chez lui.

Mais c'était peut-être cette curiosité qui l'avait maintenu ?

Je méditai d'ailleurs, après cette causerie fortuite, la notion d'âge. Ces deux chiffres gravés sur notre front, qui ne sont rien, et qui pourtant sont tout, puisqu'ils annoncent notre espérance de vie avec ce caractère fatidique de la science biologique, laquelle ne connaît ni le mot *optimisme* ni le mot *volonté*. On a beau être optimiste, on a beau être volontaire : à quatre-vingt-neuf printemps, le gouffre n'attend – n'appelle – que vous. Stop. Si j'avais pour ma part dix-neuf ans, je charriais en moi une autre âme qui doublait mon âge… et réduisait d'autant mes chances de durer.

[À cet égard, je fis dans ma tête une opération. Du haut de ses sourcils d'argent, mon barbon avait vécu peu ou prou trente mille journées. Quant à moi, j'approchais des sept mille. Stop encore. Ce passage des années aux jours rendit tout cela démesurément absurde.

Si j'avais de la chance, je vivrais trente mille jours aussi. Mais que sont trente mille jours face à l'éternité ? Je ne pus que répondre : *pas bien davantage que sept mille.*]

L'échelle des jours m'était pertinente en l'espèce : lorsqu'en plein hiver on a de quoi tenir une semaine, on ne songe pas à l'an suivant.

Pour l'heure, j'avais l'esprit replié sur le boniment de ma première représentation, appris comme un rôle. Quant à mon costume, j'avais emprunté à l'un des gars de l'auberge une veste noire, certes élimée, mais qui me conférait un tantinet l'allure d'un magicien, en comparaison de mon paletot de laine brune. J'avais enfin cloué sur mon pupitre un écriteau indiquant : MAGICIEN SPECTACLE GRATUIT À VOTRE BON CŒUR.

L'emplacement, pour finir : par trouille des gardiens, je ne m'étais point installé à l'intérieur du parc zoologique, mais devant l'entrée de la rue Cuvier, à l'entour d'un stand de crêpes et de confiseries dont le fumet venait cruellement me picorer les naseaux. Sur ce bout de trottoir passeraient devant moi toutes les familles en route vers la ménagerie, assoiffées de souvenirs – donc d'inattendu.

Murmures. Une première grappe s'arrêta, trépignant que je commençasse.

Je maîtrisais encore mal le point clé du *regard* : devais-je m'adresser aux parents qui risquaient de me payer, ou à leurs chères têtes blondes ? Je naviguai ainsi de haut en bas jusqu'au bouquet final dont l'effet, pensais-je, serait mieux compris par les adultes.

Et je pensais bien.

Nous formions une bonne équipe

Excursus. Il est temps d'exposer le bouquet final en question, qui constituait à cette période mon apothéose, et nécessitait donc un chapeau. Un tour simple, encore une fois, mais qu'un laïus adroit, et l'assistance de mon inavouable complice, rendait tout à fait indéchiffrable.

M'appuyant sur des théories physiques d'avant-garde, je clamais que la pensée, moyennant une concentration extrême, avait le pouvoir de faire voyager les choses. Je remettais alors le jeu à un scrutateur, qui vérifiait qu'il était normal, avant de le glisser dans son étui.

Là, je prononçais une phrase dont l'invention fit ma fierté : « Mesdames et messieurs, si j'étais juste un magicien, vous verriez mes manches s'agiter durant cette expérience, mais en tant que physicien, je souhaite écarter le doute de vos esprits, ainsi j'exige qu'on m'immobilise les mains, afin que le prodige s'exprime dans sa plus intégrale pureté. » Et d'ajouter : « Permettez, avant de débuter, qu'humblement je me découvre devant le dieu de la Science. »

Cette dernière sentence, qui passait pour une galéjade, avait l'avantage de me faire poser mon béret

– à défaut de chapeau, c'est le seul couvre-chef que j'avais pu trouver – sur ma chaire de fortune. Or ce béret allait devenir le cœur de la scène. Car l'instant suivant, je plaçais l'étui entre mes paumes, dictant à un spectateur de fermer les siennes sur les miennes, afin de conjurer toute passe-passe. Là seulement, il énonçait une carte, que ma troisième main aussitôt isolait dans un jeu classé sous ma chemise, et déposait en catimini dans le béret… au moment où je soufflais sur mes mains enserrées en hurlant : « Que le cinq de cœur disparaisse de ce jeu ! » Le béret n'ayant pas été désigné comme intervenant du tour, j'avais un temps d'avance, et le public était si obnubilé par le bout de mes bras que, de toute manière, l'idée de le surveiller ne le traversait pas. Stop. Hans ici regagnait sa tanière tandis que je reculais d'un pas et lâchais le jeu dans ma poche. Après un silence de sociétaire, je poursuivais : « Vous ne le savez pas… mais un miracle vient de se produire. Madame, vous m'avez réclamé le cinq de cœur. Approchez et, pour la première fois, examinez je vous prie ce chapeau qu'à aucun moment mes mains n'ont effleuré. » Madame approchait… et y pêchait en frissonnant son cinq de cœur. Tonnerre d'applaudissements.

Stop *bis*. Lorsqu'un petit ou un grand malin s'écriait : « Fais donc voir ton jeu, qu'il a bien disparu ! », je feignais de ressaisir mon paquet initial, mais c'était *l'autre paquet* que je prenais, forcément dépouillé de la carte élue – paquet que ma troisième main avait replacé dans ma poche par une fente interne.

Nous formions une bonne équipe.

Foulards, cordes, pièces et lapins

Erdnase ne se trompait pas en proclamant : *Nul domaine de la prestidigitation ne récompense si pleinement l'amateur de ses efforts et de son étude que la manipulation des cartes. Grâce à elles, l'artiste est sûr d'attirer les publics les plus variés et d'être apprécié à sa pleine valeur.*

Il n'y a, dans tout le monde civilisé, divertissement ou passe-temps plus répandu que les jeux de cartes, et rares sont ceux qui n'aiment pas à voir un bon tour.

Oui : je rencontrai – nous rencontrâmes – d'emblée un vif succès avec ce spectacle élémentaire, dont l'efficacité s'améliora. Mon boniment gagna en prestance, s'enrichissant de plaisanteries qui n'étaient jamais gratuites et consolidaient l'effet magique.

[Pause. J'avais bien en tête, si l'illusion devenait ma vie, d'explorer d'autres champs de la discipline : foulards, cordes, pièces et lapins. Mais chaque chose en son temps, atermoyais-je.]

Et là encore, Erdnase me confortait dans ma prudence : *L'avantage principal de la* cartomagie, *c'est que le manipulateur peut se passer de tous ces appareils qui encombrent les autres branches de l'illusionnisme, et qui nécessitent des préparatifs sans fin.*

C'était dur à croire et pourtant vrai : avec un (en réalité deux) jeu de cartes, je parvins à passer l'hiver, troquant bientôt mon tournebride contre un galetas mal chauffé, mais dont le poétique hublot donnait sur les tours de l'île Saint-Louis.

La guerre avait tant obscurci les cœurs que ses survivants dispersaient sans remords ce que Dieu avait oublié au fond de leurs poches.

Dès que le jour tombait, je rempilais mes cartons et ralliais mes pénates pour chiffrer les gains.

Puis-je l'écrire dans ce carnet ? Dès le deuxième mois, j'encaissais jusqu'à vingt francs par semaine, davantage que le salaire d'un manœuvre – lequel pour sa part n'avait guère la liberté de chômer par temps de pluie. Osons l'avouer : ce premier spectacle me permit même de me constituer un bas de laine.

Quant à ma troisième main, elle se satisfit sans révolte de ce nouveau programme. Elle dormait au chaud, ne manquait point de pitance, n'était insultée par personne – et au contraire : se voyait applaudie par de multiples paires de son espèce.

À neuf heures elle était aussi harassée que moi, et nous nous assoupissions après que je lui avais fait la lecture du roman en cours. Dickens nous occupa fort.

[Puis un certain Proust qui devenait célèbre, dont le style entortillé évoquait peut-être à son oreille invisible le fleuve de sa langue maternelle.]

Tout cela – je m'en avise en me relisant – ressemble à un décor d'aquarelle, aux très riches heures d'un conte qui finit bien. Mais comme le savent les lecteurs de contes, tout n'est jamais bien qui finit bien.

Deux entrevues, sans lien l'une avec l'autre, allaient au demeurant en décider autrement.

Je rétorquai que je ne savais pas jouer au bonneteau

Un soir que je pliais mes gaules, deux galopins en blouson vinrent à ma rencontre.

Ils avaient observé quantité de magiciens de rue et je faisais montre, selon eux, d'une habileté rare. Sentant poindre le piège, je levai le camp. Les gars m'escortèrent : « Connais-tu le bonneteau ? » lança l'un. Je connaissais fort bien le bonneteau – ce jeu à trois cartes, deux noires et une rouge, où il s'agit de parier sur la rouge… après qu'elles ont été brouillées : Erdnase y consacrait plusieurs chapitres. Je m'y étais même exercé – conscient qu'avec ma troisième main, j'eusse été certain de gagner à tous les coups contre le meilleur tricheur. Mais justement : j'avais résolu dès le départ de me tenir écarté des tripots ; légitimes ou clandestins. C'était en effet la meilleure façon de fricoter avec ceux que je devais éviter, si j'entendais que ma vie demeurât non point paisible, il ne fallait pas exagérer, mais du moins modérée dans ses attaches au chaos.

Je rétorquai que je ne savais pas jouer au bonneteau, et que les jeux d'argent ne m'intéressaient guère. L'autre fripouille prit le relais : « Tu sais, tu pourrais gagner bien plus… »

Je restai ferme : « J'aime la magie, pas autre chose. Au revoir. » Sur ces mots, je parvins à me détacher de leur étau, mais poursuivis ma route sans tranquillité.

Car c'était évident qu'ils reviendraient.

Et ils revinrent la semaine suivante, même jour, même heure, un brin plus déterminés.

Cette fois-là, ils me dirent qu'ils connaissaient *beaucoup de gens*, et que leur patron n'aimait pas qu'on lui dît non. Qu'il était dans mon intérêt de considérer leur proposition.

La proposition était pesée, ressassai-je, et ma réponse n'avait point varié.

Une semaine plus tard, mazette, les fripouilles ne parurent pas.

À leur place : une dame en noir, toute ficelée de dentelle, s'introduisant avec un sourire qui ne devait pas être loin de celui de Faust. [On eût dit qu'elle n'avait su choisir entre le deuil et la coquetterie.] La pointe de ses longs cheveux caressait ses hanches rentrées, qui se toisaient en parenthèses. Elle devait avoir dix ou douze ans de plus que moi, mais son charme, qui n'était pas qu'une beauté, m'enveloppa d'une ombre inédite et instantanée.

Elle me tendit une carte : « Élise Jacques, j'administre un cabaret de mystère près des Tuileries.

Ne voudriez-vous pas vous y produire ? J'aime *infiniment* votre geste… »

Derechef je déclinai : « Merci de vos éloges, dis-je, mais je ne souhaite plus travailler pour quelqu'un. » À cette réplique, l'inconnue passa le dos de sa main froide sur ma joue, murmurant : « Mais vous ne travailleriez pas pour moi, nous travaillerions *ensemble.* »

Stop. Au remue-ménage sous ma chemise, je compris que je n'étais pas le seul, ce soir-là, à être troublé par Élise Jacques – rebaptisée *in petto* : la « veuve noire ».

Je ne changeai pas d'axe

Toute la nuit, une image me tournailla devant les yeux, déréglant mon sommeil : sans que je pusse le démontrer, il me semblait que j'avais déjà entraperçu cette femme, frôlé sa silhouette, respiré son parfum... Était-elle déjà venue m'étudier, m'épier ?

Était-ce un rêve ou un mirage ?

Malgré moi, j'éprouvai l'impression d'être d'ores et déjà sa proie, sinon sa capture, et m'endormis avec un sentiment diffus de méfiance, qui me démangea jusqu'à la joue qu'elle avait caressée.

En dépit de ma récente faculté d'illusion, je n'étais pas mage toutefois : s'il fallait cette nuit-là qu'une méfiance me rongeât, c'eût dû être celle des deux gredins qui ricochèrent le jour d'après, avec des yeux plus pugnaces. Leur employeur me laissait trois jours pour collaborer, sans quoi j'assumerais *les conséquences* de mon aheurtement. Stop. Mes crapules avaient des progrès à faire en menace : sur le front de l'un coulait une épaisse sueur, les mains de l'autre flageolaient comme des aigrettes.

Je songeai à une phrase de ma mère : « On leur presserait le nez qu'il en sortirait du lait. » Enhardi par leur amateurisme – et un proverbe de Buissonnier qui posait que *le meilleur moment pour dire non, c'est tout de suite* –, je ne changeai pas d'axe, laissant entendre qu'en cas de brouille, en l'une de mes poches de magicien, j'avais au côté un canif qui se chargerait de répondre pour son maître. Cette fermeté fit florès : les gamins décampèrent en s'excusant presque. Je crus naïvement que j'en avais fini avec eux.

Deux ou trois semaines passèrent alors, jusqu'aux premiers jours d'avril qui ouvrirent le ciel aux papillons, et virent rosir les bourgeons.

Soleil. Pour la première fois depuis des lustres, j'eus l'audace de ne pas accorder à l'angoisse toute la place et, à la faveur du printemps recommencé, l'outrecuidance de me réjouir, un instant, d'exister.

Mais comme je le déplorais plus haut : l'insouciant a le monde contre lui.

Quelque chose, toujours, doit mal se passer.

Stop *bis*. Ce quelque chose prit sans surprise pour attelage les jeunes galapiats qui avaient failli à leur mission, et me rendirent soudain visite avec des pistolets dépassant de leurs imperméables.

L'un d'eux maronna : « Maintenant t'vas faire ce qu'on t'dit. » Tenu en joue devant et derrière, je ne m'enhardis point à la réfutation platonicienne, me laissant convoyer à l'aveugle… jusqu'à remarquer que nous étions entrés dans l'enceinte du zoo – et frisions la fosse aux lions.

Entendaient-ils m'intimider à la vue de ces bêtes ? La question cessa de se poser lorsque ma troisième main, mue par une bonne intention et une très mauvaise idée, déclencha une bagarre, poussant dans le dos l'un de mes ravisseurs qui, sans réfléchir – mais la réflexion n'était certes pas son fort –, se défendit en m'agrippant par les épaules, avant de m'expulser par-dessus bord.

Je veux dire : le bord de la fosse aux lions.

Leurs pattes reculèrent de plusieurs pas

Être de la nourriture, voilà qui confronte sans préambule à la matérialité du corps.

Et ravigote une évidence : nous ne sommes pas seuls sur Terre. Possesseurs d'une chair enviable pour tant d'espèces, nous demeurons un banal chaînon du règne animal qui, en raison de son *âme*, se croit supérieur aux autres. L'âme pourtant ne dispense point de finir déchiqueté dans l'estomac d'un lion, lequel n'aura commis d'autre crime que d'avoir faim.

Passé le choc de la chute – la fosse était quand même profonde de quatre ou cinq mètres –, je me ressouvins de mon entretien avec ce vieillard qui avait tout vu. Si les fauves avaient survécu à cette dernière guerre, ils n'avaient pas dû se mettre sous la dent bien des morceaux de choix.

[Les bêtes qui surgirent de derrière un rocher factice s'avérèrent en effet fort efflanquées… ce qui avait pour effet d'accentuer la sauvagerie de leur démarche et, faut-il le préciser, ma terreur.]

Dans un élan de courage, les marlous responsables de ma dévoration imminente avaient déguerpi sans demander leur reste, mais comme de coutume, un attroupement de badauds s'accota au parapet pour assister au carnage. La Rome antique n'était pas loin.

Quant aux gardes du zoo, alertés par le tapage, après avoir en vain sifflé et tapé dans leurs mains, ils jetèrent des morceaux de viande à l'autre coin de la fosse. Envoûtés par l'inédit, avec un dédain approprié, les lions battirent froid à ces dérivatifs. Stop. Eux qui avaient d'abord paru indolents, puis curieux, passèrent d'un coup en position de chasse, braquant leurs énormes pieds roux vers mon anatomie.

Lorsqu'ils furent à distance assez proche pour qu'un chrétien eût éprouvé l'urgence de réciter ses ultimes prières, j'entendis des cris en contre-haut.

Une femme : « Ils vont le manger ! »

Un garçon : « Au secours ! »

Une autre femme : « Comment est-il tombé ? »

[Il est vrai que cette question était la plus pressante : près de la fin, je trouvai ici le moyen de sourire. Je me dis d'ailleurs à cet instant que cette mort, quoique cruelle, venait à pic : après trois minutes de châtiment j'en aurais fini avec les incertitudes qui me taraudaient.]

Arrêt. Par regard, je vis se déboucler la gueule d'un des deux fauves – et en pensée, ou en fantasme ?, tandis que je fermais les yeux, cette même gueule arracher d'un croc la moitié de ma joue, puis mes mains, et tous mes orteils. Or je l'ai dit : je n'étais pas mage… aussi le réel différa de mon intuition.

Car sous mon gilet de coton, je sentis ici mon secret soulever ma chemise en se contractant, telle une mâchoire prête à mordre, à la suite de quoi mes prédateurs, qui s'entraînaient jusque-là à grogner et à saliver à mesure qu'ils approchaient, se mirent subitement à rugir – mais d'effroi, plus que d'appétit.

Leurs pattes reculèrent de plusieurs pas.

Un homme hurla : « Regardez ! Il leur fait peur ! »

Alors les rois de la savane, qui n'avaient plus l'air que de gros matous craintifs, détalèrent avec des sanglots dans la crinière en direction de leur cage. Confus de décevoir mon public (qui n'eût été rassasié que si les lions l'avaient été), je m'accrochai à la corde qu'on lança aussitôt, quittant l'enclos de la mort immédiate pour réintégrer celui, universel, de la mort contingente.

Je demeurais intéressé par le fait de vivre

Ne tenant à être ni ausculté ni interrogé, je me sauvai en fendant une foule de figures plus émues que la mienne, tant il est vrai que l'épouvante se savoure mieux par procuration.

De retour chez moi, je me posai sur l'unique tabouret, et perçai en pleurant l'abcès qui me tenait la gorge. Comme c'était déjà arrivé, ma troisième main sortit de sa tanière pour se poser sur mon épaule. J'éprouvai alors ce déplaisant truisme : lorsqu'on est au plus mal, on saisit la première main tendue, fût-elle la moins recommandable. Stop. La formule est erronée. Car non seulement on la saisit, mais en sus elle nous réconforte. [Cela étant dit, ce désir de consolation ne montrait-il pas que Hans avait de la bonté en lui ? J'eus honte de le penser, et à présent de l'écrire, mais les pires assassins n'ont-ils pas droit à leur avocat ?]

Stop *bis*. Fallait-il néanmoins le remercier pour son geste ? Si je faisais le compte : m'avait-il plus de fois ruiné ou sauvé la vie ? Je ne fis pas ce compte.

Sur ce même tabouret, un maelström d'émotions me traversa soudain. Je fluctuai entre les époques.

Des limbes, rejaillit ma vieille histoire d'amour avec les chats : la colère que cette « histoire » inspirait à mon père, et le brutal désamour de ces mêmes félins, lorsque j'étais rentré dans ma ville après la séquestration de Gottschalk.

Diable ! La seule évocation de ce nom me plongea dans des puits d'égarement.

Car ce taré, en vérité, était plus fautif que ma troisième main. N'eussé-je jamais croisé sa route, et Hans non plus, son résidu de bras aurait été grignoté par les vers, ou disséminé par d'autres bombes avec d'autres morceaux de pied, de jambe, d'humains déliés par la guerre.

Quant à moi, sans ce fléau, j'aurais conduit ma barque à l'inverse, je me serais occupé de ma mère, je serais parti à la recherche de Mariette… Tiens – qu'était devenue Mariette ? Son visage vacilla à la façon d'un spectre, que la gomme du silence arasa comme s'il n'avait jamais existé.

Après les limbes… surgit enfin un souvenir livresque : un poème de 1902 signé Rainer M. Rilke, écrit en hommage à la dernière panthère de la ménagerie du Jardin des Plantes, qui allait périr en captivité.

Son regard est si las de traverser les barreaux qu'il ne fixe plus rien.

Pour cet animal, c'est comme s'il y avait un millier de barreaux, et derrière, le néant.

Ma mémoire était devenue la panthère de ce poème, claustrée derrière mille barres ouvertes sur le néant. Et pourtant, si je m'enfonçais dans les abysses de ma volonté, en dépit de la guerre, de ma mère, de Gottschalk même… je demeurais intéressé par le fait de vivre.

La Boîte de Pandore

Lorsque le soleil expirera, pulvérisant l'univers, adviendra un jour – mais les jours seront-ils encore une *chose*? – où Bach n'aura jamais existé, où Napoléon ne sera point né, où la somme de toutes les joies et les peines de l'humanité ne pèsera pas plus lourd qu'une goutte de pluie.

Tout cela pour dire que j'aurais pu poursuivre mon spectacle à deux pas de la fosse où j'avais manqué de perdre la vie, me foutre des voyous qui m'y avaient propulsé, espérant qu'après un tel drame (ou un tel miracle) ils me laisseraient en paix; considérant par-dessus tout que ce qui devait arriver arriverait, tout cela n'ayant aucune importance au regard de l'infinité de l'espace et du temps.

Mais l'esprit humain étant ainsi fait qu'il raisonne entre les bornes de sa médiocre échelle, je résolus, dès le lendemain des lions, de ne pas retourner rue Cuvier. Oui : je laissais volontiers la course à l'abîme aux autres, si je pouvais déjouer l'adversité en restant simplement chez moi.

D'autre part, la Providence avait si souvent semé ses cailloux blancs sur ma route que je choisis, comme d'habitude, de ramasser le dernier en date.

Ce caillou était une carte de visite, glissée dans ma poche par cette spectatrice administrant « *un cabaret de mystère près des Tuileries* », et que j'avais baptisée la veuve noire. Pause. Pour la première fois j'inspectai ainsi son bristol, qui révéla le dessin gaufré d'un haut-de-forme dont dépassaient non pas deux... mais trois oreilles de lapin. [De trois lapins à trois mains, cette coïncidence m'excita à persévérer.] Sous le croquis du chapeau, s'étalait en lettres calligraphiées le nom dudit club de nuit, que je n'avais jamais pris la peine de déchiffrer, et une adresse : La Boîte de Pandore – 12, rue d'Argenteuil. *Tenue correcte exigée.*

Après un lourd sommeil où je ne rêvai même pas de rugissements, puis un petit déjeuner que je m'offris au Flore pour fêter le premier acte révolu de mon spectacle, émiettant sur ma chemise les meilleurs croissants de mon existence, je flânai dans le Quartier latin pour faire dégoutter le temps, attendu qu'on ne frappe pas à la porte d'un *cabaret de mystère* à deux heures de l'après-midi.

Stop. Lorsque l'église Saint-Germain-des-Prés sonna vingt heures, je mis le cap vers le 12, rue d'Argenteuil... le ventre animé d'un mélange de hâte et d'anxiété.

[Ce même sentiment qui avait cortégé ma rencontre avec la veuve noire.]

La deuxième rencontre serait, en l'occurrence, tout aussi délectable – et tout aussi étrange.

Aboutissant à l'adresse indiquée, je ne localisai d'abord aucun numéro 12, avant d'aviser sur le flanc d'une mercerie, dont la vitrine de pelotes chamarrées aspirait l'attention, une plaque à demi cachée surmontant une traboule en pierre de taille, au fond de laquelle se découpait une petite et cependant élégante porte noire, agrémentée d'un heurtoir doré à tête de lion.

Les coïncidences cumulaient au point de me faire flotter dans un rêve. Je tapai trois coups.

La porte s'ouvrit aussitôt : « Mais entrez… je n'attendais que vous. »

Je décuplais en un soir mon salaire de la semaine

Stop. S'inaugurait ce jour-là, sans que je le susse, une ère nouvelle de ma vie qui durerait presque dix ans, et me couperait définitivement – hormis une infâme découverte – de mon passé.

Mais avançons par étapes.

Dès que je posai le pied dans l'enceinte feutrée de la Boîte de Pandore, ma peau s'imprégna d'un parfum inédit : le parfum du luxe et du velours. Velours qui m'évoqua par réflexe les appartements privés de Lulu, au dernier étage du pénitencier de Louvain.

Ce faste cependant n'était pas rouge : il était noir du sol aux lustres, ou plus exactement noir et or, à l'image de la secrète porte qui y menait.

D'où tenait-elle ses moyens ? Le cabaret de la veuve noire, de taille assez modeste, vous donnait l'impression de pénétrer dans un écrin. Chaque détail exhalait la quintessence du chic parisien. La moindre poignée de porte, le moindre fauteuil semblait avoir été conçu, sculpté pour le lieu.

Peu nombreux, la trentaine de spectateurs reçus autour de minuit en cette divine enveloppe pouvaient s'estimer chanceux. Il suffisait d'observer le décor pour se croire roi ou reine d'un ténébreux royaume.

Mais à quoi s'occupait-on dans ce royaume ?

Les moelleuses méridiennes qui faisaient face à la scène, entre le bar et le piano, donnaient une première réponse : on s'y émerveillait, buvait, riait, s'évertuant à équilibrer – ce que les exquis cocktails ne facilitaient guère – distinction et lascivité.

Car d'évidence, les femmes du monde ne frayaient pas avec le velours de cette Boîte.

Une telle arène se destinait aux cocottes, aux demi-mondaines, à l'extraconjugal. Mais un extraconjugal d'une certaine classe, tant les prix des boissons me parurent insensés. Le moindre rhum y coûtait le prix d'un rubis. Entrer dans cette grotte… c'était déjà se transformer en bijou.

Incontestablement, si je me produisais là, je gravirais une nouvelle marche dans ma carrière.

[Stop encore. Je n'avais jamais songé au mot *carrière*. Mais j'avais assez songé aux mots *froid*, *faim*, *loyer*, *errance*, pour faire taire la honte de le voir sonner à mon esprit.]

Après tout… si j'avais fui les abords de la ménagerie, c'était pour me préserver. Et accepter de présenter mes tours sur cette scène allait dans le sens d'une telle préservation.

D'une telle *élévation*, même : d'emblée, Mademoiselle Jacques avait annoncé les conditions mirifiques de notre alliance : « Pour chaque spectacle, j'offre un cinquième des recettes du bar à l'artiste, qui s'élèvent en moyenne à huit cents francs par nuit. Cela pourrait vous convenir ? »

Me convenir ? L'arithmétique m'envahit la tête à me rendre fou. Si j'acceptais son contrat, je décuplais en un soir mon salaire de la semaine. Où était le piège ? [Je ne pouvais m'empêcher de chercher le piège – sans mettre la main dessus.]

C'est ainsi que je m'entendis accepter l'offre, pour le grand bonheur de mon embaucheuse, qui passa de nouveau sa main froide sur ma nuque, susurrant cette fois-ci : « Charles, votre mystère… me parle. »

Une rigidité inhabituelle

Je regagnai ma mansarde à minuit... avec l'idée que si tout coulait sans obstacle, je ne dormirais bientôt plus dans cette étroite pièce.

Je regagnai ma mansarde à minuit... avec une fièvre certaine.

J'avais passé la soirée à discuter avec Élise et me sentais ivre de ses intonations, de ses mots, de son intelligence – autant que des alcools rares qu'elle m'avait servis dans des gobelets de cristal.

Je ne pouvais nier que cette femme m'attirait, m'envoûtait... Bien qu'une voix au fond de ma conscience me recommandât de m'en tenir avec elle à un lien strictement professionnel.

[Cette voix pour l'instant gardait le dessus, mais pour combien de temps ?]

Pause. Il advint aussi ce soir-là une chose peut-être fondatrice, que je me hais de devoir relater.

Mais quel serait l'intérêt de ce journal sans le courage de la vérité ?

Alors contons : tandis que je me déshabillais pour passer mon pyjama, une rigidité inhabituelle me fit baisser le regard vers la moitié inférieure de mon corps.

Une fois n'est pas coutume : elle prenait racine plus bas qu'à la source de tous mes problèmes – je veux dire : plus bas que le nombril, plus bas que ma troisième main. Comme je n'étais pas stupide, je compris que cette *rigidité inhabituelle* était somme toute très habituelle, qu'elle procédait d'un afflux de sang organisé par la nature, et se nommait « érection ».

Arrêt. Pour la première fois dans l'histoire de notre cohabitation, il me sembla que ce fut elle, et non l'inverse, qui se trouva embarrassée par moi.

Tel un convive entré par mégarde dans une chambre… pour surprendre un ébat qui ne le concerne guère, Hans ne sut littéralement plus où se mettre, se carapatant derrière mon dos comme pour ne pas voir la chose que ma jeune virilité se targuait à son corps défendant de brandir.

Rembobinant l'historiographie de ma puberté, je m'avisai que « l'accident fondateur » m'avait détourné de ce gluant rituel qui encombre les nuits des mâles de quatorze ou quinze ans.

La présence d'un autre en moi, à côté de moi, avait fixé dans mon caractère une pudeur née de l'impossible solitude et, par conséquent, de l'impossible abandon.

Stop. Je n'étais pas croyant, je l'ai rabâché, mais l'eussé-je été, cette élection qui n'était pas de mon fait m'aurait dispensé de demander cent fois pardon au Très-Haut pour ma dépravation.

Il n'est jamais trop tard pour se racheter : tablant sur nos années de promiscuité, et sur l'avance de coups pendables qu'il détenait, je fis ce soir-là mon affaire au détriment de la gêne de Hans, poissant le parquet de la chambre – et mon existence – de l'irréfragable jus du vice.

Je n'eus pas honte au réveil de cette épiphanie de chair.

Mes trois années de prison avaient assez banalisé les pulsions masculines. Pour une fois qu'une chose émanant de moi n'était ni déréglée ni monstrueuse, je l'accueillis avec allant.

Une ligne franche fortifia cette quiétude : mon désir pour Élise resterait à l'état de désir.

La fin saumâtre de notre mariage avec Lulu ne m'avait-elle pas résolu à enrayer tout commerce avec l'autre sexe ? Hans n'en disconvenait pas, mais répéta que cela lui *manquait* de *toucher la famme*.

Je rétorquai que je compatissais, mais que cette clause état irrévocable.

Jusqu'à preuve du contraire, c'était encore moi qui commandais.

Pause. Je dois confesser ici qu'il me sembla d'autant plus envisageable de résister aux attraits de ma nouvelle employeuse à la faveur du pis-aller qui s'était épanoui la veille, et m'assurait, en cas de détresse, de pouvoir remédier moi-même à mes besoins les plus pressants.

[Mon acolyte, qui ne pouvait accéder à mes pensées, repéra-t-il cet égoïsme coupable ? Je m'aperçus en tout cas qu'une main pouvait faire la tête. Mais notre coopération n'en fut par chance point affectée : elle aussi, peut-être, gagnait en maturité.]

Retour à la magie. Je m'entraînai plusieurs matinées dans le cabaret vide, ajoutant trois tours à mon numéro, dont une carte signée s'éclipsant de la poche d'un spectateur… pour resurgir à l'intérieur d'un citron – mon auxiliaire clandestin se chargeant d'enfoncer en sous-main le carton dans le fruit.

Effet bœuf. Dès le premier soir, je rencontrai un succès que peu d'artistes durent connaître.

Il faut dire que la rue m'avait acclimaté aux conditions ingrates : intempéries, fortes têtes, sales gosses, mépris bourgeois et rivalité des gaufres adjacentes.

Il faut dire, en outre, que sur la scène de Pandore, je devenais l'unique attraction d'une kyrielle de couples illégitimes, qui ne demandaient qu'à se distraire avant de s'encanailler – tant il est vrai, comme le dit Clemenceau, que *le meilleur moment de l'amour, c'est quand on monte l'escalier.*

J'étais l'escalier.

Enfin, si l'habit ne fait pas le moine, il fait sans aucun doute l'illusionniste.

Car j'arborais désormais un trois-pièces sur mesure, queue-de-pie, cachemire noir cousu de fil d'or à l'imitation du décor, dont la coupe parfaite accrut mon prestige.

Non. Stop. Pouvait-ce n'être qu'une affaire de talent et d'habit ?

J'avais certes un secret de plus que les autres, mais mon expérience était trop limitée pour que ce seul secret justifiât autant de vivats, autant de bravos, autant de gloire.

Il y avait forcément autre chose.

Je pris un peu de poids et d'assurance

Or cette chose, j'avais beau la chercher, je ne la décelais pas – me contentant pour une fois de cueillir les fruits que chaque jour faisait opportunément choir dans ma main.

Dès la deuxième semaine, la Boîte de Pandore afficha complet, devenant le cabaret le plus prisé des nantis adultères. Le scrupule né de leur infidélité les incitant à se délester plus que de raison, les pourboires qui atterrirent dans mes poches doublèrent mes revenus.

Au point de me permettre de louer un superbe meublé rue de Rivoli, offrant une vue olympienne sur les tilleuls des Tuileries. Stop. Je décorai bientôt mon logis d'objets d'illusion de toutes époques, apprenant à brocanter auprès d'Élise, qui était au fait du moindre établissement en vogue – et surtout, des tables les plus courues de la capitale.

Paul-Jean Toulet écrit que *l'argent est une troisième main.*

La phrase pour moi fonctionnait à l'envers : ma troisième main était de l'argent.

C'est à cette période, en l'espèce, que je me rendis compte qu'il existait d'autres aliments que le pain, les patates, l'œuf sur le plat et les nouilles – d'autres boissons que le cidre, la bière et l'eau.

Je veux parler de la terrine de pintadeau à la truffe, du homard à l'américaine, des huîtres, des bulots, des *blinis* russes et du caviar, des coquilles Saint-Jacques, du tournedos Rossini, du sabayon aux framboises, de la charlotte au chocolat, sans oublier l'armagnac vieille réserve, le sauternes de chez Yquem, le bordeaux de chez Lafite-Rothschild, les vins Margaux.

[Stop *bis*. Ma main, qui ne possédait ni bouche ni papilles, parut se réjouir de digérer ces mets inédits « avec moi ». Présumons que, prenant sa source dans mon ventre, elle assimilait un quantile du bien-être qui en émanait ?]

Quant à moi, je pris un peu de poids et d'assurance.

À défaut d'amis, je me fis des relations – et me surpris un soir, lorgnant le reflet d'un gentleman dans une vitre, à constater qu'il s'agissait du mien. J'avais décidément changé de rang.

Si bien qu'au fil de la petite année que dura cette sinécure, qui tranchait tant avec le hasard de ma naissance, je vis rejaillir un sentiment d'enfance : l'adéquation avec la substance du temps, je veux dire, l'utopie de croire que l'ordre des choses ne conspire point contre soi, que la vie ne se résume pas à une ignoble farce. [Cet état de confiance étant sans doute la plus proche définition du bonheur, puisque croire à la possibilité du bonheur suffit d'ores et déjà à être heureux.] Et je puis écrire en transparence que j'y crus un peu.

Pause. Seuls deux objets de vigilance entaillaient cette ritournelle, confinant tous deux à un semblable danger : les tentatives d'approche de ma protectrice, qu'à plusieurs reprises par semaine, telle une dactylo courtisée avec trop d'insistance, je devais habilement repousser, et les tentatives sauvages de mon greffon de saisir, contre ma directive, ces mains tendues.

Oui : j'étais le maître d'un chien indocile, obligé de raccourcir la bride à proximité de tout appât.

En sachant que ce désir voisinait avec le précipice

Quel était le secret de la fondatrice de Pandore ?

Comment expliquer son penchant pour ma chétive personne, elle qui avait à ses pieds tous les galants de Paris ? [Car il faut noter qu'Élise, distincte de toutes les autres femmes, était aussi la plus désirable de toutes.] Oui comment peindre, sans connaître son secret, son portrait ?

Le portrait s'esquisse, je l'ai dit, par la voix. Ou plutôt, par les mots que cette voix débitait avec le tranchant d'une dague sertie de diamants. Chacun se réfère, en un même pays, au même lexique, mais le dictionnaire d'Élise était unique, en cruauté comme en acuité. Dès que les derniers habitués quittaient Pandore, elle assassinait chaque couple, chaque poule, chaque banquier venu se ruiner chez elle. D'un *lazzi*, d'un *concetto*, elle jetait ses anathèmes, épinglait les contradictions du moindre parvenu avec un brio effroyable. Stop. Peignons aussi ses récits d'une phrase, dont chacune aurait inspiré une nouvelle à Edgar Poe : ce garçonnet rendu infirme par un pied bot qui, adulte, devint le plus fameux collectionneur de cannes d'Amérique. Ce nouveau-né dont la mort subite déchira le cœur de sa mère… avant que les sages-femmes s'avisent que gigotait un second bébé dans ce même ventre – résurrection instantanée. Cette héritière richissime qui avait l'obsession du jeu, et voyageait sans billet de train pour défier le hasard. Cet aveugle qui dessinait des nuages plus vrais que nature. Cet hypocrite banquet d'aristocrates, qui pleurèrent ensemble la disparition d'un ami dont ils ne retrouvaient même plus le nom. [On riait certes noir, mais on riait.]

Lorsque les yeux de cette diseuse se posaient sur vous, on devenait la chose la plus importante de son monde, donc *du monde.*

Ses boucles d'oreilles, tissées de deux fils d'or au bout desquels tanguait un insecte d'obsidienne (guêpe, fourmi, scarabée), parachevaient le maléfice.

Le secret d'Élise était ce trouble qui vous faisait croire qu'elle pénétrait tous les vôtres.

Tel écrivain pose qu'il existe deux charmes : le charme d'ombre et le charme de lumière. Sans conteste, celui d'Élise ressortissait à la première catégorie.

Pour le dire autrement, outre sa figure, qui semblait avoir été taillée par un Dieu des angles purs, le port sublime de son nez, l'énigmatique autorité de ses lèvres, c'est son esprit qui s'infiltrait sous votre peau, remontait dans les veines jusqu'à vous picorer l'âme.

On eût juré que sous son crâne travaillait une usine qui devinait vos pensées, se les appropriait – et malgré cela, en sachant que ce désir voisinait avec le précipice, on avait soif de s'en remettre à elle.

Main froide, cœur chaud, dit-on.

Quoiqu'une part de moi brûlât d'être pénétrée, j'avais pourtant résolu de renverser le proverbe en me fiant à l'autre part – celle qui m'avait fait détourner la joue dès la première rencontre.

Celle qui m'avait inspiré ce qualificatif, par trop prémonitoire, de veuve noire.

Chaque fin de soirée était à l'avenant

Je me relis. Je me morigène.

Mon projet n'est pas ici de dénoncer Élise : après tout j'étais libre de mes actes, et j'aurais pu refuser de me produire en son cabaret. Que la suite m'eût mené vers l'ombre à tombeau ouvert, c'est autant ma faute que la sienne, si tant est que l'on puisse nommer faute ce qui constitue l'essence d'un individu : Élise ne fut coupable que d'être elle-même. Mais tout cela doit paraître abscons aux yeux du lecteur qui ne connaît pas la suite. Ainsi – exposons.

Chaque soir qu'Élise fermait son établissement au public, me concoctant un ultime Manhattan, suivi d'un Mississippi punch (l'image de son shaker d'or valsant entre ses mains expertes), avant de venir s'asseoir à la table où je décompressais, s'initiait un jeu de dupes. Elle chuchotait : « Je ne veux pas savoir comment vous faites… », avec l'air de dire : « Je sais comment vous faites. » Je répondais, timide au départ, puis égayé : « Les magiciens ne révèlent pas leurs secrets, vous savez bien. » Elle souriait ici de ce sourire qui nous rendait complices d'un non-dit dont elle jouissait. Pause. Il y avait alors un silence… auquel j'assistais en spectateur et prenais part comme acteur. Car on était toujours des deux côtés à la fois avec Élise.

À l'issue de ce premier silence, un silence moins turlupin s'installait.

Je ruminais la promesse que je m'étais faite : plus de femme – et surtout pas elle.

Si Hans s'éveillait dans les profondeurs… d'un coup de coude je le tançais.

Enfin, lorsque Élise amorçait sa harangue enjôleuse, je déclinais un arsenal de stratégies pour lui faire entendre que d'une part je n'y répondrais pas, et pour m'efforcer d'autre part à faire dévier sa barque.

« Je parle tant – et vous si peu –, osa-t-elle un soir. Il y a pourtant quelque chose en vous qui me fascine, Charles, vous le savez… Même muet, vous êtes fascinant…

– Vous seriez déçue, ma chère, rétorquai-je avec malice. Comme tout prestidigitateur, je ne serais pas grand-chose sans mes trucs.

– Ce ne sont guère vos trucs qui m'intéressent, reprit-elle, mais ce que vous en faites. »

J'obliquai : « Vous aussi, vous êtes fascinante. Vous plaisez. Pourquoi ne pas en profiter? Pourquoi rabrouer vos prétendants, Élise?

– Plaire est facile, conclut-elle avec un zeste de glace. Intéresser : plus rare. »

Etc. Etc. Chaque fin de soirée était à l'avenant, entre blandice et frivolité, jeux de paroles et boucliers de mots. Je devais cependant attendre qu'Élise tirât le rideau, passât sa cape de flanelle noire et me glissât en poche ma solde du jour, pour rentrer chez moi m'écrouler.

Et ce théâtre se serait répliqué *ad vitam æternam*, si l'affreux vendredi 13 n'était pas advenu.

Mais lui n'avait point changé

Je n'étais pourtant pas superstitieux.

Cela faisait cinq mois que tournait à plein mon spectacle – intitulé par Élise... *La Main de Dieu.*

À son initiative, nous nous apprêtions à partir sur la côte normande : mes premières vacances depuis une éternité. Que dis-je, les premières de ma vie.

Ma tutrice (je ne trouve pas de meilleur mot) s'était occupée de toutes les réservations – en chambres séparées –, de Cabourg à Deauville et Houlgate, en passant par Étretat. J'allais voir la mer !

Du côté du cabaret, les derniers jours de juin, cela « ralentit » enfin un peu.

La moiteur de l'été 19 installa dans la capitale une atmosphère de jungle granitique.

Pour Paris également, ce seraient de premières vacances – depuis la fin de la guerre. De Fontainebleau à Vincennes, les foules épandirent dans les forêts leurs désirs clandestins ; autant que les très valables. Cet appel de la nature poussa certains maris volages à troquer le velours de Pandore contre la moelleuse mousse des sous-bois, ce qui expliquait la relative baisse de fréquentation du club qui était devenu ma seconde maison.

Bref – à cette période de mon aventure : un fleuve encore tranquille.

Mais arriva pourtant ce vendredi 13 juillet où, comme chaque nuit, j'entrai en scène coiffé d'un gibus dans lequel apparaîtrait la carte nommée par l'audience. [Ce fut cette fois le valet de cœur, un choix courant, qui permettait de pimenter mon boniment d'une opportune once de grivoiserie. Le valet... le cœur... inutile de développer.]

La spectatrice que je hélai sur scène fut acclamée comme de coutume. Mon regard se fixa sur son cloche de satin crème – des ourlets duquel giclait une crinière acajou, exhalant le miel et la fleur de figuier : le hasard me faisait ce soir-là côtoyer une délicieuse tireuse au sort. Comme de coutume *bis*, je me découvris devant elle, invoquant la galanterie; tandis que Hans plaçait dans mon chapeau la carte citée.

Abracadabra! Je priai mon assistante de sonder ledit couvre-chef, pour en extraire, béate, *son* valet. Tempête de hourras. Après quoi j'initiai mon finale, conviant sur scène... son chevalier servant.

Un homme nous rejoignit. [Pause. Précisons à cet endroit que les projecteurs tournés vers le plateau m'empêchaient de distinguer les visages.]

C'est pourquoi je ne reconnus celui-ci qu'à l'instant où il me fit face.

Mais *reconnaître* est un verbe trop faible.

Il faudrait écrire : ressusciter d'entre les morts.

Car ce visage dont le souffle alcoolisé vint chatouiller le duvet de ma barbe naissante, je l'avais déjà vu mille fois. Je l'avais déjà touché, perdu, aimé peut-être – pleuré c'est sûr.

Lui ne pouvait plus m'identifier… car depuis notre dernière rencontre, j'étais passé d'enfant à homme. J'avais appris à m'habiller. À m'habiter.

Mais lui n'avait point changé.

Lui était toujours, des pieds à la tête, indubitablement mon père.

Le cerveau doit être fait pour engranger un certain volume d'information par seconde écoulée.

Comment expliquer, sinon, le vertige qui me gagna, et cette guimauve en laquelle fondirent mes jambes, au point de devoir me concentrer pour ne pas chavirer sur scène ? Des mille questions qui me taraudaient, la plus lancinante était de savoir si mon père avait prémédité sa fausse mort, ou bien si l'idée avait éclos une fois largué sur le champ de bataille.

Stop. Tout en bonimentant, je scrutai ce traître qui n'avait rien perçu de mon désarroi, ne songeant qu'à profiter du spectacle devant sa poule : il avait l'air en pleine forme, et ne souffrait d'aucune blessure.

Ni mort – ni donc mutilé de guerre. Seulement un beau salopard.

Décortiquons son abject subterfuge : il lui avait suffi, au fond des tranchées, de s'emparer d'un cadavre anonyme, de passer autour de son poignet froid la plaque d'identité portant son numéro de matricule, et de s'évanouir dans la nature, le temps que la guerre s'achevât.

Tant pis pour son fils qui s'égarerait dans le néant, tant pis pour son épouse qui en mourrait de chagrin : c'était plus amusant de faire place nette, de renaître à Paris.

Retour au spectacle. Après le récit de son effacement – qui n'avait rien de magique –, mes pensées bifurquèrent vers l'existence actuelle de mon père. Gardait-il le même métier ? S'était-il remarié ? Avait-il de *nouveaux enfants* ? Cette femme rousse était-elle sa maîtresse ? Trompait-il déjà ma mère à l'époque ?

De telles équations avaient de quoi rendre fou. Et je le devins en effet à l'intérieur, tandis que se déroulait mon numéro, augmenté d'une coda surprise : l'apparition d'un second exemplaire de la carte élue... dans la poche du second témoin.

En l'occurrence, ainsi que nous l'avions répété, Hans avait déjà introduit dans le veston de mon père ledit valet de cœur, issu de son second jeu caché.

Pause. On sait que ma main n'entendait pas mon esprit. Mais elle perçut ce soir-là dans sa propre chair la rage qui me comprimait l'estomac.

Je me tenais derrière mon père, paumes brandies face au public pour écarter tout soupçon de passe-passe, déclamant ma réplique : « Monsieur, je vous suggère, si mademoiselle a su vous envoyer quelques bonnes ondes, d'inspecter votre veston... »

Aussitôt mon *spectateur* s'exécuta, ravi de contribuer à l'avènement de la magie : cela flattait toujours le narcissisme. Mais tandis que tous les yeux étaient braqués sur sa main fouilleuse, la mienne cachée – à qui je n'avais pourtant donné aucun ordre, n'ayant encore conçu de vengeance contre mon père – intervint sans que je pusse la retenir, fusant entre ses jambes par-derrière… pour lui attraper les couilles… jusqu'à les broyer comme des abricots trop mûrs.

Il hurla.

Qu'Élise avait-elle vu ?

Certains crurent à une mise en scène burlesque. Mais lorsque mon père tituba, manquant de s'effondrer après ses cris d'écorché (ma main l'écrabouillait bien davantage que Bompart), une panique se déclencha.

Ma première impulsion, après l'effroi, fut de détacher Hans de son trophée. Il l'étranglait cependant si fort qu'éclata un pugilat… à cinq mains – en comptant les miennes et celles de mon paternel. C'était affreux.

Au creux de ce chaos, jaillit toutefois la fraction de seconde la plus cruciale de cette nuit, sinon de ma vie : cet instant où, faisant volte-face pour me dévisager, mon père planta ses yeux dans les miens… saisissant tout à trac qui j'étais.

En un éclair, sa souffrance corporelle fut renversée alors par une souffrance morale qui me bouleversa, tant elle était supérieure à l'autre.

Stop. Cette miséricorde eut un effet sur Hans, qui lâcha son emprise, permettant à notre victime de fuir, tordu en deux, vers le fond de la salle.

Arrêt. Dans le nimbe des projecteurs de Pandore, les spectateurs de cet assaut avaient-ils repéré ma troisième main? Redevenais-je derechef un monstre, ou bien cette chose sortie de nulle part passerait-elle pour un artéfact malencontreusement exhibé? J'échouai à me décoiffer de ces interrogations – au vrai insignifiantes, à l'aune de ce qui allait suivre.

Car la grande question… une fois qu'Élise se fut excusée pour le *désagrément* auprès de ses habitués – dont aucun n'irait se plaindre, vu l'illicite de leur passage en ce lieu –, une fois que mon père – qui ne protesterait pas davantage, après ce que ses yeux avaient vu – eut gagné à son tour la sortie pour rallier la clinique la plus proche, et que ma patronne eut préparé comme si de rien n'était mon coutumier Manhattan, versant ce soir-là dans son shaker double ration de bourbon, un dé de son meilleur vermouth, six ou sept larmes amères d'angustura, le tout brassé de glaçons étincelants, et d'une cerise confite du rouge de ses lèvres –, la grande question, oui, regardait moins le public de ce cabaret que sa tête pensante : la femme à qui je devais mon élévation sociale, mon accès au luxe, jusqu'à une quasi-réconciliation avec ma troisième main.

L'être qui avait sculpté ma nouvelle existence.

Et cette grande question tenait en cinq mots : qu'Élise avait-elle vu?

Non. Je reformule. Disons plutôt : comment cette femme, que je n'avais point baptisée *veuve noire* pour rien, aurait-elle pu ne pas voir ?

Elle avait forcément vu quelque chose.

La question était donc : qu'allait-elle faire de ce qu'elle avait vu ?

Et par conséquent : qu'allais-je faire – moi – de ce qu'elle en ferait ?

Cette extrême impudeur

La question ne resta pas longtemps question.

L'instant d'après, ma vie basculait déjà dans un monde nouveau, que l'on pouvait nommer : *plaisir tragique*. Car dans la foulée de cet esclandre, sur la scène vide du cabaret, un rendez-vous d'un contre-nature achevé s'esquissa sous mes yeux, que je n'interrompis pas, trop remué par le chapelet qui venait de s'égrener : la résurrection – le cri – la bataille.

Voyez : alors que je reposais mon verre aux parois encore glacées sur le marbre du guéridon derrière lequel j'avais pris place pour expurger mes émotions, Élise tendit doucement le bras vers ma chemise, dupliquant à son insu l'affreuse impulsion de ma mère, la dernière fois que je l'avais vue.

Je le répète : j'étais si brouillé par la violence du réel que je ne puisai en moi ni la volonté, ni la faculté de l'arrêter. Au surplus, l'indignité dont s'était révélé capable mon père, cet homme qui m'avait engendré, balaya mes ultimes résistances contre le mauvais pressentiment redouté maintes fois dans ce carnet. C'est un paradoxe que je ne m'explique pas : je haïssais d'être son fils, mais sa monstruosité m'appelait. Et à défaut de le traquer (il avait orchestré sa mort – je décidai en riposte de la confirmer pour toujours dans ma conscience), je voulus goûter son venin.

Silence. La main tendue d'Élise… ce remuement sous mon habit… Hans émergeant telle une taupe engourdie de sa galerie… humant les ongles d'opale qui lui faisaient face… s'y mêlant… leurs doigts entrelacés… comme deux corps fusionnant… ou forniquant – d'après ce que le puceau que j'étais pouvait se représenter la chose – puis ne se lâchant plus… au point que j'eus soudain l'impression de les déranger. Stop. Je redressai la tête. Élise eut un geste miroir, qui fit qu'à cet endroit nos visages se trouvèrent face à face, le sien ensorcelé par l'acte en cours, le mien ensorcelé par elle ; et par cette extrême impudeur d'exposer ma troisième main.

Silence *bis*. Cela me navre d'écrire la suite, mais ce carnet a pour objet d'être authentique. [Et contient il me semble assez d'horreurs ou de perversion en tout genre pour ne pas déconcerter le vaillant lecteur qui serait parvenu jusqu'à cette page. Que l'on pardonne donc, que l'on comprenne ma concision.]

Des bougies moururent, accentuant la nébulosité de notre arène.

Les mains d'Élise et de Hans se dissocièrent… quand d'autres se joignirent au concerto.

C'étaient les miennes, déshabillant la femme dont je parle : son collier de perles noires, sa robe drapée d'organza, ses gants tout aussi noirs, ses bas lisses comme la nuit.

Silence *ter*. Surgit alors sous ces pans d'ombre une peau d'hiver, plus pâle que neige, plus douce qu'un coussinet de chat. Et deux seins que je n'avais osé croquer en pensée, qui étaient réels désormais, et atteignaient au rang de chefs-d'œuvre.

Je plaçai mes paumes sur ces seins.

Élise entrouvrit les lèvres : « J'attendais ce moment… depuis tellement longtemps. »

Je n'avais pourtant rien fait de mal?

Une table renversée… les doigts de ma troisième main… dans la bouche d'Élise… cette même main sur les seins d'Élise… mes doigts insinués dans le con d'Élise… ses mains à elle agrippant ma verge… l'amenant à sa bouche… ma troisième main venant l'y ficher comme une trique… puis cajolant la chevelure d'Élise… laquelle s'allonge sur le sol… me tire vers elle… Hans déchirant la guipure qui couvre sa vulve… la femme entre nous pressant derrière mes omoplates… accolant nos corps… mes hanches emportées par un élan incoercible… mon sexe virginal pénétrant dans le lieu interdit… mon fessier se cabrant et s'écroulant en proue… fendant les vagues… ce régal sous chaque pore de ma peau… ces râles d'Élise… griffant ma chair de ses ongles acérés… lorsque ma troisième main… puis-je l'écrire… se conflue d'un doigt à notre assemblage… déclavetant notre pinacle à tous… Hans soudain trémulant jusqu'au bout des phalanges, moi décelant un continent neuf… Élise convulsant de délectation dans un tonitruant OUI… qui n'est étrangement pas qu'une affirmative… qui contient aussi… je le sens… à rebours de tous les autres *oui*… une part indicible… une part de *non*… une part funèbre.

Stop. Même proche de la fin, la recension du paragraphe précédent me troue le bide.

Je ne pourrai la reproduire à l'envi – malgré le tour qu'adopte, à partir d'ici, la suite de ma vie.

[M'intrigue au demeurant un détail : d'instinct, j'ai écrit la débauche au présent. Comme si son rappel crispait un nerf qui méprise le temps. Comme si l'évocation de l'érotisme muait aussitôt la mémoire en perception, le « révolu » en « sur-le-champ ».]

Mais étant encore moins philosophe qu'écrivain, taisons-nous… et repartons en récit.

Après cette jouissance : chacun rentra chez soi sans un mot.

Mais je ne pus fermer l'œil de la nuit, et ma main non plus, pour peu qu'une main sache dormir.

Des tessons d'obscénité me revenaient en pagaille, entre les doigts, jusque dans les entrailles.

Je n'avais pourtant rien fait de mal ?

Un prêtre aurait certes réprouvé cet acte prénuptial, et les ardeurs de nos corps mélangés n'étaient patronnées par aucun prêche, mais d'une part je n'étais pas chrétien, et d'autre part je n'avais forcé personne. Alors quoi ?

Alors… j'avais sombré dans autre chose que le bien et le mal.

Je veux parler de cette chose qui n'est ni dieu ni le diable, ni en haut ni en bas, qui demeure à l'intérieur du corps et réclame un dû toujours plus grand.

Je veux parler de cette épine du désir désossé.

De cette épine que rien n'arrache du fond de la chair.

Je dois admettre que cette époque m'enfiévra

Les temps qui suivirent me brusquèrent dans un tourbillon. Une digue étant tombée, les autres digues tombèrent.

Bientôt mes trois mains ne furent plus suffisantes pour rassasier le plaisir d'Élise – qui usa de sa force de persuasion et de son charme pour nous recruter des camarades d'indécence.

Dès que mon spectacle finissait, elle sélectionnait d'un œil les candidats possibles, qu'il s'agît d'une femme seule ou d'un couple, les entretenait en des termes que je ne pouvais qu'imaginer… et qui faisaient qu'ils s'écartaient dans un coin, attendant que la boîte se vidât.

Après quoi Élise jaillissait les mains chargées de cocktails… et les réjouissances s'esquissaient dans les configurations variées qu'on voudra bien se figurer.

[Non ! *Les configurations variées qu'on voudra bien se figurer* : trop cryptique – ridicule.

Loin de moi, je le jure, d'introduire de la morale dans ce carnet qui entend chroniquer ce que fut ma vie. Simplement que j'ai du mal à convoquer cette époque sans suffocation.]

Le dernier devoir qui m'incombe est un devoir d'honnêteté. Mais l'honnêteté est une lutte.

Et si je lutte, même si je sentais dans le cœur de ma conscience que cela n'était pas sain, je dois admettre que cette époque m'enfiévra aussi comme nulle autre.

Car la volupté, je l'ai noté, ne s'alimente pas de souvenirs : elle est vorace de répétitions et d'inédit.

La répétition la rassasie.

Le fantasme de l'inédit la remet en appétit.

Oui : cette volupté qui prenait racine en moi était plus insatiable que ma troisième main.

Là où j'avais réussi, moyennant psychologie & pédagogie, à dompter Hans, sa *mainmise* à elle sur mon gré était absolue. Tant il est vrai que, pour défier un ennemi, il faut le voir.

Or cet ennemi-là n'était visible qu'à travers moi. Sa puissance était ma puissance.

« Répétition », dis-je, et « inédit »…

Quant à la répétition, la mécanique était rodée, qui se dupliquait chaque soir dès les bougies soufflées. Quant à l'inédit, prenons notre courage à trois mains et osons traduire ces « *configurations variées* » – l'euphémisme que je me reproche.

[Non et non. Pas possible. Je pose mon crayon. Le ressaisis. Je ferme les yeux. J'écris.]

Élise prise par un homme dont la maîtresse me lèche les pieds… tandis que ma troisième main insère quatre doigts dans son trou du cul, puis plonge le pouce dans son con. Mon vit planté en Élise, laquelle tète celui d'un autre mâle, se faisant simultanément palper les mamelles par Hans. Moi dans une autre femme, lèvres gluées à l'entrecuisse d'Élise… qui embrasse à pleine bouche un homme sans visage, et jouit des efforts de ma langue, complétés des phalanges virtuoses de Hans…

Stop. Je m'arrête pour ne pas vomir.

J'ai dit ce que j'avais à dire.

Mon secret – qui était devenu notre secret

Une clause tacite me prémunit peut-être contre le barathre : la limitation par Élise de nos excès à l'enceinte de son cabaret, qui ne pouvaient donc échoir que la nuit, dans un décor particulier, quatre fois par semaine. C'était déjà ça.

[Mais comment combler le reste du jour, de la semaine? La question ne s'était jamais posée : elle s'imposa soudain, cruelle et obsédante.]

Stop. Avant chaque numéro, je me mis comme Élise à guetter les spectatrices que je brûlais de goûter. L'idée adventice devint l'idée centrale.

La magie s'assujettissait au stupre.

Je ne pensais qu'à jouir… et le Ciel m'y incitais, puisque mes authentiques mains, à la faveur de l'expérience acquise, faisaient désormais les tours à ma place, sans que l'effet en fût amoindri sur le public – toujours plus abondant, plus enthousiaste ; et donc plus lucratif.

Nos orgies d'après-fermeture répandaient-elles dans la capitale un parfum de mythe ?

Élise tripla les prix de sa carte sans que le cabaret désemplît. Au point de devoir inculquer une aptitude que l'école n'enseigne guère : la conversion des liasses en lingots, et le remplissage de coffres-forts.

[La chose paraît rébarbative, dite comme cela, mais s'avère assez agréable sur le moment.] Stop *bis*. Je découvris à ce propos – mais c'était la saison des découvertes – que les espèces sonnantes et trébuchantes répondaient à la majorité des dilemmes métaphysiques.

L'argent n'a toutefois de valeur qu'à la mesure de sa dépense : cette richesse excédentaire nous occupa bientôt d'une manière neuve avec Élise, qui devint la mécène de plusieurs créateurs.

La peintresse Laurencin, le poète Cocteau, son jeune protégé qui périrait à vingt ans d'une fièvre, l'illustrateur Bérard qui était de leurs intimes et avait l'hygiène d'un clochard, les modistes Chanel et Vionnet : tous devinrent des habitués de notre salon, pour certains presque des amis ; autant qu'il est possible d'être ami avec son banquier.

Bien que j'eusse cessé de lire alors – je n'en avais plus le temps ni le désir –, j'appris beaucoup, et me constituai un vade-mecum du nombrilisme et de l'extravagance parisienne.

Précisons ici qu'aucun de ces amis fameux n'entra dans la confidence de nos nuits : seuls les anonymes du cabaret, plongés dans l'ombre et l'indécision de l'alcool, avaient accès à mon secret – qui était devenu *notre secret*. Lorsque le sexe surgissait dans les discussions, Élise me jetait d'ailleurs des regards en coin, comme si elle et moi étions allés plus loin dans la débauche que tous ces artistes qui se croyaient originaux. Sa fierté confinait alors à la suprématie.

Pause. On pourrait se demander ce qu'il advint de mon père. Je me le demande encore.

Malgré ma résolution de le laisser pour mort (résolution qui découlait de mon extrême douleur, je veux dire : de l'insupportable de ce lien), malgré ma promesse de ne plus accorder une once de dépit ni d'énergie à cet individu, je m'étais en effet réservé la possibilité de lui ouvrir la porte s'il hasardait un repentir. Ou à tout le moins une explication.

Ce qui n'arriva pas – passons donc à autre chose.

[D'autant que je n'ai pas développé deux mots cruciaux du présent chapitre : *notre salon*.]

La charpente de mon nouvel échafaudage moral

Oui – outre le luxe et la luxure, j'appris la vie à deux… Élise ayant décrété après quelques mois qu'il était aberrant que nous possédassions chacun notre logement, quand nous partagions la plus totale intimité. Pris dans cette tornade qu'était devenu mon quotidien, je me laissai convaincre, posant ma valise dans un ahurissant appartement au dernier étage de la rue des Pyramides, entièrement marqueté d'ébène – à l'image de Pandore.

Pénétrant dans ce lieu qui était moins une maison qu'un sanctuaire, je songeai que nul autre que moi n'y était possiblement entré, et que ma *compagne* – mais je renâcle à utiliser ce mot pour définir mon attache à Élise, qu'aucun verset du dictionnaire ne décrivait en réalité – me faisait là un profond cadeau. [Le genre de cadeau dont il convient de chercher le vénéfice.]

Mais l'heure était au privilège ; et mes yeux au musée.

Tout, entre ces murs, sortait d'un conte, avait son cachet. Des boiseries transition aux plinthes ouvragées, des cloches de cristal contenant des choses de tous pays, avec une dominante pour le continent asiatique – sans oublier les perroquets empaillés qui muaient cette caverne en sylve secrète, et me firent penser en fugace écho à l'atroce cuisine de Gottschalk… portée au rang d'art.

Une formule vient en écrivant : *la version civilisée de la monstruosité*.

Puis j'entrai dans la bibliothèque, qui submergeait une pièce complète, s'étendant du sol au ciel dans une ébénisterie d'amboine, pour offrir un panel de ce que la poésie avait produit jusque-là de plus occulte, de plus raffiné, de plus rare.

Pause. J'ai dit que la volupté, entrée par effraction dans mon existence, m'avait détourné de la lecture, ce trésor qui avait sauvé mes années de pénitencier. Je dois noter ici que deux auteurs échappèrent à ce blocus : Donatien Alphonse François de Sade, et Isidore Lucien Ducasse, dit Lautréamont. L'un comme l'autre, mais pour des motifs altérés – c'est-à-dire sur les conseils d'Élise – et ses conseils n'étaient jamais désintéressés –, furent durant cette période les seuls prosateurs à becqueter mon âme, à y arroser les graines de leur singulière vision de l'homme.

Car il m'arriva souvent, dans cette bibliothèque, non pas seulement de lire… mais aussi de transcrire les textes qui confortaient la charpente de mon nouvel échafaudage moral.

Stop. Il y eut pour finir la chambre d'Élise, qui ne serait pas la mienne – nous n'étions pas ce couple-là. Chambre qui me stupéfia d'abord par sa clarté (tout étant blanc, dénué de décoration), puis surtout à cause de l'immense estampe nippone qui dominait son lit, et révélait une femme en pâmoison, entreprise par deux pieuvres qui, de leurs multiples et gluants tentacules, exploraient chacun de ses orifices…

Me voyant sidéré, Élise commenta : « *Le rêve de la femme du pêcheur.* C'est le nom de l'œuvre qui vous intrigue, mon cher Charles. »

Or moi j'entendis : *Le rêve de la femme du pécheur.*

NOTES DE BIBLIOTHÈQUE – VENDREDI 14 AVRIL 1922

Remarquant mon hésitation, tu rougis à ton tour, et tu avanças le bras.

Je mis courageusement ma MAIN dans la tienne, et, après cette action, je me sentis plus fort ; désormais un souffle de ton intelligence était passé dans moi.

Lautréamont

Ô mouvements sacrés, fières impressions,
Soyez à tout jamais l'objet de nos hommages,
Les seuls qu'on puisse offrir au culte des vrais sages,
Les seuls en tous les temps qui délectent leur cœur,
Les seuls que la nature offre à notre bonheur !
Cédons à leur empire, et que leur violence,
Subjuguant nos esprits sans nulle résistance,
Nous fasse impunément des lois de nos plaisirs
Ce que leur voix prescrit suffit à nos désirs.
Quel que soit le désordre où leur organe entraîne,
Nous devons leur céder sans remords et sans peine,
Et, sans scruter nos lois ni consulter nos mœurs,
Nous livrer ardemment à toutes les erreurs
Que toujours par leurs MAINS nous dicta la nature.
Ne respectons jamais que son divin murmure ;
Ce que nos vaines lois frappent en tous pays
Est ce qui pour ses plans eut toujours plus de prix.

Ce qui paraît à l'homme une affreuse injustice
N'est sur nous que l'effet de sa MAIN corruptrice,
Et quand, d'après nos mœurs, nous craignons de faillir,
Nous ne réussissons qu'à la mieux accueillir.

Sade

On verra les mondes se détruire, et le granit glisser, comme un cormoran, sur la surface des flots, avant que je touche la MAIN infâme d'un être huMAIN.

Arrière… arrière, cette MAIN !…

Lautréamont

Notes de bibliothèque – jeudi 15 juin 1922

Ah! descendre les cheveux en bas, les membres à l'abandon dans la blancheur du rapide.

De quels cordiaux disposez-vous? J'ai besoin d'une TROISIÈME MAIN, comme un oiseau, que les autres n'endorment pas. Il faut que j'entende des galops vertigineux dans les pampas.

Breton

[à la lecture de ce poème, je comprends tout le mal que disait hier Cocteau de ce jeune auteur, d'évidence entré incognito à Pandore après que nous lui avons refusé notre salon, sans avoir le cran de se signaler; et s'appropriant son espionnage sous couvert de « surréalisme ».]

S'imposer des freins ou des barrières dans la route du crime serait visiblement outrager les lois de la nature qui nous livre indistinctement tous les êtres dont elle nous entoure sans jamais motiver d'exception, parce qu'elle méconnaît nos chaînes et nos liens, que toutes ces prétendues destructions sont nulles à ses yeux, que le frère qui couche avec sa sœur ne fait pas plus de mal que l'amant qui couche avec sa maîtresse et que le père qui immole son fils n'outrage pas davantage la nature que le particulier qui assassine un inconnu sur le grand chemin. Aucune de ces différences n'existe à ses yeux : ce qu'elle veut, c'est le crime; n'importe la MAIN qui le commet ou le sein sur lequel il est commis.

Sade

Que tu sois un criminel, qui n'a pas eu la précaution de laver sa MAIN droite, avec du savon, après avoir commis son forfait, et facile à reconnaître, par l'inspection de cette MAIN; ou un frère qui a perdu sa sœur; ou quelque monarque dépossédé, fuyant de ses royaumes, mon palais vraiment grandiose, est digne de te recevoir.

Lautréamont

Ô toi qui veux parcourir cette épineuse carrière! ne perds pas de vue que le romancier est l'homme de la nature, elle l'a créé pour être son peintre; s'il ne devient pas l'amant de sa mère dès que celle-ci l'a mis au monde, qu'il n'écrive jamais, nous ne le lirons point; mais s'il éprouve cette soif ardente de tout peindre, s'il entr'ouvre avec frémissement le sein de la nature, pour y chercher son art et pour y puiser des modèles, s'il a la fièvre du talent et l'enthousiasme du génie, qu'il suive la MAIN qui le conduit, il a deviné l'homme, il le peindra.

Sade

Je vais d'abord me moucher, parce que j'en ai besoin; et ensuite, puissamment aidé par ma MAIN, je reprendrai le porte-plume que mes doigts avaient laissé tomber.

Lautréamont

Mais la visite n'est pas achevée : les coulisses d'Élise se dévoilèrent totalement – avec un écart de deux ou trois ans – le jour où mes yeux scrutèrent un miniature coffret de nacre (tout ce que possédait mon égérie était orné de laque ou de nacre), d'habitude rangé dans un casier, oublié cette fois sur une console. Me voyant fixer ce boîtier, Élise frémit : « Vous voulez, n'est-ce pas, que je vous dise ce que je cache là-dedans ? » J'opinai. « J'ai cent fois voulu te dire *tu*, Charles, mais le voussoiement est tellement érotique… », médita-t-elle en allant saisir la boîte qu'elle déposa avec précaution entre mes mains. « Ouvre… », lâcha-t-elle alors, avant de se corriger dans un sourire dont elle avait le vénéneux secret : « Ouvrez… pardon. »

J'ouvris l'écrin, qui dégagea d'entrée un capiteux effluve de caramel brûlé… et y découvris deux boulettes d'aspect pâteux, cernées par une lame de laiton contiguë à un mécanisme d'allumage, près d'une bougie, sans omettre, encastrées selon un arrangement qui n'eût pu être autre, les trois parties d'une pipe à assembler – ce que fit sans attendre ma meneuse d'ombre.

Arrêt. Je n'étais pas crétin et avais entendu parler de l'opium. Mais j'ignorais qu'Élise se droguait.

Quant à moi, n'ayant jamais éprouvé d'attrait pour les paradis artificiels, je m'intéressai à cette fenêtre inédite comme à toute chose neuve, sans songer qu'elle se déboucleraít sur un vide abyssal. [Une erreur après l'autre.]

Pour préparer la pipe, Élise piqua une aiguille dans une boulette, incendia d'une friction sortie de nulle part ladite cire, déposa sur une lamelle de métal quelques miettes grattées par l'aiguille, qui entrèrent vite en ébullition, exhalant une fumée sucrée.

Cela n'était que la première étape.

Il fallut ensuite écraser ces miettes fondues contre la surface intérieure du calumet, les malaxer, les augmenter d'autres miettes solides... puis réitérer l'opération qui paraissait une chorégraphie et dégageait une indéniable sensualité – réitérer, disais-je, l'opération trois ou quatre fois de suite afin d'obtenir une quantité d'opium suffisamment dense pour inoculer sa magie sans qu'une fâcheuse viscosité vînt obstruer la tige de la pipe, ou que l'opium brûlât, auquel cas la fumée blanche virait au noir, et tout était à recommencer.

Mais ce fut évidemment bon du premier coup : l'instant suivant, Élise me tendit son narguilé, qu'elle soutint telle une mère son biberon, de sorte que le segment contenant le précieux substrat demeurât au-dessus de la bougie en position adéquate.

Elle murmura : « Respirez… »

Je respirai.

Nous étions tristes

Les années qui succédèrent à cette bouffée tiennent en une page ou en cent.

Or je n'ai plus le temps de m'appesantir.

Résumons-les donc à un abominable Triumvirat. Non celui de César, Crassus et Pompée, mais celui formé par ma main, l'opium et moi-même – quoique les deux premiers eussent sans tarder exercé sur le troisième une autorité quasi despotique.

De fil en fil, ma vie se mua en ornière : travailler pour fumer, fumer pour jouir, jouir pour fumer.

Et *bis repetita*. Sans négliger cette donnée fortuite qui m'égara tout à fait : le mensonge.

Car autant Élise savait modérer sa consommation d'opium, autant je convertis bientôt l'air en fumée mieux que Flamel le plomb en or, m'évanouissant dans une outrance mortifère.

Lorsque mon initiatrice inhalait deux ou trois haleinées pour se mettre en jambes, avant de descendre au cabaret – et de tirer le meilleur profit de la seconde partie de notre nuit –, je filais aux chiottes après chaque spectacle, prisais les plus gros volumes possible, et entrais en scène (je veux parler de « l'autre scène ») dans un état voisin du délire.

[C'était peut-être ma main qui réclamait sa quote-part ? Une double part ?]

Mensonge, dis-je – puis cachotterie –, attendu que mon instigatrice à la démesure ne vit pas d'un excellent œil mon défaut de mesure. Tenait-elle à moi ou à son affaire ? Sa posture était certes équivoque, mon gouffre devant tout à notre union…

[Mais je me répétais aussi que nul ne m'avait contraint à m'entortiller dans ses rets, que j'étais adulte et m'étais laissé séduire sans ambages.]

Stop. Toujours est-il que les disputes firent effraction dans notre quotidien, avec leur lot de médiocrité et d'acide à la petite semaine. Vint ainsi le jour où je perçus Élise non plus comme ma concubine, mais comme l'ennemie de mon plaisir, dépensant plus d'énergie à déjouer sa lucidité qu'à m'occuper de ma propre personne.

Nous nous éloignâmes. Sans nous consulter, au rythme des mois, des ans, nous prîmes la liberté de nous divertir isolément après les spectacles.

Elle avait ses messieurs, *nous* avions nos dames, le seul lien qui persista dans l'érotisme entre nous se réduisit à des regards réciproques et jaloux, jetés dans l'ombre de Pandore.

Puis nous rentrions « à la maison ». Pour le dire autrement : nous étions tristes.

Quant à Hans, qui était déjà mort aux trois quarts, si ce n'était aux neuf dixièmes (il faudrait comparer le poids d'un bras à celui d'un homme entier), il n'éprouva aucun dépit durant cette période, goûtant au contraire, sans relâche, et pour la première fois depuis son morcellement, le plaisir maximum que peut éprouver un corps en vie.

Mais que lui restait-il d'autre ?

Comment ne pas excuser cette autolâtrie ? L'état de conscience offert par l'opium – au-delà de l'extase d'exister, qui devenait souveraine – entraînait en effet un coma de toutes les craintes, de tout le passé, de toutes les douleurs ardentes ou enfouies.

Stop encore. Si je l'aimais tant, la stimulation de cette drogue, me fis-je un matin la remarque, c'est que moi aussi, je n'étais pas complet ?

Que moi aussi, j'avais tant à être *soigné* ?

Tourner le dos à deux piliers

L'opium divulgua deux vérités.

Primo : qu'outre sa faculté de jeter un écran de fumée sur les malheurs du monde sans les résoudre nullement, il faisait fondre l'or plus tôt que le sucre en caramel. *Secundo* : l'ombre et la nuit détruisent un amour, mais n'en défont point l'armature. [Ces deux découvertes auraient deux conséquences.]

La première réduisit mes allées et venues à la banque : au lieu d'ordonner mes coffres, je dus trouver des moyens de ne point les désemplir trop vite.

Je me fixais le matin des limites, abolies le soir même – l'appel du nirvana surpassant toutes les résolutions.

La seconde m'aide aujourd'hui à saisir pourquoi je suis resté tant d'années auprès d'Élise.

Parce que je l'aimais en profondeur, et voulais croire cet amour invincible.

Stop. L'escalier de la déchéance comporte plusieurs marches. Je me vis les dévaler toutes : en utilisant – comme au bon vieux temps – ma troisième main pour piquer dans les magasins, piller les sacs à main dans le métro, en piochant même… dans la caisse de Pandore (sans déterminer si Élise s'en aperçut jamais), en mettant au clou ma collection d'antiquités, en recédant dans des bas-fonds un opium qu'en gros consommateur, je savais acquérir à moindre prix.

Et ainsi de suite.

Mais stop-miracle.

Après ces deux découvertes, deux scènes m'infligèrent un tel choc qu'en les additionnant, j'allais trouver la force de rompre avec cette dégringolade.

La première est une question d'amour-propre. Cela faisait trois ans que la purge était entrée dans ma vie. Je résolus un matin, sur une tocade, de mettre au rancart mes réserves d'opium.

On imagine la suite : le soir même, je m'humiliai à ramper sous les ordures, quêtant des résidus du totem que je m'étais fait fort de défier.

Mais un souvenir de guerre avait ici jailli : le tableau de gamins en loques, dans les rues de Louvain, disputant à des chiens le contenu d'une poubelle. J'étais devenu ces chiens. L'opprobre qui m'épingla fit naître en moi un courage instituteur.

La seconde scène est une question de mort. Un soir que j'étais fauché, et que nous brûlions avec Hans de fumer, ma main me persuada d'accepter au quart du prix un opium de contrebande, dont le vendeur ne m'inspirait pas confiance, c'est peu dire… Une heure après, je crus cracher mes boyaux tant je dégurgitai. Mes forces s'effilochèrent au point que je me sentis partir, sans personne à qui faire mes adieux.

Après un trou noir je me réveillai pourtant, en nage, avec la sensation d'avoir gagné dix ou quinze ans. Stop terminal. Je pris acte, le jour de ce réveil, de la part de *terre* qui résidait dans cette *vapeur.* Je compris que je creusais mon caveau.

Or si je devais mourir, j'entendais que ce fût de ma propre main.

Je m'arc-boutai sur ces dégoûts pour tourner le dos à mes deux piliers : l'opium – et Élise.

Ma lettre à Élise

Chère [ ]

Il y aurait tant à dire. Sur ce que je vous dois. Sur ce que vous m'avez offert. Sur la terre stérile où je divague désormais et que vous connaissez, me connaissant mieux que je ne me connais.

Il y aurait tant à dire sur les couloirs que nous avons traversés. Tant à dire du tandem que nous avons formé, mais qui ne sait plus avancer. Peut-être mon tandem primitif exclut-il toute autre attache ? Nous avons joué ensemble à un jeu superbe, et j'ai perdu. Non contre vous ; contre moi-même. Il ne faut pas chercher la faute. Il ne faut rien chercher. Je n'aurais jamais cru avoir, un jour, un passé avec vous.

Vous êtes aujourd'hui ce passé que je dois quitter.

Je voudrais vous dire – je veux te dire – que je t'ai aimée.

Adieu. Charles

Stop. Huit années avaient filé depuis le rendez-vous de la rue Cuvier, du temps de ma verdeur magicienne, de mon entrée dans la capitale.

Mon front s'était épaissi. Mon corps avait forci. La balafre de la guerre s'éloignait, or c'était bien moi, toujours moi, qui écrivais ces lignes.

[Quelle chose singulière que le passé, qui vit en nous, fonde la base de notre présent et bientôt de notre avenir, qui nous constitue… et cependant n'existe pas. La plus grande part de nous étant passée, est-ce à dire que la plus grande part de nous n'existe pas ?]

Dans l'élan de mon décret, je pressentis qu'on ne coupait pas un cordon à moitié.

Si je voulais partir, ce devait être un départ sans détour, quitte à faire table rase de mon confort.

Ce confort qui n'avait su me prémunir contre les abysses où j'étais tombé.

La suite se peint en images.

Moi, au bas de notre appartement de la rue des Pyramides, levant le front vers le balcon, sentant que je ne pourrais plus poser le pied dans cet immeuble, ni gravir les marches de son escalier, ni enfoncer ma clé dans la serrure de son dernier étage. Moi, éraflant dans une poche ma lettre à Élise que je ne pouvais lui remettre en main propre, mais qui me défendais de partir sans la conviction qu'elle l'avait reçue. Jusqu'à ce coup du destin – le matin n'étant point son heure – de ma récipiendaire surgissant à l'angle de la rue Saint-Honoré. Moi alors… me ruant dans un café, et stipendiant un gamin pour aller porter *cette enveloppe à la dame en noir.* Mes yeux enfin, dissimulés par le reflet de la vitre, voyant Élise déchirer le papier, déplier la lettre, la lire en silence, la relire, attraper la poignée de la porte cochère pour ne pas s'effondrer, mais s'effondrant quand même, plus blafarde que porcelaine, jusqu'à ces larmes de feu et de glace qui enduisirent ses joues – si abondantes que je les vis scintiller depuis ma cache. Un passant vint l'assister.

Je compris ici que je ne reviendrais jamais.

L'AQUARIUM DE LA NUIT

La scène à laquelle je venais d'assister était trop douloureuse.

Pour Élise, pour le spectateur que j'étais de son désarroi, pour le creux de mon âme.

Car la peine de cette femme dupliqua en moi une peine incommensurable, à la hauteur inversée de ce que m'avait apporté l'opium.

Je veux parler d'un mal-être absolu qui devient le paysage permanent, qui contamine chaque émotion, chaque heure, chaque minute.

Et cette peine ne fit qu'enfler durant les semaines suivantes.

J'étais parti sans me retourner. Je laissais derrière moi un sablier cassé et des cuillerées de poix.

Je lâchais les cendres et j'emportais le brasier.

Stop. Le premier pas que je fis vers nulle part sembla pourtant un pas vers quelque part.

C'était février, la grisaille désolait Paris, mais je reprenais – pour la dernière fois – les rênes de ma vie. Et le bridon de ces rênes ranima une idée morte depuis bien trop longtemps : la présence parasite de cette chose à mon ventre, qui m'avait escorté dans toutes mes basses œuvres.

Oui : je me ressouvins que je n'étais pas seul en moi-même, que cette anomalie n'avait rien de *normal* – en somme, que sur ce point, rien n'était résolu.

Hugo écrit que le rêve est *l'aquarium de la nuit.*

J'avais tourbillonné huit ans dans un bocal d'eau saumâtre, au point de ne plus discerner ses parois. Or à présent que je m'étais détaché de la greffe d'Élise… me revenait à nu, et en pleine face, mon reflet : j'étais moi-même un monstre.

Un monstre qui avait relégué son propre mal sous celui de la « veuve noire ».

Je me laissai porter par mes jambes. Il y avait partout dans la ville des gens qui cancanaient, poireautaient, grusinaient, cavalaient… La vue de ces multitudes de corps surmontés d'une tête pensante déclencha en moi une folie. Chacune de ces silhouettes incarnait une unité de vie, en laquelle bouillaient un monde et un désir sans limites. Chacune de ces étoiles à cinq branches (deux bras – deux jambes – une tête) menait sa petite barque lestée de honte, d'excréments et de souvenirs, avec la conviction d'être ici-bas le seul individu *réel.*

De vivre la seule existence valant d'être vécue.

Stop *bis*. Après trois heures de vagabondage, passant devant la mairie du XIXe, j'y entrai avec le désir inopiné de recouvrer mon identité.

Je ne m'appelais pas Charles Martin, je m'appelais Paul Marchand, après tout je n'étais pas mort : j'avais le droit d'être qui j'étais.

Lorsque les raisons sont plus d'une

Mais un nom n'est qu'un nom – et un corps est un corps.

Je veux dire que les jours qui vinrent furent les plus difficiles de ma lourde existence.

Car si l'émancipation d'Élise m'avait légué une vaillance qui m'aidait à résister au manque de l'opium, ma troisième main ne se consolait d'aucun expédient.

Elle entra dans de fâcheuses contorsions, d'autant plus fâcheuses qu'elles étaient nocturnes et m'empêchaient tout à fait de dormir.

Le repos, qui eût été mon seul remède, s'évapora à l'horizon des perspectives.

Je me vis bientôt en train de choyer ma troisième main comme une nurse, tâchant de lui remonter le moral à force de plaisanteries, de bandages mouillés, de cajoleries.

On me demandera pourquoi je n'ai pas profité de la désunion d'Élise pour me désunir d'*elle* ?

Pourquoi je n'ai pas galopé vers un hôpital ?

C'est que… comme toujours… j'avais des raisons d'atermoyer, de vouloir la conserver encore un peu : pour avoir connu la geôle, je n'aurais à aucun prix hasardé ma liberté, et m'étais convaincu qu'il était plus prudent d'attendre d'être sevrés (le pluriel est exprès) pour consulter. Zéro envie, me répétais-je en la regardant convulser démoniquement, d'être jeté dans un asile à Trifouilly-les-Oies.

Je ne connaissais personne à Trifouilly-les-Oies.

Deuxième point : la prestidigitation était le seul métier que je possédais, lequel avait l'heur d'être abusivement rentable.

Eussé-je été de l'autre sexe, je n'aurais eu comme ressort que celui qu'on dit le plus vieux du monde, ainsi gardai-je l'idée que celui-là pût m'être encore utile.

Puis à force de soigner un prisonnier… on finit par s'y attacher en dépit de son crime.

Je n'écrirai pas que j'aimais ma troisième main – mais j'aimais du moins cette compagnie qui me détournait de moi-même.

[Lorsque les raisons sont plus d'une, de toute manière, c'est qu'aucune n'est vraie.]

Quant à mes moyens de subsistance, si l'on veut savoir comment dès lors je vécus, je les dus à un cadeau inattendu de ma mémoire.

Persuadé, jusqu'à ma lettre de rupture, d'avoir brûlé toute mon épargne, je me remémorai par raccroc, à la seconde où Élise la décacheta, qu'outre mon coffre à la Banque de France (qui était aussi vide qu'une bourriche à marée basse), j'avais un jour déposé un lingotin à la caisse centrale des Banques populaires.

Il était d'argent malheureusement, non d'or, mais me donnait six mois pour me relever.

Je m'aperçus que le danger me manquait

Quand une main à elle seule incarne un homme, on ne la voit plus comme une main, mais comme un corps. Ses phalanges offrent une silhouette à ce corps. Le majeur et l'index deux jambes, le pouce et les autres doigts se muent en bras ; la paume en tête.

Sur cette paume… des traits donnent un visage à cette tête.

Je profitai de son asthénie pour examiner ma troisième main. Elle était si abattue que je pouvais la dévisager à l'envi, la palper tel un poids mort.

Silence. On sait combien la souffrance révèle le caractère. Hans n'était qu'un membre, je veux dire : qu'un bras et une main, mais j'avais appris à déchiffrer ses yeux. Et Hans allait mal.

Quant à mon propre examen, il fut vite tourné : brûlait dans mon âme un orage de sable.

Je resongeais aux années près d'Élise, à nos dialogues infinis avec Sardanapale, sans réussir à comprendre ce qui avait pu m'y exciter chaque nuit, encore et encore. L'idée même de caresser une femme, de la voir nue, me paraissait non pas rebutante, mais dérisoire.

Avant d'être bon ou mauvais, je me rendis compte que le péché était vide. Que son enveloppe d'or s'ouvrait sur du néant.

Quant aux amitiés glorieuses nouées du temps de mon faste, elles s'évanouirent à l'unisson de ma banqueroute. J'étais derechef orphelin.

Alors j'errais.

Je tâchais de désintoxiquer ma main, et j'errais.

Mais cette errance était paradoxalement statique. Pendant quatre mois en effet, je ne sortis pas de l'hôtel des Alouettes qui flanque l'église Saint-Jean-Baptiste de Belleville, en haut de la rue du même nom, où je m'étais installé. À Louvain, père Hector m'avait fait lire le distrayant récit d'un militaire ayant entrepris, peu après la Révolution, de consigner le résultat d'un voyage autour… de sa chambre.

Ne m'eût-il point devancé, j'aurais pu m'y livrer aussi, pour peu que j'eusse eu quelque chose à dire. Mais je n'avais rien à dire. À l'heure de rédiger ces lignes, la mémoire de ce confinement m'est rude encore, par son inanité – par sa déshérence.

Stop. J'écris ceci sans volonté de heurter quiconque, surtout pas les pauvres soldats qui payèrent de leur vie l'orgueil de veules généraux demeurés dans le confort de leur bureau et de leur calèche, mais je m'aperçus à cette époque, entre deux insomnies, que le danger… me manquait.

Oui : j'étais si seul dans mes hauts quartiers de peines, le vide y résonnait si fort, que les abîmes entrouverts par Élise, ou par la fuite, ou même par la guerre, me manquaient.

Et pourtant je ne pensai pas au suicide.

Mon orgueil à moi me dictait de me redresser si je devais mourir. De plonger de mon plein gré dans le gouffre plutôt que d'y glisser au goutte-à-goutte, ou, qui pis est, d'y être entraîné par ma troisième main.

En somme : je voulais crever debout.

Je ressentis d'entrée une paix interne

Au détour d'une énième insomnie, rejaillit soudain le visage du défunt dont j'avais volé l'habit et le nom. Mais ce n'est pas sa figure qui m'inspira de la hantise. C'est cette inertie propre aux cadavres… ce poids de vie dissoute qui convertit la chair en pâte tiède – en gros mensonge.

Quel gros mensonge ? La révélation que le corps n'est de notre vivant qu'un décor : le théâtre d'une âme munie de ficelles assez nombreuses pour donner à cette marionnette que l'on appelle « homme » ou « femme » l'illusion qu'elle rit, chante, existe. Stop. Mais qui existe ?

Dès le dernier souffle rendu, ce corps qui était tout devient un outil obsolète, bon pour le rebut. [De là devant toute dépouille, cet effet d'immonde escroquerie.]

Mais une escroquerie servant qui ? Ou quoi ?

La réponse ne vient pas et cette lacune rend fou.

… à moins de s'attacher à autre chose que le corps.

Une telle germination m'incita, le premier jour de l'été, à entrer dans l'église dont j'entrevoyais le clocher depuis ma fenêtre, et qui ressemblait à une version réduite de Notre-Dame.

À défaut de révélation, la ferveur de *ceux qui croient* me contaminerait-elle par capillarité ?

Poussant la porte de la bâtisse, je ressentis d'entrée une paix interne, qui atténua ma nostalgie du danger. Mais c'était le lieu qui agissait sur moi, ses fidèles l'ayant déserté, sauf un homme au premier rang, qui balbutiait une prière. Je notai que sa peau était noire, raison pour laquelle j'élus un siège voisin et lui adressai un sourire. [Je n'avais jamais dédaigné une race contre une autre, mais depuis que je charriais une troisième main – autrement dit : que j'étais moi-même un *anormal* –, je prenais garde face à tout étranger, à tout boiteux, à tout gitan, que ma conduite ne suggérât ni la méfiance ni la peur.] L'Africain, qui n'était peut-être pas habitué à cette complaisance, me renvoya mon sourire… tout en se désolidarisant de Jésus : « J'te préviens, j'crois pas en Dieu. Je suis là pour rêver. Une église c'est fait pour rêver. »

J'allais approuver, me l'eût-il autorisé : « Et moi j'rêve du Nord, reprit-il en effet aussitôt. Mon pays de cœur, c'est la Suède. J'veux être enterré sous les aurores boréales. Mais fais pas confiance aux notaires. Un testament oral, ça vaut rien. » Renonçant peu à peu à entamer ce que l'on nomme une conversation, je me contentai d'écouter son soliloque : « J'suis venu à Paris pour une fille, elle m'a trompé avec mon meilleur ami. Voilà ce qu'on peut faire pour une image. »

Égayé par la poésie de ce rendez-vous fortuit, je proposai à mon rêveur d'aller *boire un verre*.

L'offre fut reçue avec offense : « Me donne pas d'ordres, j'ai construit ma vie sur la liberté. Si j'avais un million pour construire un palais, je le construirais sur un bateau. Toute façon y'a pas d'humains ici, y'a que des Parisiens. Des Parigots de merde, comme toi. » Il était manifestement temps de lever le camp.

Regrettant cette amitié morte en couches, je bifurquai vers une travée adjacente pour remarquer qu'une seconde silhouette était entrée dans la paroisse.

Silhouette qui, dans un autre monde, dans une autre vie, eût dû me faire croire en Dieu.

Je crus d'abord à la berlue

Nietzsche a dit – et père Hector après lui – que Dieu avait choisi le hasard pour parler aux hommes. Que Dieu existe ou non, je fus ce matin-là forcé de croire au hasard.

Car cette silhouette, qui m'attira plus tôt l'œil que le miel la mouche, affichait une particularité qu'aucun conteur n'aurait osé inventer, ma vie eût-elle été une fable.

Car cette silhouette était celle d'une très jolie jeune femme [c'était merveilleux déjà, rare sans doute, mais point exceptionnel] et ne possédait… qu'un bras.

On a bien lu : *qu'un bras*. L'œil voit néanmoins ce qu'il veut voir : je crus d'abord à la berlue.

Aussi dès qu'elle se fut levée du prie-Dieu où je l'avais trouvée, je lui emboîtai le pas en tâchant de respecter une distance raisonnable.

Stop. La silhouette quitta l'église.

Je poursuivis mon pistage.

« Nous » marchâmes ainsi une dizaine de minutes jusqu'au parc des Buttes-Chaumont – où l'on eût volontiers semé quelques châteaux de Bavière, tant cette éminence avait l'aspect d'un jardin enchanté, avec son belvédère juché au sommet d'une île d'arbres fantasques et d'oiseaux bleus.

La silhouette s'assit sur un banc.

Perdu dans mes divagations, je ne stoppai pas tout de suite et freinai comme un idiot en passant devant elle. Il y eut un silence moins long qu'une seconde, à l'issue duquel la silhouette parla : « Puisque je vous inspire, gros malin, soyons quittes et approchez, que je vous inspecte aussi… » Je dus virer plus blanc que marbre. Jade (c'était son nom) m'avait pris *la main dans le sac* dès notre première interférence : n'était-ce pas prémonitoire ?

Le temps de ravaler mon blêmissement, je bafouillai une phrase inaudible, tantôt couverte du timbre si audible – et si doux – de la femme au banc : « Eh oui, je n'ai plus qu'un bras. Ce n'est pas drôle, mais je l'ai perdu pour la bonne cause. J'étais infirmière à Verdun. En 15. Je venais d'arriver qu'un obus tombait du ciel… Et voilà. Enfin j'ai eu de la chance, j'aurais pu perdre la vie plutôt qu'un membre. [*Un silence.*] Et vous ? »

Comment ça, et moi ? Outre que j'étais un piètre filateur, ma troisième main se devinait-elle si ouvertement ? Face à mon mutisme, la manchote reformula : « Qui êtes-vous ? Que faites-vous en ce début d'été ? » Stop *bis* : à l'écrit, ces points d'interrogation peuvent sembler intrusifs. Posés par les lèvres de Jade, ils étaient le jeu et le charme mêmes. [À rebours de ceux d'Élise, ils avaient ceci de commun avec la confiture ou le coton de rassurer… au lieu d'inquiéter.]

C'est pourquoi je pris mon courage à deux mains, excipant ma filature de la première idée qui me passa par la tête – mais qui contenait toutefois une vérité, sinon un désir anticipé : « J'étais venu vous inviter à boire un chocolat chaud. »

C'ÉTAIT PEUT-ÊTRE SA VOCATION D'INFIRMIÈRE ?

Que mes lecteurs ne dédaignent pas l'expérience du chocolat chaud en juin : ce peut être fort plaisant, tout dépendant bien sûr de la compagnie agrégée à ce chocolat. La mienne, ce jour-là, fut idéale.

Je veux dire : idéale comme quelqu'un auprès de qui l'on voudrait, sur-le-champ, vivre la vie qui reste à vivre. [C'est d'ailleurs ce qui adviendrait.]

Il y eut plusieurs chocolats : en quelques heures j'appris tout sur Jade.

Et sauf le « détail » qu'on imagine – c'est-à-dire Gottschalk et Hans –, Jade tout sur moi.

Je lui racontai Besançon, feu ma mère, mon père ressuscité pour le pire, le cachot, Élise, la magie, l'opium même. Cette masse de confession, car c'en fut une, paraîtra peut-être excessive.

Pourtant à aucun moment je n'éprouvai de gêne, tant son écoute était délicate, à l'égal de sa parole. C'était peut-être sa vocation d'infirmière ?

Et elle ? Hormis son accident – qui avait eu l'effet exactement opposé au mien –, sa vie était plus tranquille, je veux dire : moins baroque. Née en 1896, Jade Garnier était mon aînée de trois ans, ses parents, qui tenaient une bijouterie (d'où son prénom), habitaient toujours Meaux, où elle était rentrée se soigner après le drame. Son rétablissement et l'apprentissage du quotidien à une main avaient duré jusqu'à la fin de la guerre, après quoi elle avait dû renoncer à son premier métier, au profit d'une activité ne reposant pas sur le membre qu'elle n'avait plus.

Son choix s'était porté vers une formation d'institutrice : elle avait grandi avec trois petits frères et adorait les enfants. Sans déport, ni quitter le logis parental, elle avait alors pris en charge la classe de septième de la principale école municipale meldoise, avec le succès que l'on se figure – par implicite, évidemment – puisqu'elle ne le souligna guère.

Puis l'annonce était arrivée. Non celle faite à Marie. Celle du journal découpée par son père, qui disait : *École d'appoint aux Lilas – classe unique 50 élèves cherche son institutrice assermentée et son intendant pour la rentrée. Adresser au recteur de l'Académie de Pantin vos références. Postes à pourvoir d. q. possible.* Voilà peu ou prou, je le revois encore, ce que disait le fragment de papier que la jeune femme fit glisser entre nos tasses. [Son père le lui avait-il remis afin de l'inciter à quitter le nid ? Je gardai cette question pour plus tard.]

On présume la suite. Ses références et sa grâce avaient persuadé ledit recteur : Jade s'apprêtait pour la première fois à vivre seule, et surtout à administrer une école en sus de sa profession de maîtresse. C'est pour cette raison qu'elle avait fait halte dans une église, juste après sa visite de l'établissement (et avant de regagner Meaux où ses valises l'attendaient), pour prier le bon Dieu de bien vouloir l'épauler dans cette tâche. Pause. Elle n'était pas sûre qu'il l'eût entendue, mais il n'y avait *aucun mal à tenter*?

Je souris jusqu'aux nuages : « En effet. Il n'y a aucun mal. »

Amour, amour, amour

Tous les animaux sont sensibles à la faim et à la soif, à la chaleur et au confort, mais nul autre que l'homme n'est sensible à la grâce. Il n'y avait qu'à voir : je barbotais depuis des mois dans la bourbe du remords et de l'inaction, le gris avait pris la place du bleu, en somme je dépérissais, et il avait suffi d'un sourire pour me réconcilier avec l'existence.

La beauté de Jade n'était pourtant pas « parfaite » : ses cheveux s'embroussaillaient, le bout de son nez pointait la lune, ses quenottes se superposaient au premier balcon… poudrant son sourire d'une adorable hésitation.

Mais son cou fleurait le jasmin, ses yeux respiraient la bonté et, lorsqu'il n'était pas gêné, son sourire exhalait une malice d'enfance et de maternité mêlées.

[La pierre de jade, m'inculquerait l'institutrice, a pour attribut notoire de *favoriser la tendresse et d'aider à trouver le bonheur dans les choses simples de la vie.*

J'ignore si nos prénoms nous font, ou si nous les faisons, mais force était de constater que cette définition correspondait trait pour trait à l'être de Jade.]

Pause. Est-ce cependant exact que les animaux sont aveugles à la grâce ? Ne sont-ils pas au contraire sensibles *uniquement à la grâce*, par opposition à la beauté stérile et sans saveur dont se rengorgent les humains ?

Chez les paons, la qualité de la parade nuptiale l'emporte sur le parfait alignement des plumes.

Les chiens ne jugent pas notre embonpoint : ils nous sentent.

Quant aux lions, la puissance du rugissement prime le brillant de la crinière.

Oui : les animaux nous enseignent à aimer sensoriellement le monde. À distinguer le contenu du contenant. À ne pas confondre l'image et l'essence.

Stop. Pour ma part… je redécouvrais que l'amour rend *gracieuse*, donc belle, toute chose aimée.

Puisque c'était bien d'amour qu'il s'agissait avec Jade. Je l'ai dit. Je le redis.

[Quand on aime, on a envie de répéter : amour, amour, amour.]

Mais déjà les écueils s'amoncelaient. J'en recensai deux, critiques : d'abord mon secret – ensuite la protection que je devais à cette femme contre les lubies de ce secret. Car la dernière fois que j'étais tombé amoureux si vite, c'était d'une autre infirmière… dont je pleurais encore la fin atroce. Et car surtout, j'avais pris la décision de ne pas attendre le point de non-retour pour me dévoiler. Si cette femme devait m'aimer, ce serait en connaissance de cause.

Si je devais l'épouvanter, je m'en irais avec le soulagement d'avoir tout tenté ; et tout perdu.

Stop encore. J'allais bientôt être fixé, Jade et moi ayant résolu de nous revoir dès le lendemain, et de nous retrouver pour cela dans la même église, avant d'aller boire le même chocolat.

Il n'y avait plus qu'à dormir une nuit – plus qu'un matin à espérer.

Elle réclamait déjà son attention

Je fis cette nuit-là un rêve mémorable, tant il s'appuyait sur les concomitances de mon sort.

Je croisais un cirque ambulant, dont le chapiteau (rouge) éveillait ma curiosité.

J'entrais – j'étais le seul spectateur. Les lumières baissaient. Paraissait alors sur scène, dans un halo d'or, une bateleuse d'un genre spécial : elle n'avait qu'un bras, mais jonglait de ce seul bras avec une adresse qui surpassait tous les artistes imaginables.

Ses gestes étaient si purs qu'ils évoquaient le pinceau d'un peintre-démiurge… faisant naître du vide tout un monde en couleurs.

Dans sa main (je faillis écrire : *dans ses mains*), les balles ne sautaient pas, elles volaient, défiant l'entendement mieux que la gravité. À la fin du numéro je me répandais en applaudissements, sans m'apercevoir que c'est ma troisième main qui tapait dans l'une des vraies miennes. Jusqu'à ce que la jongleuse me saluât en retour pour me complimenter… sur cette troisième main.

Je me réveillai à cet endroit.

Ma main aussi, en l'occurrence, se *réveillait* depuis la rencontre de Jade.

D'heure en heure, je la vis sortir du brouillard de la convalescence et se remettre à vivre. L'électricité émise par mon béguin calmait-elle son malaise ?

[Cette régénération me soulagea – et m'inquiéta. Car autant j'en avais assez de son poids mort, autant j'escomptais que son caractère eût changé.]

Mais stop. Il est des instants qui donnent le sentiment de reprendre un livre au marque-page, et d'agir sur la suite du récit ; d'en transformer positivement le cours. Après l'église et le chocolat, excluant d'inviter une fille dans ma chambre – tant pour préserver sa réputation que par crainte de l'effrayer – quoique mes intentions fussent honnêtes, on va le constater –, je proposai à Jade de regagner les Buttes.

Après une nouvelle conversation exquise, nous rejoignîmes ainsi le parc, nous assîmes sur le même banc que la veille, où je priai mon amie de bien vouloir me suivre jusqu'aux buissons d'enceinte. Par un prodige que je ne m'explique toujours pas, elle accepta, et à l'abri des regards… je me déboutonnai, exposant sans prélude mon ténébreux passager clandestin.

Stop *bis*. C'est ici que la métaphore du livre s'applique. En ce sens qu'il me parut reprendre à la page où il s'était interrompu le roman de Lulu – je veux dire : au chapitre de la divulgation et de ses affreuses conséquences.

Sauf qu'une autre plume rédigeait désormais ma vie.

Car l'issue fut antinomique : « Mon pauvre chéri, souffla Jade dans un voile d'émotion sincère, comme ce doit être étrange, laborieux pour toi, de vivre avec *ça*... » [Arrêt. Cette commisération devait me remuer par son fond sublime... mais c'est sa forme qui m'étourdit. Deux mots, surtout, de sa forme : *mon chéri*. Aussitôt, je ne pensai plus à rien sauf eux.]

À tel point qu'il fallut qu'une agitation externe me ramenât au réel – lorsque ma troisième main se mit à faire trémousser ses doigts tel un oisillon fébrile.

Elle réclamait déjà son attention.

Mais je me fichais du salaire

Un objet anodin, placé devant une lampe, semble titanesque par l'ombre qu'il projette.

La suite de mon histoire aurait un principe inverse : l'illusion d'un paradis, renfermant dans son ventre l'enfer.

Commençons par le paradis.

On le présage : une semaine plus tard, je quittai sans regret mon hôtel pour m'établir, avec Jade, au deuxième et dernier étage de l'école Jeanne d'Arc des Lilas, sise au tout début, je n'invente rien… de la rue de l'Avenir. Il n'y avait qu'à écouter le destin – quoique le destin n'eût guère prévu de nous rendre les choses faciles : car d'école, Jeanne ne possédait que le nom.

Sans complètement menacer ruine, son édifice prenait l'eau, la moitié de ses carreaux étaient brisés, et son « jardin » tenait de la gâtine. Sur cette friche, on attendait pourtant de moi que je cultivasse un potager qui alimenterait la cantine de l'école dès la rentrée, soit deux mois plus tard.

C'était ce qui s'appelait un défi.

J'écris que l'on attendait de moi que je plantasse un potager. « On », c'est le recteur Coubertin, l'auteur de l'annonce que le père de Jade avait découpée, et auprès de qui mon amie m'avait aussitôt introduit, la charge d'intendant restant à pourvoir.

[Ce rendez-vous m'avait permis de percer le pourquoi de l'état du bâtiment : avec un temps de recul sur l'armistice, les Français copulèrent à tire-larigot. En moins d'une décennie, les écoles publiques enflèrent jusqu'à saturation. À un degré tel, pour l'année écoulée, qu'il avait fallu créer au pied levé de nouveaux établissements afin que, selon les vœux de Jules Ferry, l'instruction demeurât gratuite et obligatoire.]

Bref. L'entretien avec Coubertin avait duré trois minutes, à l'issue desquelles le bureaucrate court sur pattes avait décrété que j'étais *l'homme de la situation*, laissant penser, au préjudice de mon orgueil, qu'il aurait recruté n'importe quel autre candidat qui se serait présenté avant moi.

Par chance, il n'y en avait pas eu – tant le chantier s'annonçait rude, et le salaire y afférent à la limite de l'injure. Mais je me fichais du salaire.

Je voulais Jade.

Sur le perron de son cabinet, le recteur avait lancé : « Vos deux mains ne seront point de trop pour aider Mademoiselle Garnier, qui n'a que la sienne sur le cœur. »

J'avais poliment acquiescé, trouvant de plus en plus d'humour au dialoguiste de ma vie.

J'écris plus haut que nous nous établîmes au second étage de l'école : on y trouvait en effet deux domiciles, ou plutôt une loge de gardien, et un petit appartement pour l'institutrice.

C'est du moins l'usage que nous attribuâmes aux pièces vétustes qui nous accueillirent, et où logeaient principalement des moutons (de poussière) et des toiles (d'araignées). Avec le rêve à peine voilé de fusionner bientôt ces espaces séparés en un seul et même espace d'amour.

La déplaisante impression de lui obéir

L'été 26 fut le plus beau de ma vie, je puis le dire, pour la simple raison que je ne le vis guère passer. La besogne était telle qu'il y avait à chaque instant une chose à faire, à visser, à rafistoler, si l'on voulait que les enfants entamassent leur année dans les meilleures conditions.

Coubertin avait vu juste : mes deux mains ne furent pas de trop, ni la troisième d'ailleurs – que ces travaux d'ampleur guérirent mieux qu'une cure de désintoxication. Dès le déblaiement du futur potager elle fit des merveilles, aérant mieux la terre que mes deux bras réunis, arrachant les sarclures à un rythme qui tenait de l'exploit olympique. N'ayant jamais aménagé de jardin moi-même, elle m'enseigna au surplus la marche à suivre, planifiant chaque soir, sur un calepin, les activités du lendemain… à telle enseigne que c'est moi, pour la première fois, qui eus la déplaisante impression de lui obéir.

Je me répétais que c'était pour la bonne cause.

Stop. Qui ne s'est jamais essayé au bricolage sans une troisième main ne peut en saisir l'utilité.

Pour ma part, je ne sus bientôt plus comment m'en passer. Qu'il s'agît de poser un parquet, de planter un clou, de souder une tuyauterie, arrivait toujours un moment où mes deux préhenseurs naturels allaient dans le mur (c'était le cas de le dire)... et où Hans surgissait à la rescousse, tel le troisième mousquetaire. Le chantier fila si vite qu'à la mi-août, nos logements de fonction étaient passés de l'état de taudis à celui de chaleureux cocon. Ne restait, à l'étage en dessous, plus qu'à repeindre le réfectoire et la salle de classe, pour que l'école fût prête.

Quant à notre pépinière, à moins d'un ouragan, elle produirait d'ici septembre du fenouil, des épinards, des haricots de deux sortes, des oignons, des navets, de belles salades, et même des choux en avance. Il n'y avait qu'à composer les menus. Là aussi, ma troisième main s'annonçait précieuse : du temps qu'il était entier, Hans était fin gourmet et excellent cuisinier.

De son côté, Jade endossait la part administrative. Elle établissait les bordereaux, passait les commandes nécessaires à mes corvées de réfection – et préparait son enseignement.

Notre tandem roulait. Mais quand j'écris *tandem*, à défaut de *ménage*, je pourrais écrire *couple*, la tendresse se mêlant à tous les degrés de nos rapports. [Discrète, réciproque, évidente.]

En un mot : nous nous aimions.

Et si la pudeur nous empêchait de nous le dire à voix haute, elle n'interdisait ni les baisers volés ni les déclarations symboliques. Plutôt que dire « Je t'aime », nous disions : « J'aime comme toi l'idée du bleu pour la salle de classe. » Tant il est vrai que ne pas aimer ce que l'autre aime constitue la première étape du désamour. Et vice versa.

Ma main – pour finir : on n'en parlait pas davantage que de la sienne manquante.

Elle n'était pas le cœur de notre lien.

Mais ce silence était-il une courtoisie ?

Je veux dire : occupait-elle malgré tout, cette main, dans l'esprit de Jade, une place aussi prégnante que dans le mien ? Je décidai de crever l'abcès.

Ses jours étaient comptés

Il ne fallait cependant pas qu'elle m'entende.

Concernant ma main, écrivis-je donc à Jade au dos d'une éphéméride, un soir que nous lavions notre première laitue dans sa cuisine, *j'attends d'être sûr de ne plus en avoir besoin, pour m'en séparer.*

Stop. Mon amie prit le crayon que je venais de lâcher [la fortune avait été clémente en retirant sa main droite à une gauchère], et répondit : *Il m'a fallu cinq ans pour accepter de me séparer de la mienne… qui n'était pourtant plus là ! Prends ton temps. Je serai avec toi.*

Qu'avais-je fait pour mériter une si parfaite âme ? Sans battre en brèche mes faux-fuyants, Jade m'invitait à sonder les clauses équivoques du contrat signé avec ma conscience.

Car de toute évidence, en effet, je m'étais attaché à Hans… comme Hans s'était attaché à moi.

Point certes de la même manière, mais d'une manière quand même, qui devrait être débrouillée avant de rompre définitivement notre lien. Stop encore. Après un bref moment de silence, je me levai, serrai Jade dans mes bras, échouant à cacher mes yeux humides, et lui souhaitai bonne nuit.

Dans mon lit, le décret fut vite pris : d'ici la rentrée suivante, je me séparerais de ma troisième main.

Sur-le-champ c'était trop tôt. Elle me serait malheureusement indispensable pour achever la réhabilitation de l'école, et mettre sur pied les bases de son fonctionnement. Une fois ce quotidien ajusté, je me présenterais à l'hôpital et entamerais, après tant de traverses, mon nouveau chemin. Les congés d'été me permettraient de cicatriser en père peinard, sans que ma convalescence nuise aux tâches qui m'incombaient.

Dans un an, je serais un homme neuf.

[C'était bientôt. C'était demain. Elle ne le sentait pas : ses jours étaient comptés.]

Mais l'amour lui aussi attendait son heure qui, comme chacun sait, n'aime guère attendre.

Le lendemain de notre dialogue sur papier, nous fêtions chez Jade, assis dans la même cuisine, la quasi-complétion d'un chantier qui semblait au départ utopique.

Le champagne que nous débouchâmes pour l'occasion me poussa sans doute à l'audace : à l'instant de regagner mes quartiers, je ne le pus simplement pas. Je saisis la main de Jade et la conduisis vers sa chambre… que je connaissais par cœur pour l'avoir aménagée moi-même.

C'est elle qui prit l'initiative d'éteindre sa lampe de chevet. La bougie qui valsait dans la cuisine devint notre unique source de lumière.

Posant mes lèvres sur son cou, je m'aperçus avec délice que la peau de Jade avait le parfum du beurre – et le goût du pain chaud.

Silence. L'après ne se raconte pas.

Non par puritanisme, mais parce qu'il est des sensations qui ne se traduisent en langage. Ainsi noterai-je simplement, pour les annales, ce petit miracle : que ma main cette nuit-là – la troisième – n'intervint d'aucune sorte.

Pour la première fois depuis notre mariage forcé, je jouis d'exister sans elle.

JE DUS INVENTER UN SYSTÈME

Qu'est-ce qui la retint? Qu'est-ce qui retint ce démon, que rien n'avait retenu jusqu'ici, de se mêler à notre fusion? Toute la journée je cherchai une réponse, raisonnant par étapes : attendu que l'on craint ce qui est inconnu... et que l'on se tient à distance de ce que l'on craint... il y avait toutes les raisons de croire qu'une chose émanant de notre lien avec Jade avait effarouché Hans... et cette chose ne pouvait porter qu'un nom : *l'amour*.

Oui : depuis son horrible jeunesse à Todtnau, en passant par la guerre et ses calamités, sans oublier les bacchanales d'Élise, ma troisième main avait été gardée si longtemps à l'écart de ce mot prisé des fabliers et des poètes – ou plus prosaïquement des gens heureux – qu'elle voyait ce prodige comme une monstruosité. Stop. Je tenais là mon contrepoison.

[Ou du moins l'espérais-je.]

Car dès le lendemain de la nuit primitive, après la promenade que nous fîmes avec Jade au bois de Vincennes, dont la touffeur avait en ce mois d'août des accents tropicaux, je ne pense pas faire preuve de fatuité si j'écris que nous eûmes envie de *recommencer*.

Or certains événements ne sont peut-être pas faits pour se reproduire ?

Notre deuxième nuit s'avéra, de fait, plus laborieuse. Non par notre faute… mais à cause de ma troisième main… qui s'immunisait déjà contre le suc de notre passion. À mon déplaisant dam, dès les premières caresses, je l'avais sentie s'ébranler dans l'ombre, tentant à tâtons de se mêler à la danse, puisant dans ses mémoires de Pandore des approches vers les parties intimes de Jade.

STOP. Cela m'était inconcevable.

Je rallumai la lumière et priai Hans de nous tourner le dos en se calant sur mon épaule – et de n'en pas bouger le temps de notre affaire.

Mi-confus, mi-bravache, il se rangea à mon ordre… pour cinq minutes plus tard, recouvrer les mêmes gestes d'importunité.

La gêne cette fois fit place à l'exaspération.

Furieux contre elle, furieux d'être furieux devant Jade, je dus inventer un système.

N'étant pas ingénieur, je réfléchis au plus simple : il fallait l'empêcher d'une part de se mouvoir, puis de me griffer. Je déroulai donc deux ceintures, enclavant sous la première mon abdomen et le biceps de Hans, passant la seconde autour de ma cuisse, en englobant son poignet.

Et pour prévenir les dégâts locaux, j'enveloppai enfin sa main – pour ne pas dire : *sa tête* – d'un torchon maintenu par une cordelette. Arrêt. L'observant achevé, je constatai que mon système n'était pas loin de la camisole – le patient que je venais de ligoter m'ayant au demeurant résisté avec la véhémence d'un authentique aliéné, jusqu'à s'épuiser. [J'entrevis d'ailleurs, avec une certaine attrition, combien il était grisant de triompher à peu de frais d'un inférieur.]

Quoique ce triomphe fît long feu : malgré mon système, le nuage d'amour perdit ce soir-là sa légèreté. La nuit fut gâchée… à l'instar des jours suivants. Car comme l'écrivit La Fontaine, et comme je devais m'en souvenir : *On a toujours besoin d'un plus petit que soi.*

La grève

J'ai noté qu'il restait à peindre la salle de classe et le réfectoire.

Avec deux brosses simultanées, j'avais calculé qu'en l'espace d'une semaine, je pourrais poser les deux couches nécessaires à l'achèvement des travaux ; juste à temps pour l'inauguration de l'école. Mais ce calcul ne prenait point en compte l'impondérable qui me frappa soudain : la grève de ma troisième main. Vexé du traitement que je lui avais réservé, Hans refusa dès l'aube de travailler, lâchant comme s'il avait perdu l'usage de ses doigts le pinceau que je plaçai dans sa paume. Qu'à cela ne tienne : j'amorçai ma besogne sans son assistance.

C'était ce qu'on appelle un combat de coqs.

Je décidai pour la peine de jouer au plus malin, le temps qu'il décolère. Et j'aurais peut-être obtenu gain de cause, avancé bon gré mal gré dans mon coloriage… ma troisième main n'eût-elle pas résolu de m'en empêcher.

Car dans la foulée, elle empoigna l'anse du seau et le renversa sur le parquet que nous venions de poncer. Comme si ce n'était pas assez, elle utilisa ici tous les moyens à sa disposition pour faire gicler jusqu'au plafond (blanc) une giboulée de taches (bleues).

Séance tenante, je songeai à rapatrier ma camisole. Ce n'était pourtant pas envisageable : même attaché, la virulence que consacrerait Hans à se débattre me défendrait d'effectuer la moindre tâche de précision. Si encore je réussissais à le garrotter à présent qu'il connaissait mon système ! Je n'étais pas sûr en effet d'y parvenir seul – et il était hors de question de déranger Jade pour ce que je considérais comme étant *mon problème*.

[Quoique dès le réveil nous ayons ri avec mon amoureuse des accrocs de la veille, dissipant dans l'œuf un malaise qui, avec Élise, nous aurait précipités dans des gouffres sépulcraux, trop heureux de sortir nos couteaux… en feignant de parler d'*elle*. Tant il est vrai, n'est-ce pas, que certains arbres s'enracinent dans une terre saine et se séparent sans regret des fruits avariés qu'ils produisent, quand d'autres, plantés malgré eux dans une glèbe amère, se cramponnent à ces fruits comme à une absconse fatalité. Dans ces cas-là il faut trancher.]

Mais revenons au chantier – je veux dire : à mon problème. Je ne pouvais ni la contraindre, ni faire abstraction d'elle. [Ni me faire opérer à deux semaines de la rentrée.]

Contre ma fierté, il me fallut concevoir un entre-deux. Ou dans des termes militaires : négocier. Barbouillé de bleu jusqu'aux sourcils, je trempai un pinceau dans la peinture coulante, et demandai à ma troisième main d'écrire sur un pan de mur ce qu'elle réclamait pour coopérer.

Sa réponse tint en deux mots : *VEUX JADE*

Je rétorquai tout de go qu'il n'en était pas question.

Sans se démonter, elle reprit la brosse : *ALOR VEUX FEMME*

Quand un homme a quelque chose à cacher

La chance dans mon malheur : l'objet du marchandage m'était, si je puis dire, à portée de main.

Hans se fût-il accroché à sa première doléance, j'aurais coupé court aux pourparlers.

Fallait-il pour autant le satisfaire ?

Il me sembla que je n'avais pas le choix, si j'entendais honorer mon contrat de réhabilitation, car déjà le temps manquait. Je posai toutefois mes conditions : une fois par mois, pas davantage. Hans se cabra : pourquoi si peu, quand j'avais le droit de dorloter Jade tous les soirs ? Quelque chose dans son objection béquillait, mais j'avais besoin d'accord, non d'arguties.

Nous parvînmes à ce compromis : je l'emmènerais *toucher des femmes* une fois par semaine, en contrepartie de quoi il m'assisterait dès le jour même pour finir les travaux – et cesserait de s'immiscer dans notre intimité avec Jade.

Affaire conclue : nous nous serrâmes la main.

[Resongeant à mon projet secret, je triomphai à bas bruit : septembre / octobre / novembre / décembre / janvier / février / mars / avril / mai / juin : dans dix mois je serais délivré. Le contrat éternel que ma troisième main croyait avoir décroché de haute lutte était en vérité son repas de condamné.]

Les femmes acceptant de se faire toucher par des mains inconnues étaient légion à Paris.

On les appelait hier comme aujourd'hui des prostituées. Quoique je n'en eusse jamais fréquenté, j'éprouvais du respect pour ces individus forcés d'admettre en leurs corps des corps étrangers.

Je savais leur lot. [Et je savais où les trouver.]

La rue du Pélican, dans le Ier arrondissement, m'eût fourni assez de candidates pour satisfaire chacun des doigts de Hans, mais j'avais trop peur d'y croiser Élise – ou pis, mon salaud de père qui se serait remis de son émasculation.

Je n'en avais point le courage.

Je me rabattis donc sur l'arrière-comptoir d'un bouge repéré rue de Floréal, en allant acheter de l'encaustique à la droguerie des Lilas. Sans besoin d'être grand clerc, les messieurs qui faisaient la file devant ce troquet n'allaient pas glaner un Pernod menthe. Il n'y avait qu'à regarder leurs regards, qui s'appliquaient trop à la neutralité pour être honnêtes.

[Autrement dit : ils avaient quelque chose à cacher. Et quand un homme a quelque chose à cacher, c'est souvent la même chose.]

Le soir venu, prétextant auprès de Jade une énième course, j'entrai ainsi dans le café de l'Église – ça ne s'inventait pas – dont je découvrirais tantôt le surnom local : *le café de la Glisse.*

Stop. Quoique lavé de mes travaux de peinture, je devais encore avoir l'air d'un bleu, le patron me servant d'entrée la phrase qu'il devait réserver aux novices : « Y vient pour boire, le petiot, ou pour… » Je brisai son silence : « Il vient pour… »

Et le patron : « Suis-moi. »

Une porte s'ouvrit sur une chambrette

Au mitan d'août, le chaland devait se faire rare : je fus accueilli avec le sourire par trois dames d'un certain âge, qui taillaient le bout de gras.

En l'espèce, elles étaient toutes trois bien en chair, l'une mieux que bien. Et un peu effrayantes. Mais il flottait dans cette « salle d'attente » une réjouissante atmosphère, qui tranchait avec mon expectative. La plus grosse des trois putains me prit la main : « L'a envie d'quoi, l'gamin…? » [Était-ce la coutume ici de parler des gens à la troisième personne?] « Je viens pour… un ami », répliquai-je. Cette réponse déclencha un élan d'hilarité chez mes grâces roturières.

C'est vrai qu'il y avait de quoi se tordre : ce devait être mot pour mot la justification de tous les blancs-becs qui pénétraient dans ce lieu.

Sauf que moi… je venais réellement pour un autre que moi.

« Tu les préfères rousses, brunes ou blondes, tes copines? »

Pause. Si je m'aperçus, à cette devinette de la meneuse des trois, laquelle s'efforçait de me libérer de ma gaucherie, que la trinité capillaire m'était en effet offerte, je ne sus que rétorquer.

Fallait-il consulter Hans ? Mais où ? Et comment jetait-il son dévolu sur telle ou telle femme ? Était-ce une question de physionomie, d'odeur, de texture de peau ? Je me paralysai, moins par embarras que face à la multitude des variables.

Or il n'y eut bientôt plus à réfléchir : comme souvent lorsque je faseyais… ma troisième main prit le relais – soit l'initiative de se révéler.

Stop. J'allais la restreindre par réflexe, avant de me résoudre à la fatalité : par leur métier, ces femmes-là devaient avoir tout vu. Des déformés, des amputés, des pervers et des monstres en tout genre, le panel complet de la bizarrerie humaine.

Les vertes et les pas mûres.

En outre, si je devais payer pour distraire Hans, il était débile de tergiverser : elles l'éventeraient bien. Ainsi le laissai-je sourdre de ma chemise, et lentement pandiculer, avant de tâter tour à tour les fruits mis à sa disposition sur l'étal.

Arrêt. Pour une fois j'avais vu juste : sans alarme, les trois putains avancèrent comme une seule vers ma troisième main, la pétrissant sous tous les angles avec, dans les yeux, la joie d'un gosse recevant un premier sucre d'orge. L'adjudante de la matrulle ouvrit la bouche à son tour : « Pour l'même prix, si tu veux, tu m'as aussi… » Et la troisième de sauter dans le train : « Moi itou ! »

Diable. Des tiges de toutes les formes et de toutes les envergures, on devait en voir passer, mais des loulous à trois mains, il fallait croire que c'était moins courant.

Stop *bis*. Une porte s'ouvrit sur une chambrette assez pitoyable, touchante dans son intention de grand style – un baldaquin et des laizes élimées de velours grenat tenant lieu, en l'occurrence, d'intention. Les trois putains entrèrent.

Et quoique cela soit curieux à écrire, je me vis *suivre* ma troisième main.

À l'école, vint le jour de l'inauguration – qui fut surtout celui de ma consécration. Car le premier lundi de septembre, notre ancienne ruine pouvait accueillir cinquante élèves en bonne et due forme.

Par timidité, et aussi par crainte des foucades de ma main, j'avais d'abord insisté pour ne point paraître en public. Jade me l'avait interdit : j'avais bûché en hercule, il était indispensable que l'on reconnût mon mérite, n'en déplaise à mon greffon.

Remué par son plaidoyer, j'avais quand même sanglé ma camisole, afin de parer aux mauvaises surprises au milieu de la foule.

Hans s'était plié à cette sommation : j'avais sur lui un levier.

[Jade elle-même s'était étonnée de son assagissement – dont j'avais gardé pour moi les motifs, considérant une fois encore que Hans était mon problème et non le sien, et qu'il eût été égoïste de l'appesantir d'équations qu'elle ne pouvait résoudre. En dépit de notre amour, nous restions deux individus. Ma responsabilité était de lui réserver ma meilleure part.]

Lorsque Coubertin eut fini son laïus, invitant « le sauveur de Jeanne d'Arc » à le rejoindre sur scène, et que je vis d'un coup trente personnes m'applaudir, j'eus l'impression qu'enfin ma vie avait viré de cap.

Ça n'avait pas été de tout repos, et le hasard y tenait assurément son rôle, mais le monde enfin s'éclaircissait. Je souris volontiers sur l'estrade, scrutant avec une secrète malice les ciseaux géants que le recteur avait employés pour diviser le ruban bleu blanc rouge…

Hourras – arrêt.

Lorsqu'au nom de la République française, le haut fonctionnaire m'offrit dans un cadre doré *un dessin de guerre du grand Charles Martin*, s'excusant qu'il s'agît d'*une simple lithographie, l'original valant le prix de l'école*, je souris cette fois… de ma vie folle.

Retour au réel : descendu de mon piédestal, je fus tout à trac alpagué par un homme aussi petit que Coubertin mais moins fastidieux, qui me félicita pour mon mariage avec sa fille.

Pause. Il me fallut cinq secondes, et les yeux déridés de Jade, pour saisir que ce roger-bontemps était son père ; et qu'elle venait de lui annoncer une heureuse nouvelle que j'ignorais encore.

Passé ce bref moment de vertige, je le remerciai, et courus embrasser Jade… qui m'interrompit pour me présenter sa mère et ses frères. Diantre. En un tournemain, j'héritai d'une belle-famille – qui était une famille – et qui était belle. Je n'étais plus seul.

La rentrée suivit l'inauguration. Un troupeau de bêtes hurlantes et sautillantes prit possession du bâtiment, s'y plaisant aussitôt comme si c'était sa maison depuis toujours. [C'est le génie de l'enfance, de considérer que le bon est légitime.] À l'instigation de la maîtresse, le petit François apporta le deuxième jour un lapin de la ferme de ses parents, que la classe baptisa Verre de Lait à cause de sa blancheur, et qui serait choyé collectivement.

À propos de lapin… ou plutôt de carottes… ma troisième main s'avéra en cuisine un parfait commis, débitant les légumes à toute vapeur, me permettant de concocter cinquante repas chaque matin.

Tout était presque résolu.

Le fumet d'un gâteau que nous ne goûterons pas

Jade n'avait pas davantage la foi que moi. « Je ne suis pas croyante, disait-elle avec cette poésie qui lui appartenait, mais ça ne veut pas dire que je ne crois en rien… » Nous nous mariâmes quand même à l'église pour la convenance.

Après nos oui sans contredit, je parai son unique main d'un anneau gravé de nos deux noms.

Le 15 janvier 1926… j'étais un lémure aux prises avec le néant.

Le 15 septembre de cette même année… j'étais un homme marié, aimé d'une femme, apprécié par la société, et œuvrant à l'intérêt général. Il y avait de quoi publier un bréviaire d'optimisme.

Quant à l'amour, les ménestrels de France et de Navarre s'écharpent depuis des siècles sur cette charade : est-il plus doux d'aimer ou d'être aimé ?

D'après mon expérience, il m'apparut que la question était mal posée : car le vrai amour, celui qu'on enjolive de rimes et de vers, ne saurait être que réciproque. Son miracle, je veux dire, est cette fusion d'un sentiment *entrant* et d'un sentiment *sortant*, qui se percutent à mi-gué pour en faire naître un troisième – lequel ne tient debout qu'à la condition des deux autres. Un Saint-Esprit laïque, en quelque sorte.

Notre Saint-Esprit, avec Jade, était joueur : nous nous *chuchotions à l'œil* des mots doux, nous reniflions le creux des oreilles, tels des écureuils en quête de noisettes enchantées.

[J'ai dit que l'amour devait par nature être réciproque. Il doit aussi, je crois, être drôle.]

Du côté du *poulailler* (l'expression n'est pas de moi, les putains elles-mêmes désignaient ainsi leur lieu d'exercice), j'installai une coutume. Chaque jeudi à dix-sept heures, je rejoignais mes trois grâces qui verrouillaient une alcôve, m'asseyaient sur une bergère, et s'agenouillaient en demi-cercle autour de ma poitrine.

Là, Hans s'éveillait, se réchauffait, se mettait pour ainsi dire à bander, puis *faisait son marché* – cette expression-là était de moi.

Tant par décence envers mon épouse que pour exemplifier la réserve attendue de ma troisième main lorsque je me trouvais en semblable familiarité avec Jade, je repris mon usage de lecture.

Un bouquin devant les yeux, je pouvais faire fi du badinage à l'entour de mon ventre.

Stop : l'ironie du sort voulut qu'à la première occasion, ayant embarqué comme paravent de pudeur mes chères *Pensées* de Pascal, j'achoppasse sur cette énigme : *Qu'est-ce qui sent du plaisir en nous ? Est-ce la main, est-ce le bras, est-ce la chair, est-ce le sang ?*

[Veut-on que j'y réponde ?]

Soit. Si je remonte le cours de ma mémoire, deux remarques s'imposent.

D'abord, qu'un soupçon du plaisir capté par Hans se communiquait en effet à ma physiologie, mais que je n'y prêtais guère attention, de la même façon que l'on respire, passant devant une cuisine, le fumet d'un gâteau que nous ne goûterons pas.

Ensuite… que malgré ce plaisir auquel j'avais refusé de prendre part, j'éprouvais à l'issue du poulailler une sérénité pareille à celle qui supplante « la vraie chose »… pour la bonne raison que j'avais ravitaillé la bête.

Que, jusqu'à la semaine suivante, je pouvais enfin passer à autre chose.

Selon les termes de notre pacte

L'enfer, dit-on, est pavé de bonnes intentions.

J'ajouterai qu'il est pavé de tromperies contre soi-même. Car en dépit du tableau idéal que je brosse de ma nouvelle vie, un détail échappé par accident de mon instinct eût dû m'alerter.

Lors de mon deux-ou-troisième passage au poulailler, faisant désormais figure d'habitué, la plus charnue des boulangères (toujours elle) avait fini par m'interroger : « Et c'est quoi ton p'tit nom, alors ? » Pris au dépourvu, je m'étais entendu répondre : « Je m'appelle… Hans. »

Y resongeant sur le chemin du retour, j'avais refoulé le sens de cette réplique – qui était pourtant cristallin : lorsque ma troisième main prenait ses quartiers, je *devenais* ma troisième main.

Mais il n'y eut bientôt plus à analyser quoi que ce fût. Revenu à l'école, je trouvai Jade devant la grille, le visage inquiet. « Qu'y a-t-il ? » demandai-je. Et ma femme : « Parlons à l'intérieur, d'accord ? »

Dans ces instants, toute latence est torture. Le cœur battant, je suivis Jade dans les escaliers jusqu'à notre chambre, où elle se posa sur le lit : « Mon chéri, commença-t-elle alors, tu as tes tracas et je ne tiens pas à intervenir dans leur résolution, mais… des parents d'élèves disent t'avoir vu au café et… enfin, tu sais comment sont les gens… »

Pause. J'ai écrit que Jade était la femme la plus douce, la plus délicate du monde. Si l'on avait encore des doutes à ce sujet, les mots qu'elle choisit ce soir-là – transcrits à la lettre – convaincront les derniers incrédules.

Quelle autre épouse en effet, apprenant que son mari va au bordel, eût fait montre d'une telle élégance, d'une telle bienveillance ? Il y avait une chose divine en Jade, qui me fit verser des larmes de gratitude.

Sauf me sécher les yeux, que pouvais-je ajouter ? Sa formulation récapitulait parfaitement les tenants et les aboutissants de mon écueil, qui était dorénavant le nôtre. Je restai donc muet, et pris Jade dans mes bras… en même temps que la décision de me rebiffer avec davantage d'ardeur contre les *diktats* de ma main.

Puis nous nous endormîmes comme deux amants parvenus au bout de leur dialogue.

Dès le lendemain, je convoquai – si je puis dire – Hans, lui annonçant que jusqu'à nouvel ordre, nous ne pourrions plus fréquenter le café de l'Église, mais que je m'engageais, selon les termes de notre contrat, à chercher un lieu analogue dans les meilleurs délais.

En attendant, je lui faisais confiance pour ne pas *nous* gâcher l'existence. Stop. Avec le recul, son absence de réaction, que je pris pour un froissement sans gravité, aurait dû m'avertir.

[Ma troisième main avait-elle au demeurant perçu mon bluff? Car j'entendais bien, je l'avoue, profiter de ce prétexte pour rompre unilatéralement notre pacte, ajournant chaque semaine la prospection du nouveau bordel, menant Hans en bateau… jusqu'à la déchiqueture subite.]

Stop encore. En langage courant, cela s'appelle un mensonge.

Ainsi les pages qui suivent constitueront-elles la seule vraie leçon morale de ce carnet, tant j'allais – tant *nous allions* – le payer cher, ce mensonge.

La punition requise s'imposa

Comme au bon vieux temps – qui n'était ni si vieux ni si bon – nous avions préparé avec Hans, à l'occasion des vacances de Toussaint, un petit spectacle de magie. Et pour changer des cartes à jouer, peu propices aux enfants, j'avais appris grâce à un nouveau manuel des tours plus visuels, faisant intervenir foulards, cordes, et bien sûr… un lapin.

Pause. Dans la classe vide face à Jade, les répétitions avaient fait florès. Ainsi l'avant-dernier vendredi d'octobre, ovationné par les élèves, me révélai-je en smoking derrière un podium de carton multicolore, semblable à celui de mes prestations de rue.

Les parents étaient présents aussi, et mes effets emportèrent la joyeuse adhésion du public, qui se déchaînait en applaudissements après chaque numéro. Je me souviens que régnait ce jour-là une bonne humeur palpable, dont on se serait découpé une tranche pour les jours gris.

Mais vint par désastre le finale.

Était prévu, pour cet ultime effet, de convoquer le petit Fernand, qui était le cancre mais qui n'était pas bête – et que chacun affectionnait –, de faire attester donc au petit Fernand que mon haut-de-forme était vide, avant de me le rendre et… qu'*abracadabra*, j'en sortisse, avec l'aide de qui l'on sait, la mascotte à poil blanc de la classe : Verre de Lait.

Stop. La première part de ce scénario se déroula tel qu'écrit, mais en plongeant la main dans mon gibus pour attraper les oreilles du rongeur, je m'étonnai qu'il parût moins agité que lors des répétitions. Quoique je dusse garder mon sourire de magicien face à l'auditoire, un terrible pressentiment me gagna. Trop tard : mon bras droit enclenchait déjà son impulsion, tirant du chapeau, devant cinquante bambins béats, le cadavre de leur lapin chéri. Étranglé par ma troisième main ; qui eût ricané si elle avait pu le faire.

En un éclair, cris et pleurs déchirèrent la classe.

Décontenancés, les parents tentèrent en vain d'apaiser leur marmaille, et chacun finit par évacuer la salle. Je croisai ici les yeux de Jade, qui me dirent qu'elle avait compris comme moi ce qui venait de se passer.

Ce fut ma seule consolation – avec la fierté d'avoir, par miracle, conservé mon sang-froid devant mes spectateurs. Car j'avais été à deux doigts d'agripper Hans sur-le-champ, et de...

Et de... quoi ? Si je m'étais abstenu, c'est aussi que je ne le savais pas encore.

Mais une fois la classe désertée, une fois seul face à mon ennemi – Jade s'étant précipitée dans la cour pour réconforter ses écoliers –, la punition requise s'imposa.

D'un pas sûr, j'ouvris l'armoire à outils calée contre le mur du fond, en sortis un marteau de bonne taille, agrippai ma troisième main et lui rendis coup pour coup toutes ses crasses, frappant chaque segment de sa carcasse avec une vigueur digne de ma furie.

Eût-elle pu hurler, ma main aurait cette fois-ci hurlé.

Je la laminai sans m'arrêter pendant une longue minute, et cette minute aurait pu durer des heures, si je n'avais pas fini par m'évanouir moi-même.

La radiologie a fait d'immenses progrès

Je rouvris les yeux dans une chambre blanche. Le premier visage que je discernai était un visage aimé : celui de Jade qui, en plus de me regarder, me tenait la main (gauche). Silence. J'avais conscience, avant cet instant, que nous nous aimions – mais pas à ce degré-là. L'émotion qui transsudait de ma femme me bouleversa au point d'amenuiser, l'espace d'un flocon, l'intense douleur qui me dardait les entrailles. Silence encore. Je n'avais jamais éprouvé une telle souffrance : je veux dire, fantôme et diffuse à la fois, impossible à circonscrire, et dans le même temps si délimitée. On eût dit que les nerfs de ma troisième main criaient à hue et à dia dans toutes les parties de mon corps. [Aux yeux d'un scientifique, cette image devait n'avoir aucun sens.]

Des médecins, précisément, parurent dans mon cercle de vision qui se débrumait, réveillant à leur stéthoscope défendant, et en dépit de leur amabilité, le souvenir de Gottschalk. Pourquoi d'ailleurs me contemplaient-ils avec cette commisération, qui n'était pas loin de la pitié ?

Sentant qu'il était cruel de me tenir en haleine, un professeur prit la parole. Mais j'étais si abruti par les narcotiques et le reste que je perdis la moitié de sa conférence.

Que l'on pardonne mon résumé approximatif : avant la guerre, la radiologie balbutiait. Dans l'enfer des tranchées, face à la « nouveauté » des blessures infligées par les armes modernes, les rayons X avaient progressé à fond de train, tant il est vrai que la mort en masse offre de précieux exercices à la médecine. Sous l'égide de Madame Curie, on avait conçu une flopée de méthodes pour localiser les éclats d'obus éparpillés dans la chair des soldats.

En l'espace de trois décennies, l'imagerie médicale était passée du statut d'extravagance ésotérique à celui d'outil primordial.

1897 : les collègues d'Antoine Béclère l'accusaient de *déshonorer le corps des hôpitaux en devenant photographe*.

1926 : Béclère passait pour l'un des pionniers de son temps.

Soit. Tout cela était captivant, mais où voulait-on en venir ?

Mon regard dut tracer ce point d'interrogation, car le professeur qui discourait s'interrompit, adoptant soudain un ton solennel : « Monsieur Marchand. Si je vous expose tout cela, c'est pour vous assurer que la radiologie a fait d'immenses progrès, et qu'elle permet désormais de poser des diagnostics formels.

D'avoir des certitudes, si vous voulez, sans prendre le risque d'opérer. »

Il y eut ici un dernier silence – puis : « Notre diagnostic collégial, à l'hôpital Tenon, est qu'il ne serait pas possible de retirer votre main surnuméraire sans mettre en péril votre vie. »

Comme j'accusais le coup, le professeur se raccrocha aux branches de sa science : « Le muscle deltoïde et le tendon sus-épineux de votre transplant se sont en quelque sorte *amalgamés* au tissu même de votre intestin – il présenta un tirage – ici, entre le duodénum et l'iléon. Et par un phénomène qu'on ne s'explique pas, votre veine cave inférieure, via l'artère mésentérique et la veine rénale, est descendue jusqu'à ce nœud, de sorte qu'une amputation du greffon entraînerait mécaniquement une hémorragie massive, et impossible à contenir. »

J'ÉTAIS ACCULÉ

Je crois aujourd'hui que ce jour précipita ma décision.

Face à l'imparable fatalité du diagnostic, une part de mon jugement se mit sans retour à courir les champs. J'étais acculé : quoi que je fisse, il y aurait cette chose en moi qui me dévorerait.

Cette pensée était insupportable et sans échappatoire, sauf l'échappatoire irrévocable.

Je descendis les yeux vers Hans. Lui aussi était abattu, mais moins allégoriquement.

Bandé de crêpe jusqu'à la pulpe, il se remettait à peine de mon assaut. J'appris dans la foulée qu'on avait passé la nuit à l'opérer, à agrafer ses os brisés, à le recoudre afin qu'il ne nécrosât pas, entraînant dans sa chute le chameau qui lui servait de véhicule.

Ce fut la seule erreur de Jade – de vouloir sauver ce chameau. Oui, cette nuit-là, il eût mieux valu le laisser partir. Car les ultimes années de sa vie annihilèrent le (rare) bien qui les précédait.

Mais cessons de parler par aphorismes.

Je restai une semaine alité, au bout de laquelle, comme si l'histoire recommençait à zéro, Hans reprit à son tour des forces, émergeant de sa torpeur, me toisant dès lors avec supériorité... ayant même le culot de réclamer des comptes – malgré sa difficulté à tenir un crayon, et ma peine à déchiffrer ses lettres vacillantes –, protestant que ma réaction à sa « plaisanterie » avait été excessive, que ce n'était après tout qu'un lapin... et que je mangeais moi-même du SIVAI.

Arrêt. Il me fallut quelques secondes pour traduire son *sivai* en *civet*.

Face à tant d'impudence, je restai coi. N'ayant rien manqué des conclusions (répétées à l'envi devant « lui ») du corps médical, il m'intima pour finir de lui accorder davantage de *respet*, et d'écouter dorénavant ses *désirs*, nos destins étant soudés.

En résumé : c'est lui maintenant qui avait un levier sur moi.

À partir de ce point, la suite ne fut ni bleue ni rouge, ni jaune ni verte, ni d'aucune couleur. Elle fut d'ombre.

Mais l'ombre s'installa de jour en jour, si je puis oser cet oxymore. Car je voulus d'abord croire qu'il était possible de préserver un écot de lumière dans le jardin de ma vie.

Le jour de la sortie d'hôpital, Jade m'invita à déjeuner dans notre bistrot favori qui servait, derrière la Madeleine, des spécialités auvergnates. Le parfait aligot que je goûtai en contemplant la parfaite grâce de ma femme me raccommoda un instant avec ce Dieu qui n'existait pas. [Quand mon cœur et mon estomac étaient heureux, ils avaient la force de juguler ma troisième main.]

Stop. L'euphorie toutefois fit long feu. Dès que nous posâmes le pied dans la rue, je sentis la chose réclamer son dû augmenté de tous ses arriérés. Et le soir même… je me glissai dans la nuit pour la nourrir.

Ou si l'on préfère : la faire taire.

Note du 15 février 1927

La semaine dernière elle m'a encore assujetti.

Est-ce elle qui désire – ou bien moi ?

J'ai envie de lui donner toute la place pour évacuer de moi le problème.

Quand je la laisse prendre le dessus… c'est vrai… je n'ai plus à penser à elle.

alors…

Je sais que ça va faire mal. Mais que ce mal va me ramener un temps vers le bien.

Car ensuite je la déteste dans des proportions inimaginables : elle s'en aperçoit, me laisse en paix quelques jours. Quelques jours seulement. Car bientôt, déjà, j'ai encore envie de revoir… ce que « ça » fait.

Non. Je n'ai pas envie.

J'ai oublié qu'elle était plus forte que moi.

Ou bien j'ai besoin d'appuyer sur ma blessure ?

Cette blessure qui me distingue de tous les autres ?

Bis repetita : *je ne vis derechef plus que pour ça.*

Pour cette possibilité d'échapper à ma vie sans que ce soit ma faute.

[*J'aime pourtant ma vie.*
Pourquoi je brûle tant d'y échapper?]

Elle m'a infecté.
Elle a fait de son désir le mien indistinctement.
Une électricité me démange.
Mon esprit se remplit de visions.
La peur qu'elle m'inspire est devenue ma drogue.
Me suis-je trop accoutumé au déséquilibre?

Je DOIS la faire jouir... pour jouir à cent pour cent.
Je mens à tous. Je mens à Jade.
Je deviens un simulacre.

Certains hommes ont peur de l'obscurité – cela est normal. Ce qui est terrible c'est d'avoir peur de la lumière.

Cet insoutenable rébus

Les six années qui me séparent de celle où j'écris ces lignes – et qui conclura mon passage sur terre – filèrent à la fois vite et à petit feu, comme poisse à l'âme un mauvais rêve. Dois-je tout en dire ?

Un tel récit paraîtrait tristement répétitif, à l'instar de ces diabolos que les gamins font monter et descendre le long d'une corde, tant mon quotidien se mua en un rabâchage de hauts et de bas, me menant chaque fois un peu moins haut… et toujours plus bas.

Dès le retour aux Lilas, je pris l'habitude de porter ma camisole sans interruption, même pour dormir. Hans n'en fut point ravi, mais l'assassinat du lapin m'avait servi de leçon.

Au sein de l'école en particulier, il n'était pas question d'exposer les enfants aux caprices de mon siamois. [Tiens. J'entends en l'écrivant : *scia moi.* Le langage a des dons de voyance.]

Reprenons. Je ne quittais plus ma camisole et cela se jouait donc à l'usure, à qui baisserait les bras le premier. Ma troisième main commençait par se débattre, je tenais bon et encaissais les coups & griffures qu'elle parvenait à m'administrer sous le coton qui finissait par se distendre, tâchant malgré cela de garder la tête hors de l'eau, de poursuivre mon « autre vie ».

Et quelquefois j'y parvenais. Dans ces intervalles, Hans cessait quelques jours de ferrailler.

J'avais remporté une bataille. Mais une bataille à la Pyrrhus, tant les pertes étaient lourdes de mon côté… et de celui de Jade. Épuisé par ce combat intestin, j'étais en effet pendant ces périodes comme absent à ma femme, absent à mon existence.

Et surtout : je savais que les forces me manqueraient lors de la prochaine offensive. Que ce serait mon tour de céder, autrement dit : de suivre la volonté de ma main.

Lorsque cela arrivait, j'évitais la proximité de l'école, pour que nul ne fût témoin des cloaques où j'allais alimenter Hans. Non. Stop. Il n'est plus l'heure de duper le téméraire lecteur de ces aveux. J'écris que j'allais *alimenter Hans*. Mais j'allais bientôt m'alimenter moi-même, tant il est vrai que l'on ne passe pas sa vie à côté de l'âtre sans en convoiter les braises.

Oui : je mis la main à la pâte. Et la paire – je ne veux pas écrire *le couple* – que nous formions devait proposer une jouissance particulière… puisque toutes les putes de Paris finirent par nous connaître et par nous faire des prix, sinon crédit. [Durant ces plongeons j'étais absent d'une autre à manière à Jade, ou si l'on préfère : présent pour de faux.]

Quant à mon mariage, une question éthique s'imposa au demeurant : qui était fautif? Qui méritait le blâme? Ma troisième main, en m'entraînant dans ses gouffres… ou simplement moi-même, qui me servais de son prétexte pour m'adonner à des pulsions que je refusais d'admettre?

Je butai contre cet insoutenable rébus.

Note du 22 novembre 1930

Les murs sont murs, les chaises sont chaises, le plafond est au-dessus de ma tête, mais rien ne me tient.

Je chancelle & chavire.

Ma vie est en place mais mon esprit crevasse.

Je sens le danger en moi si fort que même lorsqu'il hiberne, il est là quand même, à me souffler qu'il reviendra un jour, qu'il reviendra détruire et me détruire.

Je suis assis dans ma cuisine, je suis aimé, j'ai des amis... mais il est là, indétachable de moi, tuant tout espoir de bonheur ou de sérénité pérennes.

Car cette profonde chatouille...

quoi qu'il arrive – un soir – une nuit – reprendra la parole et le dessus,

quoi qu'il arrive, ne me laissera pas en paix.

À moins qu'elle vieillisse elle-même, ralentisse, se lasse, s'affaiblisse... au point de ne plus savoir m'asservir ?

Mais je n'ai ni le temps ni l'envie d'attendre cent ans.

La joie simple d'une promenade
ne m'est plus autorisée.

Mais j'y marche en secret, incapable de dire le fond de mes inquiétudes à celle qui partage ma vie.

Le pire étant… qu'elle les entendrait. Qu'elle m'offrirait, comme toujours, son assistance.

Mais je refuse de gâcher les rares moments de répit que je peux offrir à Jade.

Je n'ose réquisitionner le pire quand le pire
– en apparence – me laisse en paix.

Hans : ton piège est sur moi trop parfait.

Je suis obligé de te contenter pour survivre, mais la survie alors devient une torture.

La rédemption est promise à tous ?
Non : à tous sauf à moi.

Stop. Un matin d'avril 31, après un cortège de saisons difficiles, je crus avec un certain triomphe que j'étais parvenu au point d'équilibre. Que, l'aura de Jade aidant, j'avais appris à tenir en respect mon plus grand adversaire.

Galvanisé par cette conviction, et pour ne pas me rendre coupable d'un vœu pieux, je me mis au défi de lui tenir tête une année entière, et y parvins. Non sans quelques nuits féroces, mais les féaux eux-mêmes ne luttent-ils pas contre la tentation ?

Je me répète : je réussis. Trois cent soixante-cinq matins et trois cent soixante-cinq soirs de suite, la romance des rouges-gorges, le parfum arc-en-ciel de la rosée, les rires des enfants, la nuque de ma femme et ma passion neuve pour la photographie eurent raison des boutades de ma troisième main. [Le bon et le beau étaient plus puissants que son mal.]

Il faut cependant croire que le Ciel avait une dent contre moi.

Car Jade dut bientôt s'absenter de temps à autre dans le Sud.

Nommé à Nice, Coubertin avait prié sa « maîtresse à une main » d'inculquer sa méthode – qui faisait des merveilles sur les gamins les plus sots – à de nouvelles recrues de son académie, laquelle souffrait d'une carence de vocations et de capacités.

Outre le mérite qu'elle désignait, cette proposition ne se refusait pas : à terme, on offrirait sans doute à Jade de diriger une large école et, surtout, de publier un abécédaire illustré par ses soins ; son rêve.

Je la laissai ainsi partir heureuse, et revenir tout autant heureuse, les bras chargés de socca (une crêpe à la farine de pois chiche), ou de *pans-bagnats* ; exquise spécialité de brioches fourrées au thon et aux olives (*pan* étant le nom provençal du *pain*).

Je la laissai partir – quelqu'un devant assurer une permanence en cas de livraisons, désherber le potager et se consacrer aux réparations en retard.

Je la laissai partir... mais dès mon deuxième séjour en solitaire... rechutai.

Ce récent soir frémit encore dans ma mémoire : j'accompagne Jade à la gare, rentre en autobus, gravis les escaliers, ferme la chambre et baisse les yeux vers Hans. Je baisse les yeux parce que je me sens d'un coup terriblement – infiniment seul. Ou plutôt : abandonné.

Alors je baisse les yeux parce qu'à défaut d'ange, un diable est là pour me tenir compagnie.

[Est-ce l'origine de l'expression *tenter le diable* ?]

La pensée de mon père finit de me déterminer. Je veux dire : le diabolicisme de mon père.

Comme s'il n'était possible de le sentir « proche » que sur sa terre de laideur.

Comme si son indignité me concédait le droit d'être digne de lui – donc indigne de moi-même.

Comme si le mal que je m'infligeais lui faisait payer son manque d'amour.

Comme si mon mal était le seul remède contre son mal.

Avoir un secret contre elle

Après son premier séjour niçois, ma dulcinée eut l'élégance ou la naïveté de me trouver la mine *un peu fatiguée*, sans m'interroger sur mes nuits sans elle.

Lors de son deuxième retour des Alpes-Maritimes, Jade ne m'interrogea pas davantage sur le contenu de mes nuits, mais me pressa de questions : « Est-ce que tu vas bien ? » « Tu as l'air soucieux. » « Tu es sûr que rien ne te préoccupe ? »

Il n'en fallait pas plus pour me désespérer.

Je veux dire : me persuader qu'à cause de ma main, j'étais en train de perdre mon unique bouée de salut. Qu'une bonne étoile avait essayé de me sauver… et que j'avais craché sur cette bonne étoile.

[À l'inquiétude pour la santé de mon élue, s'ajoutèrent ainsi ces flagellations.]

Inquiétude oui, car les boucans parisiens débordaient de vérole et de syphilis, et que ma hantise eût été d'infecter Jade de ces horribles chancres. Ma seule prudence était donc, avec les putains, de n'employer – comme Hans – que mes mains pour jouir, réservant mon autre excroissance à ma femme légitime.

[Ce qui offrait une déclinaison suffisante de possibilités, que l'imagination du lecteur grossira à plaisir, s'il le souhaite.] Pause. De toute façon, mon désir entreprit de se cliver à petit feu entre la suavité de Jade, et les écueils auxquels je venais m'écorcher lorsqu'elle s'absentait. Pour le dire sans détour : je redoutais tant que le sexe avec ma femme attisât le feu toxique de ma troisième main… que j'en eus bientôt peur, et m'efforçai à l'éviter.

J'aurais pu, me dis-je aujourd'hui, tout étaler sur la table. Convoquer Jade après l'un de ses séjours à Nice… et lui révéler ma vérité.

Sans rideau ni justification. Rien que les faits.

Car la solitude de ma douleur exacerbait cette douleur.

Car le pire était de mentir à la personne que j'aimais le plus au monde.

Lorsque nous faisions l'amour – ce qui advenait quand même – mon épouse s'étonnait de la bonne tenue de Hans : « Il a l'air calmé », soufflait-elle avec, dans les yeux, ce sourire des problèmes dépassables et dépassés. Stop. Je ne pouvais rien dire, mais comme je haïssais Hans dans ces moments-là. J'abominais l'idée qu'à cause de lui Jade pût passer pour une idiote qu'elle n'était pas – et j'abominais de tenir contre elle un secret… avec lui. Puisque c'est pour la raison que nous repartirions tantôt dans l'ombre, et qu'elle le savait, que ma troisième main feignait la tranquillité.

Stop encore. Au bout du compte, que sut Jade de mon outre-monde ? Souffrit-elle en silence d'un mal qu'elle ne pouvait lénifier, comme je crus parfois déchiffrer sur son visage une misère retenue… une semonce qu'elle n'osait formuler… et qui m'accablait pour la semaine ?

Quoi qu'elle sût, découvrît, entrevît, je demande pardon à ma femme dans ce manuscrit, et lui répète que je l'aimais. ----------- *Jade, je t'aime plus que tout.*

NOTE DU 1ER AOÛT 1932

Jade dort. J'aime tant Jade – mais elle ne peut combler mon manque ce soir.

Ce qui me manque ? Le sel du danger et la viande du vice. Ce goût indescriptible qui ne laisse au cœur aucune mémoire.

Ce goût que seule ma main sait m'offrir.

Jade dort et fait des rêves.

Je sors du lit, retire ma camisole.

Hans ne s'emballe pas : il sait que c'est son heure.

J'entre dans la Nuit.

Je la creuse jusqu'à percer son jour.

[*Un jour si lumineux que son éclat pourrait tuer.*]

Hier, Hans et moi avons malmené une femme.

C'était sa prière. Elle suppliait que je la frappasse.

Alors je l'ai frappée. Et Hans après moi.

Le visage en sang, elle nous a implorés de revenir.

Elle a dit à ma troisième main : « Je veux que tu me détruises. »

Je me hais d'y songer. Je me hais d'avoir frappé.

Et je hais cette haine d'être moins forte que ma – que notre pulsion.

Et je hais cette pulsion mortifère que nous déclenchons chez les autres.

[urine, sang, salive, larmes, sécrétions : la nourriture de Hans.]

Stop.

Lorsque je rentre, rien n'est plus précieux que le souffle de Jade qui dort encore.

Ai-je besoin de sortir pour rentrer ?

Ai-je besoin de rentrer pour aimer ?

MA DÉCISION ÉTAIT PRISE

Dans la vie, ce n'est pas : « Je décide. »

Mais bien plus souvent : « Un jour, je me rends compte que j'ai décidé. »

Cette décision qui approchait fut repoussée en dernier ressort par la plus belle nouvelle de mon existence, lorsque Jade m'annonça qu'elle était enceinte et qu'en juin 1933, je deviendrais père.

Oui : cette nouvelle me fit considérer une ultime fois que la délivrance était possible.

Pendant la grossesse, je ne fréquentai (presque) plus mes ténèbres.

Grâce à ce don d'espoir de la Providence – mais aussi – je dois l'admettre – car ma troisième main parut s'attendrir à cette perspective.

[Se figurait-elle que l'enfant à naître aurait quelque goutte de son sang?]

Comme au début de notre idylle, je recouvrai près de Jade, à l'heure de glisser dans le sommeil, ce miracle du cocon immaculé. Ces nuits-là, je ne pensais plus à ma main, je ne pensais à rien sauf à aimer; et le cosmos dans son entier redevenait juste.

Le ventre de Jade gonfla.

Je le contemplais chaque matin avec la fascination de Galilée scrutant le globe lunaire.

Une autre vie s'accrochait à la mienne, dépendrait de moi, mais m'appelait à l'élévation.

[La clé de mes catacombes n'était peut-être, depuis le départ, que celle-là ?]

Pause. On sait que les cœurs purs sont prompts au pardon : Jade proposa d'elle-même, deux ou trois mois avant le terme, d'autoriser Hans à *sentir le bébé.*

Il n'était certes pas de lui, mais ce serait *un peu le nôtre* à tous les trois… n'est-ce pas ?

Mue par cet inoxydable optimisme, mon amoureuse osait lui faire confiance.

Impuissant à la démentir pour les raisons qu'on sait, je veux dire : sans exposer l'inexposable, je défis en tremblant la camisole… et vis la grosse main de Hans se poser pour la première fois sur le corps nu de Jade, avec une tendresse dont je le croyais incapable.

Sa paume épousait absolument la courbure qui tenait mon enfant, à telle enseigne que soudain, nous perçûmes un geste sous la peau – la forme d'une main miniature, cherchant à communiquer avec celle qui la frôlait de l'autre côté.

Stop. Je coupai court à cette expérience.

Mais à la faveur de sa bonne conduite – et de l'insistance de Jade dont le seul mal était de voir le bien partout –, ladite expérience fut reconduite chaque semaine pour mon plus vif déplaisir.

Puis vint la veille du jour crucial.

Cette dernière nuit, Jade ne put dormir d'aucun côté.

Il était manifeste qu'elle allait perdre les eaux d'un moment l'autre. Je préparai une voiture.

Et commençai à me préparer moi-même – car ma décision, désormais, était prise.

Si ma bonne étoile m'offrait son dernier présage

Vers quatre heures du matin, le lit se trempa et ce fut l'heure irrévocable.

Celle, pour Jade, de se rendre à l'hôpital.

Celle, pour moi, de me rendre à la raison.

En tant qu'invalide de guerre, il lui avait été offert d'accoucher dans une maternité spécialisée.

Le fourgon de l'école roulait sans problème hier : je prétextai une panne pour faire appeler une ambulance, promettant à ma femme de la rejoindre au plus tôt.

Trêve. Avec une tendresse infinie, je donnai à Jade mon tout dernier baiser, escomptant que mes larmes d'anéantissement passassent pour des larmes de joie.

L'ambulance partie, je gagnai l'atelier souterrain où j'avais disposé le matériel nécessaire : mon plus gros étau (celui qui m'avait servi à découper les lambris du préau), deux scies neuves, une bande de cuir pour que mes dents eussent quelque chose à mordre – et surtout : le présent carnet rédigé chaque soir en secret depuis que *la décision* s'était insinuée… puis enracinée… puis verrouillée dans mon esprit.

[Soit depuis une quarantaine de jours.

Ce carnet touchait à son terme, lui aussi.

Sa gestation avait été un calvaire. Son point final serait la mort et non la vie.]

Stop. Sans que Hans devinât ce que je fomentais, j'avais encore besoin de quelques heures pour conclure… et c'en serait terminé.

Une question avant la fin – ou plutôt une réponse : qu'est-ce qui avait déterminé ma décision, je veux dire, infléchi l'ultime espérance ?

C'est un cauchemar, dont je refusai qu'il fût prémonitoire. Dans ce fantasme, Jade me remettait entre les bras notre nouveau-né, je perdais mes yeux dans les adorables siens, éblouis déjà par l'éclat du monde recommencé, lorsque soudain un cri – son deuxième après le premier – déchirait notre extase. Après ce cri, du sang coulait, et je saisissais alors que ma troisième main, jalouse de cet individu qui lui faisait barrage, venait de lui trancher la gorge. Tel un agent en couverture, elle avait, des mois durant, simulé la bénignité… pour passer à l'acte d'un seul jet.

Là, je m'étais réveillé en pleurs.

Avec un édit sans appel : si ma bonne étoile m'offrait son dernier présage, je ne le manquerais pas. Je pouvais encore éviter le pire.

Que ma troisième main eût saccagé ma route, c'était un drame, mais c'était mon drame, qui ne menaçait pas mes jours, Hans sachant que de ma vie dépendait la sienne.

Jade c'était pareil : il était assez malin pour avoir compris que, sans elle, je me noierais.

Elle était protégée.

Mais notre enfant, qui pouvait me convertir au bien, était la cible parfaite.

Mon dernier devoir serait de mettre à l'abri cet innocent.

Pause. Il y a aux échecs un nom pour désigner un coup que l'on est obligé de jouer, qui sera forcément défavorable. J'en étais là.

Mais j'avais choisi d'interrompre la partie.

Dernière note avant…

Quelque chose, quelque part, veut m'interdire cette illusion de renouvellement, qui oblitère l'avancée vers l'inexorable et l'affreux : je n'aurai pas d'enfants de mon vivant.

Je veux dire : l'enfant que j'ai, je ne le verrai jamais.

Comment sera-t-il ? Comment sera-t-elle ?

Quelle sera sa présence au monde ?

L'acte d'exister est un mystère plus puissant que la mort.

[*Silence.*]

Il est important de mourir dans un endroit aimé.

L'alpiniste mangé par l'avalanche.

Le pilote déflagrant en vol.

Moi… dans la plus tendre maison que j'ai connue.

Lors de mon dernier anniversaire, soufflant mes bougies, j'ai songé qu'avoir trente-trois ans m'avait longtemps semblé irréel. J'atteignais pourtant cet âge.

La mort alors, qui me paraissait tout aussi irréelle, pouvait donc être réelle ?

Elle en avait certes touché des millions, des milliards d'autres – mais qu'est-ce qui me prouvait que sa loi s'appliquerait à moi ? Et si j'étais le premier à ne pas la suivre… lorsqu'elle viendrait me chercher ? Non. Stop.

Chacun veut être le dernier à mourir, et chacun se fourvoie.

On est toujours le premier à mourir.

Le premier de sa propre vie.

En Perse antique, un sultan commanda à un architecte la plus haute tour du pays.

Une fois construite, le sultan fit jeter l'architecte du dernier étage de sa tour, afin que nul ne la recopiât.

Ce carnet est une tour persane : une fois raconté, il ne peut que s'achever.

Stop encore. Je revois Besançon. Je revois Mariette.

Je revois mon père. Aurais-je dû lui pardonner ? Partir à sa recherche ?

La vie nous a jetés dans les bras l'un de l'autre pour écrire une histoire impossible.

Cet homme que j'ai tant méprisé… est-il possible que je l'eusse aimé ?

[*Pendant des années, j'ignorai qu'il était vivant.*

Lui ne saura jamais que je suis mort.]

Dans la rue. Sur les boulevards.
Des mains partout.
Des mains qui parlent.
Des mains qui se serrent.
Main sur l'épaule.
Doigt sur les lèvres.
Des mains dans la main.
Des mains qui disent bonjour – au revoir – je t'aime.

Il paraît que ce sont toutes des troisièmes mains.
Il paraît qu'il n'y a QUE *des troisièmes mains.*

Je rêve que je donne à Jade ma main en trop. Je rêve qu'elle devient probe, cette main, sur son corps béni. Je me réveille. Rien n'a eu lieu. Je pleure et je pleure.

Maman
J'sais plus quoi faire
J'suis un enfant
qu'a plus de repères

Dis-moi
l'ordre des choses
mes yeux voient pas
voient plus grand-chose

LE PAPIER BOIT LE SANG

Ma troisième main me fut greffée au fond d'une cave. C'est au fond d'une cave que je l'ôterai.

Il y a dix minutes, le facteur est passé déposer un télégramme en provenance de la maternité.

C EST 1 FILLE T ATTENDONS ET T AIMONS STOP TA FEMME ET TA FILLE.

Oui – stop.

Si Jade m'envoie ce télégramme... alors que je suis censé la rejoindre, c'est qu'elle sent qu'une chose se trame. La véritable chose ? Je ne crois pas.

Mais le cas échéant, ce câble est le plus sublime geste de l'histoire de l'humanité.

Stop. Peut-être à cause des sanglots qui suintent en rivières et l'arrosent, brisant les digues de toutes mes peines ravalées, ma main commence à tiquer. Elle sent pour sa part, sans conteste, qu'*une chose se trame*. La véritable chose ? Peu importe : je serre l'étau sur son poignet et déjà elle ne peut plus bouger – alors enfin elle se débat comme un lion, car elle a compris.

[Moi aussi... j'ai compris qu'aucune vie n'est possible avec cette main en moi. Et que si je ne puis vivre sans, il valait mieux ne pas vivre. Stop. J'eusse voulu que l'on se souvînt de moi pour autre chose que ma difformité. Si mon destin traverse le temps, c'est pourtant ce qui restera.

Stop. À l'heure de trancher, une question me rend fou : qu'aurais-je fait *sans elle*?

J'ai passé des jours, des mois, des années à contredire mon problème : que font les êtres sans problème? Cela existe, le « sans problème »?]

J'attrape la scie. Je pense au visage de ma fille que je ne connaîtrai pas. Je titube.

Je pense à Clara, aux mille saloperies commises par cette main attachée à moi.

Je pense à tout ce que je n'ai pas relaté dans ce carnet, par manque de temps ou excès de honte. Je pense au danger que je suis devenu pour ceux qui m'aiment.

Alors je rédige sur la couverture pour finir... mes derniers mots, qui ne sont pas un testament, car je ne possède rien : *J'aurais aimé avoir une autre vie.*

Je rapproche la scie. Je dénude Hans.

Pas besoin de tracé : je sais où couper.

J'ai deux mains pour m'aider. Stop. Sur sa peau dressée de poils de terreur, une première dent vient piquer. Elle frotte de droite à gauche pour inciser, taillader, amputer les muscles, les tendons, les veines, les nerfs; jusqu'à l'os de ma mémoire. Stop final. Les fluides s'écoulent. Le papier boit le sang.

La main tombe. Je hurle de joie. Je suis libéré.

… je pars… avec elle… m'écroule… juste le temps… mon crayon… tracer…

…. tout en bas… le mot…

PRÉFECTURE DE POLICE
DIRECTION DE LA POLICE JUDICIAIRE
RAPPORT D'ENQUÊTE N° 21-B-87

Paris, le 4 juin 1933

Je, soussigné brigadier-chef Antoine CORDIER, ai l'honneur de rendre compte à Monsieur le Commissaire Central de Police, par le présent procès-verbal établi en concertation avec les agents divisionnaires DUJOURDY et LE GRAND, du résultat d'enquête relatif au cadavre de M. MARCHAND retrouvé la semaine dernière dans le sous-sol de l'école Jeanne d'Arc, sise au 4, rue de l'Avenir, dans la commune des Lilas.

À la diligence de son épouse, qui venait d'accoucher et réclamait son mari, des agents furent dépêchés à l'école, ne tardant pas à faire la découverte susmentionnée.

Ils virent, assis sur sa chaise et baignant dans son sang, le nommé PAUL MARCHAND [né le 26/08/1899 à Besançon] avec : au niveau de l'estomac, une large cavité d'où dégorgeaient plusieurs viscères. Des outils autour de la dépouille, dont une scie retenant des tissus corporels, parurent être la cause principale de la plaie. Face au cadavre avait été fixé – ouvert – un étau de fonte, taché lui aussi de sang humain, dont l'emploi dans la manœuvre reste à élucider.

L'atelier en sous-sol étant ce jour-là fermé depuis l'intérieur, une clé dans sa serrure empêchant d'en introduire une autre, et ayant requis l'usage du bélier, la qualification de suicide fut inscrite au dossier puis confirmée ce matin par le légiste.

Fait pour servir et valoir ce que de droit.
B. CH CORDIER

Pièces jointes à ce dossier : 1 carnet à couverture bleue trouvé sur les genoux du suicidé, transmis au service du Pr COMMAN pour analyse psychiatrique. Placé sous scellés par les agents, ce carnet composé de 3 centaines de feuillets manuscrits s'achève par le mot FIN en lettres majuscules – mot semblant avoir été raturé, en seconde instance, par une main déterminée.

Chez d'autres éditeurs

Il déserte, ouvrage collectif, Buchet/Chastel, 2009

La Synthèse du camphre, Gallimard, 2010

Le Livre qui rend heureux, ill. de François Xavier Goby, Flammarion, 2011

Noël, quel bonheur !, ouvrage collectif, Armand Colin, 2012

Belle famille, Gallimard, 2012

Beau repaire : Jacques Higelin reçoit, ouvrage collectif, Actes Sud, 2013

Histoire de ma sexualité, Gallimard, 2014

Enfances, adolescences : 5 nouvelles inédites, ouvrage collectif, Librio littérature, 2015

101 Robes, Flammarion et Les Arts Décoratifs, 2015

Correspondance indiscrète, avec Dominique Fernandez, Grasset, 2016

Qu'est-ce que la gauche ?, ouvrage collectif, Fayard, 2017

Sans Véronique, Gallimard, 2017

Je ne sais rien de la Corée, Gallimard, 2017

82 jours à l'Armurier, en collaboration avec Laurent Pernot, Colomiers, 2018

Ma maison et moi, illustré par Elliot Royer, Robert Laffont, 2023

Achevé d'imprimer en juin 2023
par Normandie Roto Impression s.a.s.
61250 Lonrai (Orne)
N° d'éditeur : 2833 - N° d'édition : 557048
N° d'imprimeur : 2302306
Dépôt légal : août 2023
Imprimé en France